J'HABITE EN BAS DE CHEZ VOUS

Brigitte

J'habite en bas de chez vous

Avec la collaboration de
Véronique Mougin

france info

Oh ÉDITIONS

ISBN : 978-2-915056-51-8

1

La rue, plutôt que les coups

Si je ne pars pas tout de suite, c'en sera fini de moi.

Retarder et réfléchir n'est plus une option. Fuir, vite. Je file chercher mon sac à main, passe devant son bureau sur la pointe des pieds, et m'engouffre dans la rue. Les façades défilent, je cours, je halète. La sueur colle mes cheveux. Plus que quelques mètres et j'arriverai sur le boulevard. Je me jette dans le premier bus qui débouche du coin de la rue. Je dois avoir l'air d'une folle ébouriffée, à tel point que le chauffeur se penche vers moi.

— Ça ne va pas, madame ?

Non, ça ne va pas. Mon cerveau est bloqué en mode panique. Je n'ai plus rien, ni argent, ni affaires, ni manteau. Les coups m'ont abrutie et une seule chose m'obsède : ne jamais retourner chez Marc. Mais que faire, qui appeler ? Au fil des mois passés avec lui, j'ai perdu mes amis. La famille, n'en parlons pas : je n'ai pas parlé à ma sœur depuis des années. J'ai quitté mon bourreau, mais je ne sais pas où aller. Je suis sauvée, je suis perdue.

La nuit tombe. Nous sommes début décembre 2003. Des petits sapins en plastique ont fleuri dans les vitrines. Le thermomètre affiche 5 °C.

C'est sur un banc que j'ai passé la nuit à grelotter, un banc de bois face à la mairie. Ma vie de SDF commence, mais je ne le sais pas encore. Elle durera deux ans. Deux ans à dormir dans des halls d'immeuble et des jardins publics, sous les arcades des places publiques et dans des cages d'escalier. À l'hôpital, au commissariat, dans des foyers. Avant de plonger dans ce monde-là, je croyais que les clochards logeaient sur le trottoir, un point c'est tout. J'ignorais que la ville regorge de recoins et de planques. Du monde des SDF, je ne connaissais ni les codes ni les clés. Et, à vrai dire, je ne m'étais jamais posé de questions.

Il m'a fallu quarante-deux ans pour arriver au bord de la rue. Et une minute pour passer de la catégorie des citoyens normaux à celle des sans-rien. Juste le temps de saisir mon sac à main et de franchir la porte de l'appartement. Comme beaucoup de sans-abri, je n'ai pas choisi la rue. Elle a été mon refuge, elle m'a permis d'éviter les baffes, d'arrêter les viols. Une minute pour basculer, deux ans pour me relever.

Décembre 2003-février 2005 : je n'ai pas besoin de faire d'effort pour me souvenir de cette période. Tout est gravé. Les nuits d'angoisse passées sur le bitume. Le froid qui mord la peau. Les centres d'hébergement bondés. La prière obligatoire avant de pouvoir manger chaud, chez les sœurs. Les réveils à coups de pied. Je n'ai qu'à fermer les yeux pour retrouver l'emplacement qui a été le mien, place des Vosges. Au cœur du Paris chic. Dehors.

LA RUE, PLUTÔT QUE LES COUPS

Je me revois assise par terre, sur un matelas troué, adossée à la pile de planches qui sert à délimiter notre coin. J'ai froid. Ce matin, j'ai enfilé trois pulls à col roulé, mais rien n'y fait. Debout, les courants d'air gèlent la peau. Assise, à force de rester sur place sans bouger, c'est pire. Trois paires de chaussettes ne suffisent pas à étouffer la douleur. Le froid casse les articulations à lents coups d'épingles. Dès que je bouge un doigt de pied, les aiguilles reprennent leur petite torture, et il faut tout de même continuer de se masser pour ne pas geler. J'ai souvent réussi à apprivoiser la faim. Le froid, jamais.

Je suis en train de crever de froid et personne ne le voit. Les SDF font partie du paysage de la place des Vosges. Moi, je fais profil bas, il vaut mieux. Une femme dans la rue est une proie facile. Pas de muscles pour se défendre, peu d'endroits où se cacher. Les gars sans abri qui m'entourent n'ont sans doute pas eu l'occasion de toucher une fille depuis des mois, voire des années. Tout le monde sait que Samy est mon mec, mais il ne faut pas tenter le diable. Alors j'ai opté pour la tactique du fantôme. J'ai coupé mes cheveux et fait une croix définitive sur les vêtements féminins. Je me noie dans de grands pulls, récupérés dans les vestiaires des associations. Je me méfie de tout le monde et parle le moins possible. Je me fonds dans la grisaille. Surtout ne pas me faire remarquer. Ce n'est pas parce que je suis à la rue que je dois en avoir l'air. Pas d'alcool, pas de came, et des douches le plus souvent possible. Je m'épuise chaque jour à tenter de garder la face, et certains passants tombent dans le panneau. Combien de fois on m'a prise pour une autre ! Les gens se demandent si je suis une bénévole de passage, ou si j'habite le quartier... Parfois je lâche le morceau. « Je suis avec eux », dis-je en faisant un petit signe de la tête vers mes cousins de galère. Il faut voir la tête des braves gens quand ils se rendent compte de leur méprise... La rue ne me fait pas honte. Elle me fait mal, et elle me fait peur.

J'ai peur des mecs qui rôdent, la nuit. J'ai peur de me faire battre, agresser ou voler. Peur d'un mauvais coup pendant les bagarres. Peur de boire un café, qui sait ce qu'on peut mettre dedans ? J'ai peur des autres, et surtout de Richard. Ce gars est une bombe à retardement. J'ai entendu dire qu'il avait torturé un handicapé pour lui piquer son numéro de carte bleue. Tout se sait dans la rue. Accro aux médicaments, défoncé la plupart du temps, Richard vient depuis quelques semaines, tous les deux jours, s'en prendre à mon ami Tom. Les sans-domicile ont une expression pour ça : mettre au ravalement. En clair, racketter. Dès que je vois au coin de la rue la silhouette de junkie de Richard, je branche mes warnings, m'éloigne et sors un bouquin. Ce jour-là, Tom sent le coup arriver. Il prévient :

— J'ai rien sur moi, Richard.

— Vide tes poches quand même.

Un coup de pied dans la jambe.

— Allez, vide tes poches, sinon je te plante.

— Non.

Je suis à trois mètres d'eux et je ne respire plus. Je vois les mains tremblantes de Richard et le ciseau qu'il sort de sa poche. En une seconde, Tom a la gorge tranchée. Un coup de tête et la blessure s'ouvre, le sang jaillit, coule jusqu'à moi. Je cours jusqu'au restaurant d'à côté appeler les secours. Quand je reviens, le sang de Tom macule le trottoir. À l'arrivée des pompiers, Richard prend la tangente, mais pas avant d'avoir fichu un coup de pied dans la tête de Tom.

— J'espère que tu vas crever. Sinon, je viendrai te finir.

Quelques minutes après son départ, tout le monde est embarqué au commissariat. J'y passe la nuit, au chaud, à attendre l'interrogatoire. Mon tour arrive à 2 heures du matin. Pendant trois quarts d'heure, je vais mentir avec application. Non, je n'ai rien vu. Rien entendu. Rien compris.

Les flics ne sont pas dupes. Ils savent aussi bien que nous que dans la rue le silence est de mise. C'est un code d'honneur autant qu'une question de survie. Il est 3 h 30 du matin quand nous revenons place des Vosges. On y retrouve nos deux chiennes et nos affaires éparpillées sur le trottoir. La police a fouillé, à nous de ranger. Le lendemain, Richard revient. A-t-il essayé de mettre Samy à l'amende ? Je n'en sais rien, mais le ton monte. Les menaces fusent. Plus tard dans la journée, les flics en profitent pour nous mettre la pression :

— On a assez rigolé, ça devient grave. Maintenant, il peut s'en prendre à n'importe qui, et à vous aussi. Réfléchissez, on ne peut pas le laisser comme ça.

J'ai témoigné pour que ce type ne ressorte pas, et Samy a fait de même. J'ai dit ce que j'avais vu. L'égorgement et le sang. Devant le commissaire, nous avons rompu l'omerta. Richard a été jugé et incarcéré. De sa prison, il nous a bien fait passer le message :

— Le jour où je sors, je sais que c'est eux qui m'ont balancé, je m'occuperai d'eux.

Richard est sorti de prison il y a six mois et il ne m'a pas retrouvée. Aujourd'hui, je veux croire que je suis en sécurité. Je ne suis plus à la rue et j'ai un appartement dont personne ou presque ne connaît l'adresse. Je travaille, en CDI. Mon job a des couettes et des robes rose bonbon : deux fillettes à croquer que je garde chaque jour et dont les parents ignorent ma vie d'avant. Leur maison est immense : de la moquette partout et des tableaux, plusieurs salles de bains, tout cela arrangé avec goût. Ce palais de banlieue, je le quitte tous les jours sans jalousie. Chaque soir, je tourne la clé dans la serrure de mon petit studio qui sent bon le neuf, et je souris toute seule de bonheur. Désormais, j'ai un chez-moi, un vrai canapé-lit et une douche pour moi toute seule ! J'ai retrouvé mes cheveux mi-longs, je me maquille. Je vais bien... la plupart du temps. Car la rue n'est jamais loin.

Il suffit que je croise un clochard au pied de mon immeuble pour qu'elle se rappelle à moi. Je me réveille, et je repense à Samy, mon amant toxico, et à ses bras aux veines gonflées. Je ferme les yeux et je revois Rachid dans son duvet, Tom nageant dans son sang. Les marques ont disparu mais les blessures restent : les coups de ceinture de ma mère et les coups de poing de l'homme qui m'ont jetée dehors ne s'effacent pas.

J'aimerais tellement que ces images-là me laissent tranquille...

2

L'enfant de la honte

Le goût du clafoutis aux prunes et celui de la branche de noisetier transformée en sarbacane... Les prunes qui s'écrasent et me poissent les doigts. L'odeur des iris... Je m'en souviens encore.

Combien de fois, dans la rue, ai-je dû chasser de ma tête les parfums de ma petite enfance ? Combien de fois ai-je revu en pensée le visage d'Andrée ? Souvent... Andrée est ma nourrice. Dans mon cœur, c'est ma mère, tout simplement. C'est cette femme grande et fine qui m'a aimée et consolée dès ma naissance. C'est dans ses jupons que j'ai appris à lire, à parler, à marcher. Longtemps j'ai continué à lui téléphoner pour un conseil ou un brin de conversation. Voilà pourtant six ans que je ne lui ai pas donné de mes nouvelles. Depuis que ma vie a pris un mauvais tour. À elle comme à d'autres proches, je n'ai rien dit de ma galère. Pas un mot, pour ne pas salir le souvenir qu'elle avait de moi. Silence radio pour qu'elle ne s'inquiète pas de me savoir dehors, perdue. Pour qu'elle garde de moi le joli souvenir d'une gamine débrouillarde et forte, rigolote et tête de mule, je me suis tue. Andrée m'a élevée jusqu'à l'âge de 7 ans et ce furent les plus belles années de ma vie.

Je suis née près de Blois, en août 1961. Pour ma mère, ce fut bien trop tôt. Ma naissance est son drame. Mes parents viennent tous deux de la même région, le Loir-et-Cher – leurs familles ont été voisines pendant des décennies. Les enfants jouaient tous ensemble et j'imagine que l'amourette de mes parents est née là, sur les bancs de l'école ou dans la forêt qui entoure le village. Ils flirtent, donc, et à l'époque de ma conception ils ne sont pas encore mariés. Ma mère, Paulette, est une maîtresse femme qui rêve de quitter sa campagne. Mon père, Yves, va bientôt partir à l'armée, puis dénicher un boulot dans une compagnie aérienne. Cette grossesse accidentelle contrecarre leurs plans et jette la honte sur la jolie demoiselle, tout juste majeure, qu'est ma mère. À peine née, je suis déjà coupable. Quinze jours après ma naissance, elle me place en nourrice avant de s'enfuir vers la capitale. Plus tard, mes parents passeront devant monsieur le maire, et auront une seconde fille, légitime. Leur vie de couple officielle commence là. Je serai donc, à vie, l'enfant de trop.

Ma mère ne m'a jamais aimée. Pire : elle m'en a toujours voulu.

— Si celle-là n'avait pas existé, mes parents seraient encore vivants.

C'est ce qu'elle dit le jour de ma majorité, devant mes oncles et tantes réunis pour souffler, avec moi, mes dix-huit bougies. Ses mots me tuent. C'est mon anniversaire et j'ai envie de disparaître sous la moquette tant je me sens gênée. Je sais trop bien de quoi elle parle : mes grands-parents maternels sont morts par ma faute. Eux venaient régulièrement me rendre visite chez ma nourrice. Et c'est en voiture, sur le chemin, qu'ils se sont tués. Un platane, une sortie de route : seule ma cousine a survécu à l'accident. J'avais 2 ans à l'époque, et d'eux je n'ai aucun souvenir. Seulement une photo, le sourire de ma grand-mère en noir et blanc, mon grand-père avec son faux air de Bourvil... Je suis coupable de leur décès. Du moins ma mère en est-elle convaincue.

Je grandis donc sous le signe de la mort et de la honte.

Je suis une petite fille enjouée mais plutôt fragile, souvent malade. Ma nourrice veille sur moi sans relâche et m'aime mieux que ma propre mère, qui ne vient jamais me voir. Alors je l'appelle « maman » jusqu'au jour où, en douceur, elle me suggère d'opter pour « tata ». J'obéis pour lui faire plaisir mais, à mes yeux, c'est ma mère, un point c'est tout. Ses enfants, deux filles et trois garçons, sont mes frères et sœurs. Mes rhumes à répétition m'éloignent souvent de l'école ? Tant mieux ! Ça me laisse de longues journées pour faire les quatre cents coups en leur compagnie. Le château de Chambord n'est qu'à deux kilomètres, mais notre terrain de jeu à nous est plus proche : c'est le Cosson avec ses rives plantées d'arbres, le ruisseau qui court derrière notre maison... J'y barbote sans relâche et sans savoir nager. Je balance mes vêtements sur les berges et reviens à la maison trempée et pleine de boue. Un de mes frères va pêcher ? Moi, la plus jeune, je le suis à la trace, et rejette tous ses poissons à l'eau pour le faire enrager. Il râle... mais la fâcherie ne dure jamais longtemps. Réconciliés dans la minute, nous courons faire une razzia dans le potager. Les framboises et les fraises sucrées ne survivent pas à notre gourmandise, au grand dam de ma nourrice.

— Brigitte, reviens ici ! Laisse le chat tranquille, arrête d'écraser mes fleurs ! Tu es pire que mes fils !

Avant qu'elle ne vienne me tirer les oreilles, je cours me cacher dans le jardin, au milieu des dahlias, plus hauts que moi, en attendant que Jacques revienne du travail. C'est ma tactique : je sais que le mari de ma nourrice, mon tonton, ne me grondera pas. Avec lui, j'ai droit aux bonbons avant de manger et à du rab de câlins. Jacques me cède tout et tombe de bonne grâce dans mes pièges d'enfant : j'ai joué au coiffeur avec les chiens ? J'ai fait pleurer une de mes camarades ? Je cours vers lui en geignant et en jouant la victime. Mes frères et sœurs se font punir à ma place puis, dès que les adultes ont le dos tourné, je m'empresse d'aller les narguer en riant...

Parfois, je file chez mes grands-parents paternels, qui habitent à l'autre bout du village. Ils travaillent d'arrache-pied. Ils sont agriculteurs et vivent dans un grand corps de ferme dont je connais les moindres recoins. Mon grand-père cultive du maïs et fait son vin. Ma grand-mère s'occupe de l'élevage, des vaches, des poules et des lapins, qu'elle tue de temps en temps dans la cour. Mon préféré n'échappe pas à son destin et je le retrouve un beau jour en morceaux dans la cocotte fumante, au centre de la table. On me fait croire qu'il était malade, mais je ne suis pas dupe. Depuis, je préfère le poisson...

Parfois, des amis de ma nourrice viennent nous rendre visite. Et ces jours-là, pas question de jouer à cache-cache dans les champs de blé ni de revenir à la maison toute crottée. Il faut être polie, dire « bonjour, monsieur, madame » et se tenir tranquille. Ça aussi, je sais le faire. Les grands discutent, déjeunent, puis jouent aux cartes. De temps en temps, il y a parmi eux un petit homme brun, avec des yeux verts. Il raconte souvent des blagues et me parle d'une voix douce. Il a beau être gentil, je ne lui prête guère attention. J'ai trop de choses à faire : les souris à poursuivre et les cabanes à construire. L'après-midi commence juste et chacun a fini son café. C'est l'heure de la libération pour moi, qui me trémousse sur ma chaise depuis de longues minutes en pensant au jardin et au ruisseau tout proche. D'habitude, d'un geste de la tête, Andrée m'autorise à quitter la table. Ce jour-là, j'attends donc son signal...

Je remarque à peine le gros sac qui m'attend dans un coin de la salle à manger.

— Brigitte, tu vas partir avec ton papa maintenant.

L'inconnu aux yeux verts se lève de table. C'est donc mon père. J'ai 7 ans et je ne comprends rien à ce qui m'arrive.

— Tu vas prendre le train et voir ta maman.

Mais ma mère, c'est ma nourrice, alors pourquoi partir ? Pourtant, elle insiste. Je ne veux rien savoir : sa maison est la mienne. Il n'est pas question que je m'en aille. Mais l'assemblée des adultes semble décidée. Même Jacques, d'habitude de mon côté, détourne la tête. Je suis enfermée dans un cauchemar, mes larmes coulent et je rugis :

— Je reste ici, moi !

Je vois mon père s'avancer vers moi et me tendre la main. C'est un tremblement de terre. Je prends mes jambes à mon cou et traverse la terrasse à toute vitesse. Le perron, le jardin, je me jette dehors et cavale sur le chemin de terre qui mène aux entrepôts, à quelques centaines de mètres. Il y a là de vastes parkings et de gigantesques cuves où l'on stocke de la liqueur.

Direction le fond du hangar, où je me recroqueville derrière un camion. Il ne faut pas que l'on me trouve. Rester immobile. J'ai des fourmis terribles dans les jambes. Je hoquette en priant que mes pleurs ne résonnent pas sous la tôle. Si je reste là suffisamment longtemps, le monsieur aux yeux verts va rentrer chez lui et me laisser tranquille. Moi, je retournerai chez ma nourrice et ce sera fini. Ça dure longtemps, une heure ou deux, peut-être plus. On me recherche, mon père et mon oncle crient mon nom et je ne réponds pas. Qu'est-ce que j'ai fait de mal ? Pourquoi ma nourrice veut-elle me laisser ? Je n'aurais pas dû marcher sur ses salades, j'aurais dû être plus sage... Je regrette mes bêtises, et en même temps je la déteste.

J'entends les ouvriers remplir les citernes dans la cour.

— Viens par là, ma petite puce.

Les bruits de l'usine ont couvert les pas de ma nourrice. Elle est arrivée doucement et se tient là, tout près de moi. Elle m'a trouvée, et mon monde s'écroule. Je me jette dans ses bras et l'agrippe par ses cheveux bruns.

— Il faut que tu partes, ne t'inquiète pas, ça ira, me dit-elle.

Je ne la crois pas. Ma famille est ici, avec elle et les siens je suis heureuse, c'est tout ce que je sais.

Je suis partie sans lui dire au revoir. Parce qu'elle m'abandonnait. Je suis partie sans l'embrasser, puisque j'étais en colère. J'ai quitté la vaste maison et le petit ruisseau, les jeux et les animaux, sans me retourner. Furieuse et désespérée. Ce voyage sans retour et sans adieu, je le regretterai chaque jour pendant des années.

Nous partons pour Paris. Assis dans le train, mon père me réexplique la belle aventure que je m'apprête à vivre : revoir ma mère. Ça devrait me faire plaisir, mais non. Ni joie ni impatience, rien qu'une angoisse qui tricote des nœuds dans mon ventre. Si j'y crois très fort, le train n'arrivera jamais... Mais ça ne rate pas : il entre finalement en gare, où personne ne nous attend. Alors, c'est tous les deux, mon père et moi, que nous traversons la grande ville. Une demi-heure après, nous y sommes. La maison ne ressemble à rien de connu : un immeuble en brique, avec un marchand de chaussures au rez-de-chaussée, des fenêtres au-dessus, des voitures qui circulent devant et du bruit partout autour. Je ne comprends pas ce que je fais là, mais je suis mon père qui monte l'escalier. Les marches grincent et j'ai la nausée. Il met la clé dans la serrure, ouvre la porte, et une petite tête apparaît.

— C'est ta sœur, dit-il. Elle s'appelle Géraldine, elle a 4 ans.

Je ne suis pas convaincue. Mes sœurs sont deux, plus grandes que moi, et elles vivent à la campagne, avec ma nourrice, dans une maison bien plus agréable. Ici, c'est minuscule. Une pièce avec deux lits, un coin cuisine et une douche. Pas de chiens ni de lapins, peu de lumière, et au milieu une petite dame brune, plutôt fluette, qui me fixe. Je fais comme on m'a appris, je baisse les yeux et suis polie. J'ai la bouche sèche et les mots ont du mal à sortir :

— Bonjour, madame.

La dame m'envoie une claque qui me colle contre le mur. J'ai fait une bêtise, mais je ne sais pas laquelle. Je suis perdue, sans larmes et sans allié. Mon père précise :

— Mais enfin, Brigitte, c'est ta mère, appelle-la « maman ».

C'est ma mère, en effet, et il faudra que je m'y fasse. Nous sommes en 1968. Ma vie de famille commence par une gifle, qui me brûle encore aujourd'hui. Ce fut la première, mais pas la dernière.

3

Grandir, malgré tout

Le premier jour chez mes parents, je n'y ai pas cru. Je me suis assise dans un coin et je n'ai plus bougé. J'attendais de repartir. Un par un, ma mère a déballé mes sacs et rangé mes vêtements dans la commode.

Pendant des années, j'ai espéré que ma nourrice vienne me chercher. Je forçais même un peu le destin, en lui téléphonant en douce. J'avais gardé son numéro sur un papier gris chiffonné au fond de ma poche. Je pleurais au bout du fil, et elle aussi. Je lui écrivais de longues lettres qui arrivaient dans sa boîte tachées de mes gros sanglots... Je suppliais Andrée de me reprendre.

Cela n'est jamais arrivé.

Mes parents vivent à Paris, rue Saint-Antoine, dans un studio. La nuit, je dors dans un petit lit à côté du leur, et ma sœur également. Le jour, il ne faut pas trop remuer : l'appartement est petit et ma mère s'énerve facilement. Avec elle, il faut que ça marche droit. Pas de bruit, peu de jeux. Elle ne supporte pas qu'on la contredise et mène la famille à la baguette. Je la crains.

Ma seule distraction, c'est l'école. J'y vais en sautillant et me précipite dans le hall avec bonheur. À la récréation, il y a la marelle, les copines, du mouvement... Ça me change de la maison. La salle de classe est colorée, pleine de dessins, de cubes, de pots de peinture. La maîtresse est souriante et, à vrai dire, je suis plutôt bonne élève. Jeux ou leçons, je profite de chaque minute, mais la cloche sonne toujours trop tôt la fin de ma tranquillité. De la cour, je vois ma mère derrière la grille. Elle est toute fine, et porte ces robes à jupons que la mode bon chic bon genre exige à l'époque. À la sortie, elle nous attend avec le goûter. Toujours le même : un chausson aux pommes pour ma sœur Géraldine, et un autre pour moi. Je déteste son goût sucré et sa pâte gluante. Ma mère le sait et me dit systématiquement :

— Ce n'est pas grave, ta sœur le mangera.

Géraldine reçoit donc deux goûters, et moi rien du tout. Je m'y habitue. La règle du chausson aux pommes s'applique à tous les aspects de ma vie quotidienne. À chaque bon carnet de notes, ma sœur récolte un « bravo », et moi un simple hochement de tête. À Noël, un immense sapin s'élève jusqu'au plafond dans un coin de notre appartement. La montagne de paquets brillants, enrubannés de mille ficelles dorées, nous fait fantasmer, ma sœur et moi. Nous faisons exprès de passer à côté pour tenter de cerner, au travers de l'emballage, la forme des cadeaux. Nous allons jusqu'à tâter, discrètement, les boîtes, ce qui ne fait qu'aviver notre impatience. Le jour J, ça ne manque jamais : il y a un jouet pour moi, et tout le reste pour ma sœur.

Elle et moi nous disputions souvent. Peut-être a-t-elle mal vécu mon arrivée impromptue dans sa vie.

Après tout, elle a été fille unique pendant ses quatre premières années, et du jour au lendemain on lui a amené une grande sœur, avec qui elle a dû partager. Pas l'amour de notre mère, puisqu'elle ne m'a jamais prise dans ses bras, ni même, je crois, embrassée. Mais mon père, lui, m'aimait. Ma sœur m'a peut-être un peu jalousée. Pour des broutilles, on se fâchait. Les cris fusaient :

— C'est pas moi, c'est Brigitte.

Même quand ma sœur ne prononçait pas cette formule magique lui évitant d'être grondée, ma mère faisait comme si j'étais en faute. Elle arrivait derrière moi et je me prenais des claques qui me surprenaient toujours. Parfois, c'était la ceinture. Une épaisse chaîne de cuir tressé qui laissait dans mon dos de larges marques bleues. Aux yeux de ma mère, ma sœur, c'était le bon Dieu. Je prenais les coups à sa place et Géraldine s'en sortait saine et sauve, sans jamais une gifle.

Je n'en voulais pas à ma sœur, mais je l'évitais comme la peste.

Je dois avoir 10 ans et Géraldine est en train de jouer dans les affaires de ma mère. C'est interdit, et c'est risqué. Mais ma mère est encore au travail, elle est vendeuse au-dessous de chez nous, dans le magasin de chaussures. Alors, puisque le chat n'est pas là... J'entends le bruit d'un verre que l'on brise, et l'odeur de ma mère envahit l'appartement. Géraldine a cassé la bouteille de parfum. Une angoisse terrible rougit mes joues jusqu'aux oreilles. Je vois déjà arriver la rouste et la ceinture de cuir. Au retour de ma mère, c'est sûr, je vais me prendre une raclée d'enfer.

Ce jour-là, je me suis enfermée à double tour dans les toilettes. J'ai passé le reste de l'après-midi assise sur le sol. Et quand j'ai entendu ma mère ouvrir la porte d'entrée, j'en ai fait pipi par terre de terreur et je suis restée là, au milieu de la flaque. J'entends encore ma mère crier de l'autre côté du mur :

— Brigitte, sors tout de suite de là, sinon je vais me mettre en colère.

Mais la colère était déjà là. Quand j'ai ouvert la porte, elle m'a massacrée.

Elle me gifle, et puis la ceinture entre dans la danse. Ça me brûle le dos et le crâne. Elle respire fort et cogne sur mon ventre, sur mes fesses. J'ai mal, je roule par terre, ma tête dans les mains. Ça dure longtemps.

Certaines semaines, il n'y avait pas une fin d'après-midi sans coups. Parfois, ça se calmait et j'avais droit à dix jours de vacances. Je ne savais jamais quand la foudre allait fondre sur moi. Il suffisait que ma mère ait passé une mauvaise journée, ou qu'elle se soit querellée avec mon père. Il partait faire le tour du pâté de maisons pour se détendre et, dès qu'il avait le dos tourné, ma mère se défoulait. Elle n'a jamais eu la bêtise de me frapper devant lui.

Alors, pendant des mois, je me suis fait cogner trois ou quatre fois par semaine, et il n'a rien vu.

Il a fini par ouvrir les yeux.

— C'est quoi, ces bleus, Brigitte ?

— Maman m'a tapée, mais c'est pas moi qui ai mangé tout le beurre.

Ma sœur, souvent, allait piocher dans le frigo, puis se planquait dans un coin pour déguster la tablette entière à la petite cuillère.

— Arrête de dire n'importe quoi.

À force de voir mon dos bleuir, mon père a bien dû se faire à l'idée. Alors il prenait ma défense, et c'était pire. Des disputes incessantes me glaçaient le sang. Les cris résonnaient dans la cour de l'immeuble, et j'avais affreusement honte. Ils hurlaient, mon père claquait la porte, et pendant quinze jours ma mère faisait grève. Elle arrêtait de faire le ménage et la cuisine. Dans le studio, on entendait une mouche voler. Je n'osais plus bouger ni articuler une parole. Et malgré ça, les conflits ne s'arrêtaient pas.

— Pourquoi tu t'es marié avec elle ?

— Parce que je l'aimais.

Mon père avait réponse à tout. C'était donc ça, aimer ! Pourtant, chez mes camarades de classe, l'affaire n'avait pas l'air de se passer comme ça. Aux réunions de l'école, leurs parents venaient ensemble, parfois même en se tenant par la main. Ils souriaient. Mon père à moi ne riait que quand ses copains débarquaient à la maison. Le dimanche passait alors tranquillement. Les hommes jouaient à la belote, mon père était ravi, c'était son plaisir et l'une des rares occasions où je le voyais s'amuser.

S'il restait, c'était pour nous. Pour ma sœur et pour moi. J'ai compris que mon père allait souffrir jusqu'à la fin de ses jours.

Et c'était de ma faute. Alors je suis partie. J'avais 11 ans et je venais de ramener un bulletin scolaire assez brillant : 15 sur 20 de moyenne et, sans me vanter, je n'étais pas peu fière de mon exploit. Ma mère n'était pas de cet avis :

— Y a pas de quoi te vanter. Dégage de là.

J'ai dégagé. J'ai repris mon cartable et franchi le seuil dans le sens inverse. J'ai passé la fin d'après-midi à me balader dans le quartier, avant de trouver refuge pas bien loin, chez les boulangers d'à côté que je connaissais bien pour aller y chercher le pain régulièrement. C'est là que mon père est venu me cueillir pour me ramener à la maison.

— Pourquoi es-tu partie ?

— Parce que maman m'a dit de dégager.

Mon père se tourne alors vers sa femme.

— C'est vrai, Paulette ?

— Non, elle ment.

Et mes parents se sont crêpé le chignon. De ce jour-là, je n'ai plus jamais fugué. Je n'ai plus rien dit, non plus, à mon père, ni à personne d'autre. J'ai tu les coups et les disputes. Plus je m'acharnais à dire la vérité, plus mon père me défendait, et plus le climat se détériorait. J'ai donc passé des années dans le silence. Je ne parlais ni à la maison ni dehors. À l'école, je récoltais des appréciations mitigées :

— Bon travail, mais Brigitte ne participe pas assez en classe.

Mes parents finissent par déménager dans un appartement plus grand. Ma sœur et moi avons désormais une chambre commune. J'en fais ma grotte. Je m'y cache des heures durant, à l'abri des coups. Jusqu'à ce que ma mère m'en déloge à coups de ceinture.

De fillette apeurée, je deviens une ado renfermée et timide. Aucun de mes mouvements n'échappe à ma mère. Elle veut sans cesse savoir où je suis, ce que je fais, à quoi je pense. Je suis sous sa surveillance. Sous son emprise. Je n'ai jamais l'impression d'être à ma place, ni aucun endroit où m'enfuir. J'ai peu d'amis. Et pour cause : jusqu'à l'âge de 15 ans, je n'ai pas le droit de sortir chez des copines, ni d'en inviter, ni même d'aller au cinéma. La première fois que j'en ai l'autorisation, ma mère choisit la salle et le film, sans me demander mon avis. Moi qui rêve de paillettes et de chansons, je me retrouve devant *Tintin*, avec ma sœur. Le cinéma est en face de chez nous, et ma mère surveille notre entrée et notre sortie, par la fenêtre.

En sa présence, je suis un fantôme. Je me fais la plus petite possible et évite de me trouver sur son chemin. Et plus je m'efforce de disparaître, plus je grossis.

— Pour arriver à maigrir, il faudrait que tu aies un peu de volonté, tu ne tiendras pas ton régime, disait régulièrement ma mère en me resservant d'autorité les plats en sauce qu'elle affectionnait.

J'étais potelée. Je suis devenue forte. Plus forte que ma mère.

Je nous revois toutes les deux autour de la table de la cuisine. Le ton monte. Je le sais d'avance, la dispute va finir en raclée. Je ne sais plus quelle a été l'étincelle qui a mis le feu, je me souviens juste de son poing levé sur moi. J'ai saisi mon assiette.

— Si tu me touches, je te la jette à la figure. Plus jamais tu ne lèves la main sur moi, t'as compris ?

Ça s'est arrêté comme ça. J'avais 15 ans. Ma mère n'a plus jamais frappé, mais les mots ont remplacé les coups :

— Bonne à rien. Débile. Pousse-toi de là. Débarrasse le plancher. Tu dis n'importe quoi, ma pauvre.

Pendant des années, j'ai été à ses yeux une moins-que-rien. Un poids.

Une fois n'est pas coutume, je décide un jour d'aller boire un café avec un copain de classe. Ma mère l'apprend de la bouche des voisins.

— On n'a pas besoin d'une putain à la maison.

Ses mots s'incrustent à jamais dans mon crâne. Mon père réagit plus vite que moi :

— Paulette, tu as oublié ce que tu faisais à son âge.

Ce fut l'une de leurs disputes les plus mémorables.

Mes seuls bons moments en famille, je les volais. C'était le week-end, quand mon père filait en douce de la maison. Il m'emmenait de temps en temps avec lui à l'aéroport du Bourget. C'était là qu'il travaillait à l'époque. Il s'occupait de la documentation à bord des avions. Pour les pilotes, il préparait les papiers nécessaires, leurs carnets de route. J'adorais être avec lui. Tout en lui m'apaisait, ses yeux, sa douceur.

Tous les deux, on discutait. Mais pour ça, il fallait ruser. J'attendais que ma mère et ma sœur soient couchées, et mon père installé devant la télé pour regarder le foot, la boxe ou le catch. Et puis je me relevais en douce. Je me glissais dans le fauteuil en tissu, à côté de lui. Ou je déplaçais une chaise sans faire de bruit. Pour être encore plus près. Et je restais des heures avec lui. J'étais bien.

Parfois, le match commençait tard dans la soirée.

— Tu me réveilles, hein, papa, tu n'oublies pas ?

On bavardait. Je lui racontais l'école puis, plus tard, le boulot. Mon père était fasciné par les avions. Un œil sur l'écran pour ne pas perdre une miette du match, il me racontait des histoires de sa jeunesse, du temps où il était dans l'armée de l'air. Je discutais avec lui comme j'aurais dû le faire avec ma mère.

C'est à lui, en premier, que j'ai parlé de Guillaume.

— C'est qui ce gars ? Tu fais attention, hein ?

J'ai rencontré Guillaume dans un parc. J'avais 16 ans et demi, je partais au cinéma avec mon amie Marion.

À cette époque, ma mère m'a mise d'office en CAP de comptabilité. Marion fréquente la même école et c'est mon rayon de soleil. Elle est aussi fine que je suis ronde, aussi délurée que moi timide. Avec elle, je parle. Beaucoup. On se raconte nos histoires bêtes. Elle, elle sort, et me fait la revue de détail de ses petits copains. Elle couche avec et ne m'épargne aucun détail. Ça ne me fait pas rêver, mais ça me fait beaucoup rire ! Les heures filent sans que l'on s'en rende compte. Ce jour-là, avec l'improbable bénédiction de ma mère, on décide d'aller voir *Autant en emporte le vent*. Et à force de papoter, nous ratons la première séance.

Tant pis ! Va pour une promenade... Il fait beau et nous léchons les vitrines. Je suis hors de portée de ma mère. Tout va bien.

Nous sommes assises dans un petit parc qui jouxte le cimetière du Père-Lachaise. Avant d'entrer dans le jardin, une voiture nous a klaxonnées, avec deux jeunes gars à l'intérieur. Ils nous lancent un grand bonjour.

Je ne réponds rien, Marion les salue avec le sourire.

— Tu les connais ?

— Non.

Je suis horrifiée. Marion a deux ans de plus que moi et des années-lumière d'avance en matière de flirt. Moi, je sors à peine de l'œuf. Je n'ai jamais eu de petit ami. J'ai de très longs cheveux que je tresse en grandes nattes. Il y a peu, je portais encore des kilts avec de petits chemisiers boutonnés jusqu'au cou. Je viens juste d'opter pour de longues robes, un brin de maquillage, mais dans ma tête je reste une petite fille sage. Je pèse plus de cent kilos, et je vois mal, de toute façon, comment un type pourrait s'intéresser à moi. Je suis très méfiante, plutôt prude. En fait, j'ai peur de tout.

Je vois les deux garçons de la voiture arriver vers nous. Ils s'assoient comme par hasard sur le banc qui nous fait face. Il ne faut pas dix minutes pour qu'ils nous proposent d'aller boire un verre. Je réponds non, ma copine répond oui. Va pour un café, mais je reste sur mes gardes.

Le temps passe, et nous ratons la deuxième séance. Marion parle. Elle rigole, fume des cigarettes. Ben et Guillaume relancent la conversation. Je ne suis pas à l'aise. Guillaume me pose trop de questions ! Et comment je m'appelle, et où j'habite, et qu'est-ce que j'aime comme musique ?... Je lui donne des réponses aussi vagues que possible. Sortis du bistrot, il passe encore une heure et demie à me faire la conversation. Il tient absolument à me raccompagner jusqu'à chez moi. Là, je panique. J'imagine ma mère et sa réaction.

Pas besoin d'une putain à la maison.

Hors de question que je donne mon adresse à Guillaume. Je lui dis la vérité, que j'habite chez mes parents et que ma mère m'a interdit de donner mon numéro de téléphone. Ce jour-là, elle est loin de moi, mais je ne pense pas une minute à lui désobéir. Je ne sais plus comment me débarrasser de Guillaume.

— Tu travailles, peut-être ? me demande-t-il.

C'est sa dernière cartouche, et je ne la vois pas venir.

— Non, pas encore, mais je commence au mois de septembre, je vais faire comptable dans la sérigraphie.

— Ah oui ? Intéressant. Il ne doit pas y avoir beaucoup d'entreprises comme ça dans Paris...

— C'est vrai, mais il y en a une au pont de Tolbiac.

Bien joué. Il m'a eue ! La pensée de le voir débarquer à la rentrée sur mon lieu de travail m'angoisse terriblement. Je me rassure comme je peux en pensant que les grandes vacances vont arriver, et qu'en trois mois Guillaume aura plus que le temps de m'oublier.

Ce ne fut pas le cas.

J'ai commencé à travailler le 3 septembre. Dix jours plus tard, Guillaume m'attendait dans sa voiture au coin de la rue. Il est venu quasiment tous les jours, pendant six mois, me chercher à la sortie du bureau. On allait au café. Il me racontait sa vie, je parlais peu et lui beaucoup. De l'Italie où il est né. De son boulot, à l'EDF, à relever les compteurs des gens. De son père, un coureur de jupon confirmé. Il habitait Montreuil, où ses parents étaient venus s'installer. Il me racontait son adolescence de petit caïd, passée dans les cités à piquer des mobylettes. Il bavardait, et moi je l'écoutais.

À l'époque où je l'ai rencontré, Guillaume avait 21 ans. Il était grand, mince, bronzé, les yeux verts. Très sportif. Bref, séduisant. Mais à l'époque, ça ne me faisait ni chaud ni froid.

En fait, j'ai longtemps cru qu'il se moquait de moi. Impossible qu'un gars comme ça s'intéresse à une fille comme moi. À mes yeux, c'était un copain, sans plus. Il m'offrait un moment de distraction après le boulot et avant le retour dans la grisaille, chez mes parents. Il était gentil. Sans cesse à me faire des compliments sur mes yeux, mes cheveux. Il essayait de me prendre la main au-dessus des tasses à café, mais j'esquivais toujours. Au troquet, je me tenais bien droite, aussi loin de lui que possible. Ce n'était pas du dégoût. Juste de l'angoisse. Et puis je n'avais pas l'habitude. Je ne savais pas tellement ce que c'était, un câlin. Je n'avais jamais vu mes parents s'embrasser devant nous.

Pas besoin d'une putain à la maison.

Alors je rembarrais Guillaume et ses belles paroles. Ses attentions me stressaient, et ma copine Marion était atterrée par ma froideur :

— Ben alors, Brigitte, tu ne veux pas coucher avec lui ? Ça fait six mois que vous vous fréquentez... Il va se lasser.

— Tant pis. Qu'il s'en aille.

Pas besoin d'une putain à la maison.

Je ne voulais pas franchir le pas. Malgré mes refus, Guillaume ne se décourageait pas. Il a attendu un an. Et puis nous sommes partis en week-end.

C'est lui, évidemment, qui en a eu l'idée :

— Pourquoi pas Reims, on prendrait la voiture, on irait se balader, manger au resto ? Et puis on serait un peu seuls tous les deux...

Ce n'est pas tant pour me retrouver en tête à tête avec Guillaume, mais l'idée de changer d'air me plaît. Quitter un peu la grotte familiale où j'étouffe. J'accepte et mets ma tante dans la confidence. Je mens à ma mère.

Me voilà à Reims, affreusement mal à l'aise. Le stress me coupe l'appétit. Pourtant, Guillaume a bien fait les choses. L'hôtel est ravissant, lui est aux petits soins. Pour moi, il a prévu un programme quatre étoiles : cinéma, restaurant, balade dans la ville... Rien n'y fait : ma mère m'obsède. Je n'arrête pas de penser à elle et je regrette d'être partie. J'embrasse un garçon pour la première fois et c'est l'horreur.

Pas besoin d'une putain à la maison.

Nous faisons l'amour et Guillaume est plus doux que jamais. Après, ça se gâte. Plus il est tendre, plus je me bloque. Il me demande si je vais bien. Comme réponse, il a droit à un regard assassin. Je lui en veux terriblement, et à moi encore plus. Il s'endort, et l'angoisse me submerge. Je ne sais plus ce que je fais là ni pourquoi j'ai accepté de venir. Ça ne valait vraiment pas la peine... Le mensonge et le trajet, tout ça pour ça ! J'ai fait l'amour et j'ai honte de moi. Je ne souhaite plus qu'une chose, partir en courant de cette chambre qui m'oppresse.

À 4 heures du matin, je fais mon sac et m'enfuis à Paris. En taxi.

Pas besoin d'une putain à la maison.

Ce trajet m'a coûté une petite fortune, à moi qui versais la moitié de mon salaire à ma mère ! Guillaume ne m'en a pas voulu...

Les mois ont passé et j'ai accepté d'avoir un mec.

Dans l'intimité, au fil des mois, je me décontractais peu à peu. En public, ce n'était pas encore ça, mais il s'y faisait... Je n'étais ni câline ni démonstrative en aucune façon.

Pas besoin d'une putain à la maison.

Un jour, il a eu le malheur de m'appeler « chérie ».

Je déteste ce mot. Je le trouve vulgaire. Ça me fait penser aux prostituées de la rue Saint-Denis. « Tu viens, chérie ? » Je rembarre Guillaume vertement, et lui interdis de m'appeler comme ça. Il obtempère, sans trop comprendre.

Pour m'avoir supportée, je crois qu'il devait vraiment tenir à moi. « Aimer » est un mot qu'on n'a jamais employé. Aimer, pour moi, c'est même péjoratif. On aime un livre, ou une robe... Pour moi, le vrai amour ne se dit pas, il se prouve. Ma nourrice n'a jamais eu besoin de me dire « je t'aime » pour que je le sache. Ma mère était censée m'aimer, comme une mère. Et pourtant, ça n'a pas été le cas. En amour, les mots et les principes ne veulent rien dire.

Moi, je tiens à Guillaume, et c'est tout ce qui m'importe. J'ai même des pointes de jalousie quand je vois que les minettes virevoltent autour de lui. Il revoit certaines de ses ex, « en tout bien tout honneur », me dit-il. Il me jure que je peux avoir confiance. Je le crois.

On part en week-end dès que possible. Il vient me chercher, je saute dans sa voiture avec bonheur, et nous filons vers Deauville ou vers Rouen... Avec lui, je m'évade. On passe des journées entières tous les deux sans s'ennuyer une minute. On délire comme des mômes, à se chatouiller, à se balancer des verres d'eau... Ensemble, on s'amuse.

Ma mère a fini par savoir que je fréquentais quelqu'un. J'ai voulu présenter l'élu à mes parents, pour leur montrer que je ne sortais pas avec n'importe qui. J'essayais toujours de me justifier auprès de ma mère. Un homme, et un Italien en plus ? Elle n'a jamais accepté qu'il mette les pieds à la maison. Puisqu'il ne peut pas venir chez moi, je vais chez lui parfois. Ma mère me jette des regards noirs. J'ai 18 ans, puis 20, 22, j'ai toujours le même petit ami et elle me considère malgré tout comme une putain. Je la rembarre :

— Je ne te demande rien. Tu juges Guillaume sans le connaître, c'est ton problème. Moi, je vis ma vie, que cela te plaise ou non.

Je lui mens, un peu.

La vérité, c'est que pendant des années j'ai fait ma vie à reculons. Je suis restée la fille de ma mère avant d'être une femme.

Je ne me suis jamais mariée. Par conviction, d'abord. La mairie, le curé, la robe blanche... Pour moi, ça n'a aucun sens. Dans la vie, rien ne nous appartient et je n'ai jamais pu penser que l'on puisse passer cinquante ans avec la même personne. Guillaume est de cet avis aussi. Je reste donc une fille, pas une épouse.

Je n'ai pas eu d'enfant. Je suis tombée enceinte, pourtant. J'avais 24 ans, je travaillais. J'aurais pu le garder. Après tout, je voulais fonder une famille. Mais j'ai refusé cette grossesse en bloc, tout de suite. J'ai eu peur. Peur de la réaction de Guillaume et que ma vie change. Peur de mourir en couches. Peur d'être à mon tour une mère violente et de faire souffrir mon enfant. C'était hors de question que je devienne comme elle. Le médecin m'a dit de prendre quelques jours pour y réfléchir. C'était tout réfléchi : j'ai avorté, et Guillaume ne l'a jamais su. Ma mère non plus. J'ai pris une semaine de vacances loin de la maison et suis sortie de la clinique soulagée. J'ai toujours eu peur des grossesses ; quand une de mes amies m'annonçait l'heureux événement, j'étais paniquée. J'imaginais l'accident, l'hémorragie... Si j'avais raconté mes angoisses à quelqu'un, ça se serait sans doute passé autrement. Mais de ces choses-là je n'ai jamais pu parler. C'était en moi, bien au fond. Je n'ai jamais eu d'enfant.

J'ai travaillé pendant huit ans, tout en continuant de vivre chez mes parents. Mon salaire n'était pas royal, mais j'aurais pu louer un petit appartement ou une chambre de bonne. J'aurais pu aussi aller vivre chez Guillaume, pourquoi pas ? Je ne l'ai jamais voulu. Il me pressait, pourtant :

— Fous le camp de chez toi, éloigne-toi de ta mère...

Il a raison. Mais moi, je ne peux pas partir, c'est inenvisageable. Je suis bloquée. Je suis enchaînée à ma mère. Elle me torture, elle me fait mal, mais je ne peux pas la quitter. Quant à mon père, je ne veux pas le laisser seul.

Lui est resté avec ma mère pour nous, ses enfants. Il a souffert aussi d'avoir une femme manipulatrice et aigrie. Il a passé des années dans les cris, alors qu'il aurait pu refaire sa vie.

Je crois que je n'ai jamais voulu l'abandonner.

C'est lui qui m'a fait revenir à Paris, alors que ma mère ne souhaitait pas vraiment me retrouver, moi le bébé placé en nourrice sans remords ni regrets. Il voulait que je revienne auprès de lui. Il a mis sept ans pour décider sa femme, et il est revenu me chercher. Lui ne m'a pas laissée tomber. À mon tour de rester à ses côtés pour le meilleur et pour le pire.

Le pire arrive en 1986.

Je me lève un matin et je vois mon père plié en deux de douleur. Ces derniers temps, il a un peu maigri, il est souvent fatigué, mais je mets ça sur le compte des années. J'appelle SOS Médecins. Ils lui font une piqûre. Je pars au travail et, à mon retour, la situation ne s'est pas arrangée : le soir arrive et mon père gémit toujours. Son ventre le fait atrocement souffrir. Il halète. Deuxième coup de fil en urgence, deuxième piqûre. Je passe la nuit à me tourner dans mon lit. Le lendemain matin, quand je me lève, mon père est à l'agonie. Désespérée, je téléphone en larmes à notre médecin de famille, qui habite le quartier.

— Le docteur va arriver, ne t'inquiète pas, tu vas aller à l'hôpital.

Je berce mon papa comme un enfant. Je lui caresse la tête et sens son souffle réchauffer mon poignet. Chaque respiration est pour lui un calvaire. Le médecin sonne à la porte, mais c'est déjà trop tard. Mon père avale sa langue et s'étouffe. Il meurt dans mes bras. Quand ma sœur ouvre la porte, je suis encore à côté de lui en train de le secouer, de lui parler. Mais c'est fini. Sur le certificat de décès, le médecin écrit « occlusion intestinale ». J'ai su la vérité plus tard : mon père souffrait d'un cancer du côlon et nous l'avait caché, pour nous protéger.

Lui décédé, il n'y a plus personne pour s'interposer entre ma mère et moi. Elle en profite. Elle ne m'adresse quasiment plus la parole. Elle me croise dans le couloir sans me regarder. Elle ne lave plus mon linge, ni ne fait à manger pour moi, elle m'interdit l'accès de la salle à manger. Je deviens transparente.

— Je ne veux pas te voir à table avec nous.

Elle convie ses cousins ou des amis à dîner à la maison, et moi je mange dans la cuisine. Peu à peu, je me mets à rentrer tard, pour éviter de croiser les invités, qui n'y comprennent rien. Ils me demandent pourquoi je les snobe. Je ne sais pas quoi leur répondre et j'ai honte.

La chambre de mes parents est vieillotte. Il faut la refaire, retirer tous les meubles pour changer le papier peint. Ma mère le souhaite, je demande donc à un cousin de s'en charger. Et le jour où les travaux sont finis, ma mère décrète :

— Toi, tu couches là, c'est ta chambre maintenant.

Et elle va dormir avec ma sœur.

Je me retrouve à dormir dans le lit où j'ai vu mon père s'étouffer et mourir. Ses draps portent encore son odeur, je le sais, je le sens. Je ne ferme plus l'œil pendant des mois. Cachets et vitamines pour tenir le coup au bureau. Somnifères pour m'assoupir le soir, mais en vain. Dès que je ferme les yeux, mon père apparaît à côté de moi. Il ouvre ma porte doucement et vient s'installer sans bruit au pied de son lit, au pied de mon lit. Je vois les plis de son front, ses beaux yeux verts qui me regardent, je vois ses lèvres bouger doucement. Il me parle, je l'entends. Il revient me tenir compagnie. Je délire totalement.

Au travail, je suis au radar. Mes collègues compatissent. Ils m'invitent à prendre un verre, ou au cinéma pour me requinquer...

— Non, non, mon père a oublié ses clés, je dois rentrer.

Folle de chagrin. Le médecin précise : « Dépression. »

Je suis une morte vivante en pilotage automatique, et ma mère le voit bien. Elle sait pertinemment qu'elle me fait du mal, et je crois qu'elle aime ça. M'avoir sous sa coupe.

Je suis vraiment tombée malade. Quarante de fièvre, j'ai fait un malaise au travail. Mes collègues m'ont raccompagnée chez moi. Ma cousine a téléphoné au bureau, puis à la maison. De mon lit, j'ai entendu ma mère décrocher et, après un court silence :

— Oui, elle est là. Elle commence à me faire chier, celle-là, avec ses histoires.

Ce fut le déclic. Alors, même malade, je ne lui plaisais pas ! Je n'allais quand même pas me laisser crever pour rien. Je me suis levée, tremblante de fièvre. J'ai mis mes affaires dans un grand sac de sport, je suis passée devant ma mère. Les mots sont sortis tout seuls :

— Si papa est mort, c'est de ta faute, c'est toi qui l'as tué.

J'ai descendu l'escalier et je me suis retrouvée sur le trottoir.

J'étais à la rue, pour la première fois.

4

Renaissance

Je suis sur le trottoir. Libre. Dehors, enfin. Je tiens à peine sur mes jambes à cause de la fièvre. Les courants d'air me frigorifient et les voix s'emmêlent dans ma tête :

— Ça y est, tu l'as fait.

Je suis partie, et je suis complètement déphasée. Je ne sais pas où aller. Guillaume ? Il va vouloir que je m'installe chez lui, et je ne veux dépendre de personne. Les mots de mon père cognent contre mes tympans :

— Si tu as un problème, n'importe lequel, appelle Pierre.

Pierre est antillais et tient une supérette dans Paris. Je le connais depuis toujours. Il bat mon père à la belote et, avec lui, le rire déboule sans prévenir à la maison. Jusqu'à sa mort, ces deux-là ont été plus qu'une paire d'amis, presque des frères. Plus tard, j'apprendrai que mon père, quand il a découvert sa maladie, est venu lui parler :

— Si je suis le premier à partir, Brigitte va vivre un enfer. Promets-moi que tu ne la laisseras pas toute seule.

Pierre a promis.

Pour l'instant, donc, il est ma roue de secours. Alors je file chez le libraire du quartier pour lui téléphoner.

— Pierre, je suis à la rue, viens me chercher.

Il raccroche sans poser de questions et déboule en moins de temps qu'il n'en faut pour le dire. Sa femme et lui m'accueillent, le temps de trouver un appartement. Ils récupèrent une loque. Shootée aux somnifères, épuisée, cassée. Pendant un mois entier, mon programme est simple : dormir et pleurer. Je ne veux plus jamais entendre parler de ma mère. Mais mon départ est son échec personnel. Vaincue, elle ? C'est ce qu'on va voir ! Elle débarque un beau jour au magasin de Pierre et, devant toute la clientèle, joue un numéro de mère éplorée qui me tord le cœur. Elle entre dans la boutique et je suis tétanisée, raide comme un piquet à côté de la caisse. Elle m'ordonne de repartir avec elle, tout de suite :

— Ta place n'est pas ici, chez des étrangers.

Ma place, c'est à la maison. Avec elle. Comme avant. Non contente de m'avoir broyée en mille morceaux, elle exige de profiter encore du spectacle. Comme une souris entre les pattes du chat. Elle me veut tout près pour mieux me griffer.

Il y eut un grand silence avant que Pierre ne réponde. Et ses mots ont traîné ma mère plus bas que terre.

Il lui a dit qu'elle n'avait jamais eu de « maman » que le titre. Qu'une vraie mère n'agissait pas comme ça avec son enfant. Que désormais j'étais sa fille à lui, et plus la sienne. Et que de ce jour, si quoi que ce soit m'arrivait, c'est à lui qu'elle aurait affaire.

Il a dit tout haut ce que je n'avais jamais osé formuler. Ses paroles, c'était mon armure. Ma mère est repartie furieuse, en claquant la porte.

Le temps file et la famille de Pierre me chouchoute comme un bébé. Lui et sa femme me dégotent un petit studio. Tout l'argent que j'ai mis de côté sert à payer la caution. Pendant des semaines, ils m'apportent donc mes courses à domicile, sans me faire payer un centime.

Je vais de mieux en mieux... jusqu'à ce que je me fasse installer le téléphone. Ma mère s'en sert comme d'un lasso.

Elle refuse que je m'éloigne d'elle. Vexée, elle n'accepte pas que ce soit moi qui aie pris l'initiative de partir, et laisse des messages enflammés sur le répondeur :

— De toute manière, tu ne pourras jamais me renier, je serai toujours ta mère.

Ses mots sont des cordes qui m'empêchent de respirer. Ses messages, des lianes qui me ramènent là où je ne veux plus aller. Ils me rendent malade. Le répondeur clignote, et j'explose en larmes, avant d'aller vomir dans les toilettes. La sonnerie du téléphone me fait sursauter. Un jour, c'est Guillaume qui décroche. À l'autre bout du fil, la voix de ma mère :

— Vous me passez Brigitte ?

— Non.

Il me protège. Le voir m'apaise et me distrait. Il passe chez moi et on reste blottis à la maison. Au bout de deux ou trois jours, j'étouffe, il le sait, je le lui ai dit. J'ai besoin d'être chez moi, de lire si j'en ai envie, d'être un peu seule...

C'est tellement nouveau pour moi ! Jusqu'ici, j'ai dû tout partager. Désormais, j'ai mon indépendance, un petit coin qui m'appartient, alors j'en profite. Parfois, je fais la morte : volets fermés, téléphone coupé, bouquin en main. Sans personne, sans bruit, tranquille.

Ça ne va pas durer longtemps.

Voilà quelques mois seulement que je suis partie de la maison et ma sœur Géraldine m'appelle à l'improviste. Elle s'est rendu compte, dit-elle, que notre mère a changé : elle est devenue aigrie, encore pire qu'avant. Elle ne m'a plus comme punching-ball, alors elle passe ses nerfs sur ma sœur. Géraldine veut à son tour quitter la maison et me demande de l'héberger. C'est la tuile, mais la famille reste la famille, malgré tout. J'accepte.

En semaine, ça va. Ma sœur travaille et moi aussi, on se voit peu. Mais quand le soir et le week-end arrivent, j'ai un chaperon à domicile. Guillaume continue de venir chez moi, même si notre intimité en prend un coup. Passe encore ! Noël arrive et ma sœur a une opinion bien arrêtée sur ce que je devrais faire. Paix sur la terre et compagnie... Elle se met à jouer les entremetteuses entre ma mère et moi :

— On devrait aller toutes les deux passer le réveillon chez maman, qu'en penses-tu ?

Pas question. Je ne tiens pas à ajouter un mauvais souvenir à la longue liste des Noëls ratés. Ma sœur s'en va donc seule passer le 24 décembre chez ma mère, et je reste chez moi, bien tranquille, devant mon assiette de saumon. Vers minuit, surprise ! on sonne.

— C'est moi, Brigitte, ouvre.

Bizarre. Ma sœur a un jeu de clés. Au moment où je le lui fais remarquer en entrebâillant la porte, je vois la silhouette de ma mère derrière elle. Je suis estomaquée. Furieuse de m'être fait cerner. Je la regarde droit dans les yeux.

— Tu vois, ici, c'est chez moi. Tu peux entrer mais, si tu dis une parole de travers, tu repars dans la seconde.

Elle entre. On passe une heure à enchaîner les banalités. Avant de partir, elle m'informe :

— Je repasserai te voir.

Soit, mais je pose mes conditions :

— Tu téléphones avant. Si je suis là et si je veux, oui. Sinon, tu restes chez toi.

Je n'ai jamais réussi à couper les ponts entre elle et moi. Encore aujourd'hui, j'ai du mal à m'expliquer pourquoi. C'était ma mère, même si elle n'en avait que le titre. C'était comme ça.

Ma sœur finit par partir vivre avec un charmant jeune homme. Je me retrouve enfin toute seule chez moi.

C'est l'âge d'or. Dix ans de bonheur entrecoupé de quelques déprimes passagères. J'invite, je m'amuse, je pars en week-end avec Guillaume. Mon boulot me plaît, j'ai une vie sympa et pas mal de copines avec qui sortir, dont Muriel.

Je la connais depuis des années. On s'est rencontrées à l'école et on s'entend très bien. Désormais, elle tient son propre salon de coiffure, elle est mariée, mais son couple bat de l'aile. Lui ne peut pas avoir d'enfant, et elle en désire un plus que tout au monde. Elle finit par claquer la porte, et touche le fond de la déprime. Je lui rends visite aussi souvent que possible. Ça tombe bien, elle habite près de chez moi, sur le chemin de mon travail. Un jour, le téléphone sonne et c'est elle, malheureuse comme une pierre. Il y a urgence, mais je suis coincée au bureau. Impossible de quitter mon poste, alors j'envoie Guillaume jouer le pompier de service...

Grave erreur.

Guillaume passe la voir une fois. Puis deux, puis trois. En bus, de retour du bureau, j'aperçois la voiture de mon homme garée devant chez elle. Le quatrième jour, la moutarde me monte au nez.

— Tu as passé une bonne journée, Guillaume ?

— Oui, oui.

Il finit le travail vers 13 heures, et après, d'habitude, il file à la salle de gym pour transpirer trois ou quatre heures.

— Qu'est-ce que t'as fait de beau, cet après-midi ?

— Je suis allé m'entraîner...

— Tiens, c'est bizarre, ton copain Georges m'a appelée, il ne t'a pas vu au sport. T'étais où ?

Je mens, sans le lâcher des yeux.

— Tu cherches quoi, là, Brigitte ?

— Moi, je ne cherche rien du tout, mais apparemment toi, tu as trouvé ce qu'il te faut. Alors tu prends tes affaires et tu te casses.

Il patauge :

— Non, mais tu ne comprends pas...

Il n'y a rien à comprendre. C'est elle ou c'est moi.

— Mais vous vous complétez bien toutes les deux...

Je savais qu'il était gonflé, mais à ce point-là, c'est une grande découverte... On se sépare sur-le-champ.

Je suis restée au fond du trou trois, quatre mois. J'avais les hommes en horreur, tous dans le même sac. Guillaume continuait à prendre de mes nouvelles, comme il l'a fait toute ma vie jusqu'à aujourd'hui. À l'époque, je lui disais que notre séparation était une libération, que je m'amusais comme une folle. C'était archi-faux, évidemment. Je ne voulais pas lui faire le plaisir d'être malheureuse. Et je m'écroulais en pleurs à la fin de chaque coup de fil...

Un second coup de massue n'a pas tardé à s'abattre sur ma tête.

Nous sommes en 1997, et ma mère tombe malade. Je l'apprends peu après elle, au mois de juillet, et son opération est prévue pour le début du mois de septembre. Cancer du sein, stade avancé. Ma mère va mourir et je redeviens en un coup de fil la petite fille que j'ai été.

— Brigitte, viens me voir.

Elle a besoin qu'on l'aide à faire ses courses, son ménage. Elle a peur d'aller seule à l'hôpital recevoir sa chimio. C'est décidé, je zappe mes vacances d'été pour pouvoir libérer mes demi-journées. Mon patron accepte, et puis, à la rentrée, change d'avis. Ma sœur, elle, ne bouge pas le petit doigt. Alors, fin septembre, je démissionne. Ma mère a besoin de moi, c'est inespéré. Je veux garder du temps pour l'aider. Je crois que c'est mon devoir. En fait, au fond, je veux qu'elle m'aime.

Son cancer, c'est la dernière chance pour qu'elle m'accepte comme sa fille.

Alors je vais chez elle repasser, nettoyer et faire la cuisine. Je cours partout, de son appartement à l'hôpital, à la pharmacie... Je la masse, je la soigne. Je prends un petit boulot de nuit dans une maison de retraite, pour pouvoir concilier tout ça, mais j'ai du mal. Je suis épuisée. J'arrive parfois chez ma mère avec un quart d'heure de retard.

— Je me demande pourquoi tu viens, tu ne fous rien, tu ne m'aides pas...

Je ne tiens plus debout. Je m'offre quarante-huit heures de break pour souffler et, quand je retourne chez ma mère, elle ne me dit même pas bonjour.

— Ça va ? Tu t'es bien amusée ?

C'est reparti de plus belle. L'hôpital. Le hall d'entrée et sa peinture qui s'écaille, les sièges en métal de la salle d'attente, l'odeur de détergent des couloirs : je connais le chemin par cœur. Les médecins gavent ma mère de rayons. Les protocoles sont nouveaux, et au fil des jours je la vois qui se transforme en vieillarde. Effets secondaires : elle vomit pendant une semaine d'affilée. Son corps est recouvert de boutons et de plaques. Elle ne mange plus, maigrit à vue d'œil. Elle est en train de mourir.

Et moi, je crève de la voir mourir.

Les métastases atteignent le cerveau et elle doit être hospitalisée. À cette période-là, je suis obligée de descendre dans le Midi. L'ANPE m'a déniché une annonce qui me plaît et elle me paye le billet de train pour que j'aille passer l'entretien. Si je n'y vais pas, je risque d'être radiée, mais ma mère ne veut rien entendre.

— Tu ne peux pas partir, tu ne peux pas me laisser toute seule. T'en as rien à foutre de moi !

Chaque mot est une aiguille. Je quitte sa chambre, dévastée.

Mon profil convient au poste. Ce qui devrait être une bonne nouvelle me jette dans des angoisses impossibles. J'ai besoin d'un boulot, je n'en peux plus de veiller sur ma mère, mais je me déteste de l'abandonner. L'entreprise qui cherche à recruter me demande de rester quelque temps à Hyères pour faire un essai. J'accepte, une amie qui loge dans les environs m'héberge et j'appelle l'hôpital tous les jours :

— Maman, c'est Brigitte.

Elle me raccroche au nez. Son état se dégrade, et bientôt elle ne répond plus au téléphone. Elle perd la vue. Ma sœur m'appelle un vendredi, angoissée :

— Maman n'est pas bien, il faut que tu reviennes tout de suite.

J'en ai encore pour quelques jours de travail avant de pouvoir quitter Hyères. J'appréhende ce retour à Paris plus que tout. La chambre d'hôpital. Le corps tout maigre sur les draps blancs. L'odeur de propre et le corps sali par le cancer. Ma mère va mourir et je n'ai pas le courage de la voir partir. Ma sœur est à son chevet. À son tour...

Le week-end arrive, et je vais de plus en plus mal.

Mon estomac, au fil des jours, s'est transformé en une grosse boule de béton. Chaque respiration secoue le sac de larmes qui reste fermé à double tour au fond de mes tripes. Je ne peux plus ni me concentrer ni décider quoi que ce soit. Le petit déjeuner me dégoûte et je reste vissée sur une chaise à fumer cigarette sur cigarette... Guy, un ami qui vit près de Marseille, est venu me tenir compagnie. Il s'agite dans la pièce et ses paroles voltigent dans l'air. J'ai coupé le son, je l'entends par bribes :

— ... marcher dans la campagne...

Le voilà qui décrète qu'un bol d'air me fera le plus grand bien. Je n'en pense rien et le laisse m'entraîner dehors. La portière de sa voiture claque. Nous partons pour l'ascension du mont Ventoux. Mille neuf cents mètres d'altitude, rien que ça.

Je marche, puisque nous sommes là pour ça. La neige crisse sous mes baskets, et sous mes pas roulent de petits cailloux qui dévalent la pente jusqu'à cogner contre les arbres. Les minutes passent et je marche sans parler, sans voir, sans sentir. Je marche et mes cheveux dansent devant mes yeux. Mon corps n'est plus qu'un bloc de glace. Je marche et je vois le sentier qui sinue sous mes pieds. Chaque pas dure une éternité.

Il a fallu un instant pour que tout se débloque.

En une seconde, je sens la boule qui m'empêchait de respirer imploser dans mon ventre. Mes muscles se détendent et mes joues tremblent. Je me mets à pleurer des rivières; je suis une fontaine dont rien n'arrête les sanglots.

— Je crois que c'est fini.

Cinq minutes plus tard, je reçois le coup de fil qui me confirme ce que mon corps sait déjà : ma mère vient de mourir. C'est le plus grand soulagement de ma vie. Je suis libérée d'elle. Sans contraintes. Je ne lui dois plus rien. Il fait beau, la vallée s'étale à perte de vue, molletonnée de neige, et désormais je m'appartiens. Presque.

Direction Paris. Le train, le bus... Je vole au-dessus des gens. Je passe chez ma sœur déposer mon sac. Je ne veux qu'une chose : la voir. Voir ma mère.

C'est au funérarium de l'hôpital Saint-Antoine qu'elle m'attend.

Elle est là, ma mère, dans un petit box entouré de rideaux qui frémissent à chaque courant d'air. Elle est là, simplement, sans bougies et sans fleurs. Sans personne, je crois, dans les box alentour. Je suis seule avec ma morte. Moi, debout face à elle. Et elle, allongée sur une table, habillée comme à l'hôpital. Un drap blanc recouvre ses jambes, et sa chemise de nuit plisse autour de son torse. Elle me semble plus squelettique encore que quand je l'ai quittée. C'est elle, différente. Je détaille les plis et les rides, les crevasses et les fossettes, toute cette géographie de peau que je connais si bien et que je ne reconnais plus. Et elle monte doucement, la colère. Une colère nouvelle, géante. Un torrent venu du fond de moi.

— Alors tu es partie comme ça ! Tu n'aurais pas pu attendre que je revienne et qu'on règle nos comptes ? C'est trop facile pour toi.

Ma mère est morte et j'ai enfin le courage de la haïr. Je m'encourage intérieurement : « Vas-y, Brigitte, c'est maintenant ou jamais. Il n'est pas trop tard. »

— Tu t'es esquivée sans t'excuser, hein, c'était ça ton plan ? Les coups, je ne te les pardonnerai jamais. C'était toujours de ma faute, même si je ne savais pas pourquoi... Tu te souviens de la ceinture ? Celle-là, tu l'as payée au centuple avec tes abcès et ta chimio.

J'ai aiguisé ton oraison funèbre des années durant, sans même m'en rendre compte, mais ces mots d'acier sont toujours restés coincés, discrets, coupants, dans ma gorge. Ils me faisaient trop mal. Ce n'est plus pareil, maintenant que ton corps est raide, tout pâle, glacé. Froid contre froid, je crache mes lames plus facilement :

— Tu ne m'as jamais aimée mais, en fait, c'est ta vie que tu as ratée. Tu n'as jamais été ni une mère ni une épouse. Pour moi, tu n'as rien été du tout. Je vais t'enterrer et ça sera fini pour toi. Moi, ma vie continue...

Je ne sais pas si je suis restée à te parler deux heures ou vingt minutes. Ce que je sais, c'est que le son de ma propre voix m'a soulagée. J'ai vidé mon cœur et mes tripes de toute la boue que tu y avais entassée. Tout le mal que tu m'as fait, je te l'ai rendu et j'espère que tu es partie avec. Je suis restée assise des heures, jusqu'à ce que l'employé du funérarium vienne me dire qu'il était l'heure de partir. Il a poussé ton cadavre jusqu'à la chambre froide.

Il a refermé la porte du frigo et avec elle un chapitre de ma vie.

Après l'enterrement, il faut vider l'appartement. Ma sœur ne souhaite pas le faire, c'est vrai qu'il y a du boulot. Dans ma grotte d'enfer, rien n'a changé. Ma mère est encore là, dans les tableaux et dans les tiroirs. Et si elle m'avait aimée, comment aurait été ma vie ? Le chagrin s'invite sans prévenir, caché derrière chaque meuble. Alors je jette. Je jette les fleurs en plastique et les napperons bridés. Je jette les bibelots et la nostalgie avec. Je dégage dans la cour la table de la cuisine où je mangeais jadis, seule. Je vide dans le lavabo le parfum qui m'a valu une raclée d'enfer. Je mets au rebut le lit de mes nuits blanches et le linge de maison, les tenues de ma mère, ses jolies jupes de dame et les robes de chambre de sa fin. Il reste parfois des cheveux entre les plis. Ma mère dans la cuisine en tablier de coton. Ma mère avec la ceinture en main qui s'acharne sur mon dos. Ma mère dans ses robes à jupons à la sortie de l'école. Poubelle. Porcelaine, livres, vases : à dégager. Elle ne m'a rien donné de son vivant ? Je ne veux rien recevoir d'elle après sa mort. Quelque part, je lui obéis encore. Jeter ne me soulage pas, mais je continue mon ménage avec une frénésie de robot. Exit les vieux journaux, les papiers jaunis, les rideaux et les draps de mes parents ! Je passe leur intimité par le vide, et c'est mon enfance dont je me débarrasse. Du moins, j'essaye. Car les jours passent, les sacs s'entassent, et je ne me sens pas plus libre. Pas coupable non plus. À dire vrai, je suis anesthésiée : je m'écroule sans prévenir, je dors comme on court le marathon et puis, au réveil, je recommence. Mes parents ont connu la guerre, et ça se voit : je balance aux ordures des conserves périmées depuis des lustres, des kilos de sucre, des monceaux de bouteilles d'huile... C'est la petite gardienne, Malika, qui monte mes repas. Témoin de l'inventaire, elle repart avec ses sandwichs dont je ne veux pas et tous les meubles de la salle à manger. Cadeau. Liquidation totale. La cave de mon père et ses bouteilles poussiéreuses, qui n'ont pas bougé depuis sa mort, reviennent à mes cousins. La grande armoire du couloir, celle qui vaut une fortune, je l'offre. Non merci, je ne veux rien garder. J'ai assez de souvenirs dans mon cœur pour pourrir le restant de ma vie...

Mais que ça aille vite, pitié ! Je décide de ne plus rentrer chez moi chaque soir, pour gagner du temps. Guillaume vient tous les jours m'apporter des cartons, il reste une heure ou deux puis me laisse continuer à remuer la poussière. Je ne sors plus de la maison, je dors sur place, sur le canapé. Pas une minute à perdre.

Je n'ai qu'une hâte, tout dégager et puis partir. Mon oncle me rejoint enfin pour descendre les derniers meubles trop lourds pour moi... C'est fini.

Le grand ménage a duré trois semaines. J'ai perdu douze kilos et des tonnes de souvenirs. Je suis maintenant prête à partir, moi aussi.

En l'espace de huit jours, j'ai fait mes cartons, vidé mon appartement, perdu ma caution, appelé les déménageurs et quitté Paris. Je suis allée à Marseille, et je m'y suis amusée.

5

Paris-Marseille-Paris

Une cabine téléphonique, plantée au beau milieu d'une rue commerçante. Les voitures klaxonnent, coincées dans l'embouteillage de la fin de journée. Je pianote le numéro de Guillaume.

— Allô ? C'est moi, c'est Brigitte.

— Mais où es-tu ? Ça fait quinze jours que je passe devant chez toi, les volets sont fermés...

Je suis à Marseille. J'ai quitté Paris pour repartir de zéro. Je n'ai plus de passé. Que Guillaume ne s'inquiète pas s'il n'a pas de nouvelles pendant longtemps. Je vais prendre une pause. Une longue pause pour me remettre de ces trente dernières années...

Et mon vrai médicament, ce sera la fête.

La musique. Danser. Profiter. Visiter. Le Vieux Port, la Pointe Rouge, les terrasses de la place Thiars... Toute la journée, je joue à la touriste et, le soir venu, je commence une tournée d'un autre genre : bistrots, bars, boîtes de nuit. Pour moi, c'est nouveau. Je rattrape le temps perdu à toute vitesse. Avec l'amie qui m'héberge, nous recommençons chaque nuit la tournée des grands-ducs. Du soir au matin, je m'éclate. Je danse, je flirte, je ris. J'ai 37 ans, et vingt de moins dans ma tête.

Chaque matin, je me lève et saute dans un jogging, direction la boulangerie, en quête de pain tout chaud et, s'il en est encore l'heure, de croissants. Systématiquement, je retrouve dans la boutique cinq ou dix personnes qui ont eu exactement la même idée que moi. Alors j'attends sagement mon tour, en dévorant des yeux les rangées de religieuses et les bataillons d'éclairs. Les minutes passent dans des parfums de sucre et de levain et, chaque matin, ma bonne humeur s'évanouit au moment où il débarque. Toujours le même gars. Un brun, la trentaine passée. Je le vois pousser la porte vitrée qui tinte de tous les côtés, jouer des coudes, passer devant tout le monde avec l'air de ne pas y toucher, faire semblant de regarder un gâteau tout près de la vendeuse, commander et repartir tranquillement avec sa baguette sous le bras. Il m'énerve. Un matin où je me suis levée du pied gauche, je ne le rate pas :

— Dis-moi, mon grand, ça ne te dérange pas trop de doubler dix personnes ?

Je parle fort, exprès, et mes voisins en quête de viennoiseries en oublient de s'ennuyer. Lui me regarde, vexé.

— Tu ne sais pas, si ça te perturbe tellement, tu n'as qu'à me l'apporter chez moi, mon petit déjeuner.

Et il me donne son adresse. Le lendemain matin, je suis devant sa porte avec les croissants. Je repars trois jours plus tard. À cette époque-là, je m'étonne moi-même. J'étais timide, plutôt farouche, très méfiante, culpabilisée pour un rien. Je renais, mais à l'opposé : je suis directe, décomplexée, légère.

Je deviens un pilier de discothèque. Très ronde, très blonde. Tous les soirs ou presque, je m'habille joliment, je me maquille un peu, et je sors. Adossée au bar, je laisse mes yeux verts faire le travail de drague. Ces deux-là ont toujours été mon atout majeur ! La musique berce mes oreilles, mes yeux s'accrochent aux garçons. Parfois, ça marche et je me réveille le lendemain à côté du danseur de la veille dont je ne connais rien, pas même le prénom. Je me lève dans ses odeurs, entre quatre murs inconnus, et je claque la porte sans me retourner.

J'ai envie de vivre à fond, et mes désirs sont des ordres. Après l'hôpital et le funérarium, après les nuits passées à pleurer, je me défoule avec ce que j'ai sous la main : les hommes. En amour, je suis plus pratiquante que jamais, mais plus du tout croyante. Je prends le bon, les câlins, les sorties, et je laisse le reste. Les promesses, la fidélité : j'ai appris à mes dépens que c'était du vent. Dès que cela commence à devenir régulier, sérieux, bref, ennuyeux, je zappe. Au suivant !

À cette époque, je suis insouciante.

« Inconsciente », disent mes copains.

Ils se font du mouron. Ils m'ont vue prendre la première et dernière cuite de ma vie, et cela les a un peu surpris. La Brigitte flambant neuve, décomplexée, sans limites, les inquiète. C'est vrai que je ne cherche pas vraiment de travail. Je claque mes économies en boîte et en sorties. Je sors avec n'importe qui, n'importe comment... Je ne construis rien, je flambe, je me consume et j'ai l'impression que ça me fait du bien. Au bout de quelques mois, conseil de guerre : mon ami Guy, si doux d'habitude, me prend entre quatre yeux et entreprend fermement de mettre un point final à ma vie de bohème :

— Quand est-ce que tu vas te reprendre, Brigitte ? Il faut que tu réagisses... T'as passé l'âge. Bouge-toi, et puis trouve un appartement.

Pour qui se prend-il ? Il n'est ni mon père ni mon frère. Le ton monte et je l'insulte.

La gifle qu'il me colle a le mérite de me remettre les idées en place. Je lui en veux à mort, mais je rentre à la maison déboussolée. Pendant deux jours, je rumine. Je me parle à moi-même, questions-réponses, questions-réponses. Conclusion : il est temps de reprendre ma vie en main.

Petit à petit, donc, je me calme. Je trouve un petit appartement et cherche du boulot. Je reste davantage chez moi. Je m'accorde une sortie à partir de 18 heures, je limite les soirées.

En attendant de trouver un job, je fais du bénévolat dans une maison de retraite. Les papys et les mamies me racontent leur vie, on se promène dans le jardin, on prépare des gâteaux pour les anniversaires. J'ai toujours aimé les vieux. Un petit grand-père me fait la cour : 80 ans, tout riquiqui, il me fait rire !

— Ah ! Brigitte, si j'avais vingt ans de moins...

Avec les personnes âgées, je me sens utile. Mais je dois arrêter mes visites au pays du troisième âge pour m'occuper de Félix. C'est mon petit voisin, il habite en face de chez moi, il a 17 mois. Sa mère travaille beaucoup : elle tient un magasin et a fait un enfant pour plaire à son mari. Résultat : elle s'occupe rarement de lui et me propose de le garder. Baby-sitting, voilà qui me change de la comptabilité ! J'apprécie... D'autant plus que Félix est un amour. Il me câline, et moi aussi. À son âge, il mange encore des petits pots. Il ne sort jamais de chez lui, il sait à peine ce qu'est un jardin, il ne fréquente jamais d'autres enfants et tout l'effraie. Chaque soir, quand je rentre chez moi, il pleure... J'adore m'occuper de lui.

Au fil des mois, mes soirées aussi deviennent de plus en plus calmes. Mes copines se casent les unes après les autres. Ou elles ont des enfants, et le résultat est le même : on troque les plans « bar-boîte » contre les dimanches au square et les restos tranquilles. C'est un peu casse-pieds. On sort de moins en moins, et en plus on doit emmener avec nous la progéniture et les maris. Moi qui ne suis pas en couple, je me retrouve en décalage... J'ai la bougeotte, je commence à m'ennuyer... J'étais venue à Marseille vivre ma crise d'adolescence en accéléré. Elle est finie, la page se tourne.

C'est le moment pour moi de remonter à Paris. Paris et mes mauvais souvenirs. Paris et ma mère. Mais là-bas, c'est chez moi, malgré tout. J'y ai passé trente ans. On n'efface pas le passé d'un coup de soleil...

Nous sommes en novembre 2000 et je reviens définitivement vivre dans la capitale. C'est un choc... climatique ! Il fait très, très froid. La chaleur du Midi me manque, j'ai du mal à me réhabituer à cette vie dans la grisaille. Question boulot, j'enchaîne les petites missions. Je finis par devenir vendeuse de fringues, puis responsable du magasin quand ma supérieure part superviser l'ouverture d'une boutique à Nancy. Mais ma fiche de paye ne suit pas. Janvier arrive, et avec lui les soldes. Je passe des semaines insensées. Je range les rayons, défait les cartons, lave le sol, ouvre et ferme le magasin, tient la caisse, conseille les clientes. Je m'épuise et ma patronne, de retour de province, se plaint d'un chiffre d'affaires mollasson. En cinq minutes, ma lettre de démission atterrit sur son bureau.

Je ne veux plus subir.

À l'époque, la France se félicite de son chiffre du chômage en baisse. Mais en regardant de ma fenêtre, je n'ai pas franchement la même impression ! J'ai un mal de chien à retrouver un job. Je retourne même au magasin de chaussures, là où ma mère travaillait quand j'étais petite, juste en dessous de notre appartement. Les gérants sont toujours les mêmes. Ma mère, elle, n'est plus là. Je ne crains plus de la croiser. Elle morte, j'ai même du plaisir à revoir cette boutique, où rien n'a changé. La réserve tapissée de longs carreaux de céramique rectangulaires, la vitrine remplie de vieux modèles, le bureau du patron où j'allais, avec sa complicité, téléphoner à ma nourrice... Lui a vieilli, moi aussi. Il perd un peu la tête maintenant, et sa femme a du mal à s'en sortir seule. Elle me demande de faire chez eux quelques heures de comptabilité au noir. J'accepte, c'est ma seule perspective d'emploi pour l'instant. Plusieurs semaines après, elle me propose aussi de prendre le poste de vendeuse.

Comme ma mère.

Je me glisse dans sa peau. Je me glisse dans le passé. Quelque part, je veux peut-être le réécrire, à ma façon.

J'arrive le matin à 11 heures, je repars à 16 heures. Et ça me plaît. Le contact avec les clients, les petites mémés qui viennent pour discuter et repartent deux heures plus tard... Dans mon ancien immeuble, je suis revenue plus forte. Je vends facilement, n'importe quoi. De vieux escarpins, des chaussures des années 1960... Dans cette boutique que je connais depuis toujours, je fais désormais ce que je veux. Je décore à mon goût. La patronne me laisse libre comme l'air. Ce n'est pas le cas de son mari : lui souffre d'Alzheimer et, comme il se sent diminué, devient un peu aigri. Il se met à débarquer dans le magasin sans prévenir, piétine la vitrine, déballe vingt boîtes à chaussures, et c'est à moi de tout remettre en place !

Un jour, on se dispute assez fort.

— Brigitte, vous allez monter les meubles, tout de suite !

Des armoires en kit... Moi qui ne suis pas bricoleuse pour un sou, je ne sais même pas planter un clou ! Pas question que je m'y colle.

— Je suis là pour vendre des chaussures, le reste, ce n'est pas mon problème.

Il se met à hurler. Vite mon manteau, mon sac, je veux partir... Il se jette devant moi, les bras écartés.

— Vous restez là, vous ne bougez pas !

Je le pousse et je claque la porte. Les cris, les ordres... Je n'ai plus à supporter ça. Cette fois, c'est moi qui décide.

Hors du boulot, j'ai une vie normale : un petit appartement à Saint-Maurice, dans le Val-de-Marne, et des sorties de temps en temps. Je vois des amis qui sont restés vivre à Paris. Guillaume ressurgit épisodiquement. Il m'appelle, on va voir un film, manger un morceau tous les deux. Il aimerait bien qu'on se remette ensemble... Il a oublié comme j'étais rancunière. Parfois, on flirte, et plus, mais c'est quand je veux, où je veux, si je veux. Il n'est plus mon homme, mais reste mon ami. Je connais ses limites et je sais que je peux compter sur lui. Il ne m'a jamais lâchée...

Je finis par signer un vrai contrat de travail, dans une serrurerie. L'équipe est réduite, l'ambiance assez sympa. Je suis pendue au téléphone toute la journée, mais ce job de secrétaire comptable me plaît plutôt. Les mois filent. Métro, boulot, dodo, week-ends calmes ou agités, bouquins, cinés, sorties...

Nous sommes en 2002 et Marc entre dans ma vie.

Voilà sept ans que ce garçon est dans mon paysage... C'est un ami d'amis et je l'apprécie, sans le connaître vraiment. D'apparence, il est très avenant, doux et posé. Un samedi soir, nous nous retrouvons tous dans la salle de gym qu'il tient en banlieue parisienne... C'est la fête. Ses clients sont là, ses voisins, ses amis aussi... Nous discutons gaiement, entre deux danses. Marc parle peu, mais juste. Il me donne de bons conseils et s'intéresse à moi dans le détail : je dois lui raconter mon boulot, Marseille... La soirée se termine et, juste avant que je ne parte, il me propose de revenir le lendemain après-midi boire un café.

J'y retourne donc, pensant que Marc avait lancé l'invitation à toute notre petite bande. En fin de compte, il n'y a que moi. Les heures passent à discuter, et Marc m'oriente bientôt sur son sujet favori, le travail :

— Pourquoi tu ne viens pas bosser ici avec moi ?

Il cherche quelqu'un pour l'épauler dans sa salle de sport. Il me verrait bien faire la comptabilité de sa petite entreprise et n'est pas à court d'arguments :

— Ici, tu pourrais aussi tenir l'accueil, tu rencontrerais plus de gens qu'à la serrurerie, les clients sont sympas...

Je dois y réfléchir. En attendant, Marc me prend par les sentiments. Si je veux me remettre au sport, il se propose de me concocter un petit programme d'entraînement spécialisé. Me remettre en forme ne me fera pas de mal. Je commence donc à fréquenter assidûment la salle de sport... et son patron avec. Il s'intéresse à ma vie, me remonte le moral quand les souvenirs affluent trop violemment à la surface. J'ai des coups de blues, et il le sait. Il est secret, mais d'une oreille attentive, et il n'y a pas que l'oreille qui me plaît chez lui. C'est un beau gars, rassurant, grand et bien fait de sa personne... Un jour, il saute le pas. Direct, sans emballer sa déclaration dans du papier de soie :

— Tu sais, Brigitte, je suis bien avec toi. Il faudrait qu'on se mette ensemble.

Je fais semblant de ne rien entendre... À l'époque, même s'il me plaît bien, je suis vaccinée contre les hommes. Pas envie d'être un couple. Quelque temps plus tard, Marc organise un pot et m'y invite. Ce soir-là, nous sommes quatre : une amie à moi, plus un copain à lui. Elle ne sait pas danser la salsa, on se moque gentiment d'elle, le garçon l'entraîne sur la piste et lui montre les pas... Nous nous retrouvons, avec Marc, tous les deux sur le canapé. Il m'embrasse. Commentaire de nos amis :

— Ah ! quand même, vous avez mis le temps !

Pas tellement, en fait. Ça s'est fait assez vite. Et comme je ne pose pas beaucoup de questions, je ne connais pas grand-chose du passé de Marc. Ça n'est pas un problème : j'ai l'impression qu'il est mieux que les autres hommes que j'ai pu connaître. Très réservé, plutôt distant, et direct, mais cultivé et bien élevé. Peu à peu, je dors de moins en moins chez moi, et de plus en plus chez lui... Dans l'intimité non plus, Marc n'est pas du genre bavard. Nous faisons l'amour, et il ne dit pas un mot. C'est l'acte, point barre. Pour les câlins, je peux repasser. Mais je ne suis pas de nature très tendre non plus, alors je m'y fais. Et puis je me dis que nous nous connaissons mal et que la relation va évoluer. Après tout, je me sens bien avec lui, et puis j'ai 41 ans passés... Alors je me lance.

Je lâche mon travail pour le rejoindre, puis mon appartement. Quitte à travailler en couple, autant vivre sous le même toit. Marc a aménagé un appartement coquet derrière la salle de gym. Il a tout fait lui-même : monter les cloisons et décorer, coudre les rideaux... C'est un bricoleur accompli, extrêmement minutieux, propre et précis... Dans le privé, il est plutôt speed, autoritaire, et gère sa salle de sport de la même façon. Il cultive de grands projets : agrandir, retaper, rénover... Il a de l'ambition. Et moi, je le suis. Je m'occupe des comptes, j'accueille les adhérents. Et quand j'ai du temps libre, je grimpe sur les machines, encouragée par Marc.

En un an et demi, je vais perdre soixante-quatre kilos. Le miroir me renvoie une image qui me plaît de plus en plus. Je me sens bien : j'ai un mec à moi, qui aime faire la fête et invite régulièrement ses clients à boire un verre après la fermeture de la salle. Beaucoup de monde gravite autour de lui. Peu à peu, je vois moins mes amis pour ne plus fréquenter que les siens, qu'il préfère évidemment. Avec certaines de mes copines, il est même assez froid, limite désagréable. Beaucoup finissent par ne plus me donner de nouvelles...

— Ce serait bien qu'on agrandisse la salle.

Voilà des mois que nous sommes ensemble et que Marc me parle de ce projet. Je le soutiens... Je vois qu'il y a peu de machines, et que les clients seraient contents, et plus nombreux, s'ils avaient d'autres joujoux pour se muscler...

J'ai touché un héritage de mes parents. Presque 10 000 euros, que j'ai mis de côté. Marc le sait depuis toujours. Je lui en avais parlé il y a quelques mois, quand il me draguait. Je lui avais dit alors que je souhaitais garder cette somme pour prendre un crédit et m'acheter un petit studio, plus tard.

— C'est important d'avoir un peu d'économies, m'avait-il dit à l'époque.

Mais maintenant, nous sommes ensemble. C'est sérieux, et cet argent lui ferait du bien.

— Si tu veux, je peux t'en prêter pour que tu achètes du matériel.

Il n'attend que ça, évidemment.

Une machine, puis deux, puis trois. Et puis casser le mur pour agrandir, refaire la peinture, les vestiaires et l'électricité, qui n'est plus aux normes... Pendant les travaux, la salle continue d'être ouverte. Marc est tendu, mais content. Et moi, je vois mon héritage fondre au soleil des grands projets. Je ne m'inquiète pas, on est un couple, on va s'en sortir.

J'ai donné le bâton pour me faire battre.

Lui et moi, ça commence à se dégrader le jour où l'argent manque. Il faudrait ralentir la cadence, arrêter un peu le chantier, le temps de se refaire... Je le lui dis. Il n'en est pas question. Marc veut continuer les travaux. En quelques mois, nos relations changent du tout au tout. Il devient stressé et brusque. À chaque facture, il s'angoisse et c'est moi qui prends. Au menu : remarques aigres et regards noirs. Je retombe doucement mais sûrement dans une ambiance que je connais trop bien. Marc me demande de l'argent, je n'en ai plus, je ne peux pas l'inventer. Son obsession : me faire prendre un crédit. Je lui conseille de le prendre à son nom, s'il en a tellement besoin... Il m'en veut, me reproche de ne pas l'aider, de l'avoir planté en plein milieu des travaux, de lui enfoncer la tête dans l'eau. Il crie puis revient le lendemain, comme si de rien n'était. Les disputes se multiplient, de plus en plus venimeuses. Marc tire la gueule des jours durant.

Et moi, je prends mes distances. Je me ferme comme une huître. Je ne comprends pas ce qui arrive, je suis déçue, anxieuse. Je commence à craindre ses réactions. Je ne parle presque plus, pas un mot, les yeux au sol, cette stratégie du fantôme que j'ai jadis pratiquée chez mes parents...

La journée, ça va. Devant ses clients, il est serviable, souriant. Comme d'habitude. Dans l'intimité, ça se corse. Je suis de mon côté, lui du sien. Au bout d'un moment, il me cherche. Je ne veux pas faire l'amour. Il me saisit les mains, m'écrase de tout son poids. Il me pénètre de force.

Je le gifle, il me massacre.

Baffes qui résonnent dans ma tête. Coups de poing qui vrillent mes côtes. Je l'entends souffler. Il aime ça. Je crois qu'il y prend goût tout de suite. Je deviens son défouloir.

Il suffit d'une facture, d'un retard de paiement, d'un regard de travers, d'un client mécontent pour qu'il se défoule sur moi. Deux fois par semaine, je prends ma raclée. Des gifles, souvent. Des coups de pied, au pire. Trois fois, je crois bien que je ne vais jamais réussir à me relever. Il me laisse à terre avant d'aller se laver les mains. Quand la salle ferme, l'angoisse monte. Je vois les derniers clients ranger leurs affaires et partir, je voudrais tant qu'ils restent ! J'aimerais qu'ils ralentissent, doucement les mouvements, lentement les pas, jusqu'à ne jamais quitter la salle. Marc sera-t-il gentil ou menaçant après leur départ ? Va-t-il se déchaîner ? Oui. Il me casse le dos, me laboure le crâne, et mes repères dégringolent. Je ne comprends pas ce que j'ai fait pour mériter ça. Je ne comprends pas où est passé le Marc réservé et poli que je connaissais. Je raisonne : je me dis qu'il est stressé, anxieux, déçu, en colère contre moi à cause des travaux. Parfois, il s'excuse. Il arrive derrière moi avec un sourire penaud :

— C'est pas grave, hein...

Deux jours après, c'est reparti. La peur ne me quitte plus. Il me fait l'amour de force, mais ça ne lui suffit pas.

Un matin, je vais le voir dans son bureau. À l'accueil, une dame m'a demandé un renseignement et je ne sais pas quoi lui répondre. Il me faut un conseil, j'ai besoin de voir Marc, mais sa porte est fermée à clé. Je frappe, il m'ouvre.

— Tu la fais patienter, j'arrive.

Juste le temps de voir une blonde aux longues jambes assise dans son fauteuil.

Quelques jours après, même topo. J'ai un souci avec un adhérent, je frappe et entre cette fois-ci sans attendre.

Marc est en train de tirer son coup sur le bureau, avec une autre. Je referme la porte.

Je suis abasourdie. Ils sont tous pareils. Il faut que je le quitte. Mais rompre, c'est un échec, un de plus. Et puis je tiens à Marc. Cocue pour cocue, je me dis que ça va passer. Qu'on va arranger les choses. Ce n'est rien, Brigitte, laisse filer quelques jours, ça va se tasser, après on pourra discuter...

Je lui parle, tout de même, de ses maîtresses. Il répond :

— Ça ne te plaît pas ? Il faudra t'y faire. Et puis ces filles, ce n'est rien du tout. Un moyen pour qu'elles renouvellent leur abonnement.

Je suis sidérée. Je me déteste d'accepter sans réagir davantage, mais je ne vois pas d'issue. Je ne veux pas l'énerver, j'ai peur de lui. La première claque m'a immédiatement fait perdre quelques décennies. La panique s'est emparée de moi, une nouvelle fois. Comme avant, chez ma mère. Je suis complètement paumée. Si je pars, où vais-je aller ? Chez moi, c'est chez Marc. Comment va-t-il réagir s'il me voit faire mes valises ? J'ai l'impression qu'il ne se contrôle plus, il peut m'assommer d'une baffe... Alors je reste, en espérant que le Marc d'avant va réapparaître. C'est la rentrée, septembre-octobre, et beaucoup d'adhérents reprennent leur carte au club de gym. Une vingtaine de nanas passent dans le bureau de Marc. Plusieurs par jour. Il en saute un certain nombre, c'est sûr. Elles arrivent toutes, souriantes, avec leur sac de sport. Elles sentent la vanille ou la rose ou le musc. Elles portent des débardeurs ou des brassières en nylon, des shorts, des caleçons moulants, elles ont de gros seins, parfois de grosses fesses. Elles soulèvent des poids sans lâcher leur image dans le miroir. Elles sont jolies, souvent. Je les méprise, je me méprise. Elles passent à l'accueil :

— Bonjour, Brigitte ! Comment vas-tu ?

Elles me parlent comme si de rien n'était et je sais. Je sais que Marc n'en veut qu'à leurs fesses. Rondes ou fluettes, belles ou moches, brunes, rouquines, gamines et vieilles peaux : dans son bureau, c'est le défilé. C'est de ma faute, je ne veux plus faire l'amour. Il veut se venger du prêt que je n'ai pas pris. Il veut me faire souffrir.

Tant mieux : pendant qu'il va avec elles, il me laisse tranquille...

J'ai mal à crever. Je vois la porte se refermer, et j'imagine. Marc avec une minette collée au mur. Marc avec une blondasse sous le bureau. Quand il ressort, son grand sourire se plante directement dans mes tripes. Il faut que je parte, mais où ? Je n'ai plus un centime sur mon compte. Je ne sais pas à qui me confier, voilà des mois que je n'ai pas appelé mes copines. Idem pour Guillaume, à qui je n'ai pas donné de nouvelles depuis des lustres. Autour de moi, que des clients de Marc, des amis de Marc, des connaissances de Marc. Il a des relations. Je suis seule. Complètement. Paniquée.

Et puis il y a eu les soirées. Avant d'être avec moi, Marc organisait régulièrement des pots, des apéros, souvent le samedi soir. Ensemble, on a continué à s'amuser et à recevoir des gens. Mais depuis que nous sommes devenus un couple de façade, je fuis ces fêtes comme la peste. Car je vois Marc s'approcher des belles filles et leur passer la main dans les cheveux. Devant moi. Il ne se gêne plus. J'imagine sans peine comment la soirée va finir. C'est trop pour moi. Je préfère rester dans ma chambre.

Lui ne le supporte pas. Ce soir même, il a organisé une soirée. Il me veut avec lui, à côté, il veut que je le voie draguer d'autres femmes. Ma honte, il a envie de l'observer en direct. Mon calvaire n'est pas allé assez loin pour lui : aux coups de poing et aux insultes, aux viols et aux coucheries, il va ajouter l'humiliation publique.

— Tu ne m'obligeras pas à y aller.

Je lui crache cette phrase au visage et ses claques me jettent par terre.

— D'ici à ce soir, t'as intérêt à changer d'avis, sinon je te laisserai sur le carreau.

À cet instant, j'ai compris qu'il pouvait me tuer. Pourquoi pas ? C'était si simple pour lui, j'étais déjà transparente, soumise, sa chose. Je n'allais pas survivre. Je me suis relevée doucement, sans bruit. J'ai pris mon sac à main, et je me suis précipitée dehors.

Comme hier, il a fallu que je me retrouve à moitié morte pour m'enfuir de chez mon bourreau. Hier, j'avais 25 ans et j'avais quitté ma mère pour éviter que sa haine ne m'achève. Hier, c'était la fièvre qui me faisait trembler. À présent, la douleur. Douleur aiguë des baffes sur mon visage, douleur diffuse des poings dans mon ventre.

En quelques mois de coups et de viols, j'étais redevenue la petite fille que j'avais été. Humiliée, frappée. La Brigitte fluette, timide, sans confiance, celle qui avait peur de tout : cette gamine-là, j'avais cru l'enterrer avec ma mère. Je l'avais jetée à la poubelle, avec les meubles et les vêtements du passé. J'avais mis entre elle et moi huit cents kilomètres, et l'avais fait brûler au soleil de Marseille. Je l'avais liquidée avec mon héritage. En vain. Je la retrouvais aujourd'hui, intacte.

L'histoire se répète.

J'ai 43 ans, je suis à la rue. Et cette fois-ci, personne ne va venir me sauver.

6

À la rue

Cours, cours, dépêche-toi...

Je me jette dans un bus. Effacer mes traces, partir loin, au plus loin de Marc, là où il ne me cherchera pas. Je reste debout, prête à me ruer dehors si je croise quelqu'un que je connais. Chaque arrêt m'angoisse, je voudrais que le bus aille vite, vite, qu'il vole au-dessus des voitures. Arrivée au terminus, je ne suis pas encore assez loin. Un second bus arrive, celui-là file vers Vincennes. Vincennes : je connais bien ce coin de banlieue pour avoir habité à côté, à Montreuil. Je grimpe, m'affale sur un siège. Ma tête cogne contre le froid de la vitre, je n'entends plus qu'un vrombissement, un magma diffus de paroles, de rires, de chuchotis. Le bus ronronne, la fenêtre vibre et c'est comme si deux poings fermés enserraient mes tempes. J'ai l'impression que ma tête va exploser.

Un zombie.

C'est le milieu de l'après-midi quand j'arrive à Vincennes. Le soleil se cache soigneusement derrière les nuages, le ciel est en coton. Je marche dans le quartier de la gare, incapable de réfléchir. Les mots se bousculent. Secouée de spasmes sans larmes, je vais sans but, une rue, une autre, tourner à gauche, à droite, traverser... Je ne sais pas où aller, je n'ai plus rien. Plus de toit, pas de manteau, pas un sou sur moi, ni carte bleue ni chéquier.

Je suis laminée.

Comment ai-je fait pour en arriver là ?...

Voilà plus d'un an que je travaille pour Marc, sans salaire, sans être déclarée. Pourquoi s'embarrasser de paperasse ? C'était mon mec, le centre de mon univers. Lui avait une carte bancaire, dont je pouvais me servir au besoin, mais à vrai dire c'est lui qui s'occupait de nos dépenses quotidiennes... J'avais même clôturé mon compte courant. Sur mon livret d'épargne, zéro. Tout l'argent est passé en travaux, ciment, vestiaires, peinture... Mon appartement, c'était le sien ; mon travail, c'était avec lui. Aujourd'hui, en cavale, je n'ai plus rien. Sur moi, je n'ai qu'un pull, un téléphone portable avec lequel je peux recevoir des appels mais pas en passer, et même pas assez de monnaie pour me payer un café.

J'ai honte. Honte de moi. Honte de ma naïveté, honte des coups. Tout est de sa faute, tout est de ma faute. Et cette grande faute, ce gros tas de boue, de malheur et d'angoisse m'écrase et me cloue sur place. J'échoue sur un banc, face à la mairie. Je vais y passer la nuit.

Ma première nuit dehors...

Jusqu'au petit matin, je compte chaque minute. Les secondes défilent et me transpercent comme des stalactites aiguisées. Nous sommes le 4 décembre, il gèle. Assise, frigorifiée, je ne peux plus bouger. Je m'accroche à mon sac à main, c'est tout ce qui me reste : mes papiers d'identité. J'attends, mais je ne sais même pas quoi. J'attends que la nuit s'en aille et qu'un miracle se produise, j'attends et j'ai envie de mourir là. Je crève de trouille. La nuit ne veut pas finir et je suis exposée à découvert. Seule. Tous les magasins sont fermés. Derrière moi, je le sens, je l'entends, il y a des gens qui parlent fort. Je ne veux pas bouger de peur de me faire remarquer. Pas me déplacer, de peur de tomber sur des fous. Les passants me frôlent, et je sursaute. Une sirène retentit, je pleure. Mes yeux se raccrochent aux couples à l'air inoffensif, aux amoureux de la nuit, aux ouvriers pressés du petit matin. Eux ne peuvent pas me faire de mal...

Première nuit dehors. Première nuit sans sommeil.

Le soleil se lève enfin et mon soulagement est immense. Je peux recommencer à bouger. Mes muscles sont des blocs de béton.

Je suis enfermée dans un cauchemar boueux. Tombée dans un gouffre glissant dont je ne trouve pas la sortie. J'erre dans Vincennes. Je tourne, je vire, j'oublie en me fondant dans la foule. Je traverse le centre-ville et je me mêle aux lécheurs de vitrines. Je file vers le château, parmi les touristes et les familles. Parc floral, bois de Vincennes, je suis à la trace les joggeurs et regarde s'éloigner les promeneurs de chiens. Je compte mes pas, je vois filer les heures. Je n'ai pas mangé depuis des lustres. Mon estomac est mort. Mon cerveau est à l'arrêt. Que fait-on quand on n'a plus de chez-soi ? Personne, jusqu'à présent, ne m'a jamais donné la réponse. Le soir arrive et je me retrouve dans la même situation, sur le même banc, dans la même ville.

Appeler ma sœur.

Il est 19 h 30 quand je rentre dans la cabine téléphonique qui va me sauver la mise.

— Géraldine, c'est Brigitte. J'ai un problème, je suis dehors, il faut que tu me loges.

Ce soir-là, ma sœur avait invité des amis à dîner. Peut-être même qu'elle les hébergeait, je n'en sais rien. Sans doute a-t-elle été surprise, voire fâchée, de me voir débarquer à nouveau dans sa vie après toutes ces années de silence... A-t-elle enrobé son refus dans de belles formules ? Je ne m'en souviens plus. De sa réponse, je n'ai retenu que six mots :

— Je ne peux pas te recevoir.

J'ai raccroché sans dire au revoir. Notre conversation a duré une petite minute. À peine une unité débitée sur ma carte téléphonique... Si seulement elle m'avait accueillie...

Retour sur mon banc. Je suis effondrée, mais même pas étonnée. Une deuxième nuit à tuer, à passer dehors. Une nuit comme une éternité. Une heure passe, puis deux, arrivent des jeunes. Ils sont trois, trois hommes, ils parlent fort. Ils me tutoient. Ils se rapprochent et s'assoient à côté, tout à côté. Je sens leur souffle sur mes joues, leur haleine de bière et de cendrier froid.

— T'as pas à boire ?

Ils veulent de l'argent et de l'alcool. Ils veulent des cigarettes et m'ennuyer. Je ne sais pas ce qu'ils me veulent exactement. Chacun de leurs gestes, chaque phrase qu'ils jettent dans ma direction me fait mourir d'angoisse. La peur m'emmêle les tripes et glace les mots au fond de ma gorge. Je me lève en priant qu'ils ne me retiennent pas.

Ils me laissent partir. Je me précipite au commissariat. Fermé. Je sonne à l'interphone.

— Bonsoir, je suis à la rue, je ne sais pas où dormir.

On me laisse entrer. Le flic de service au comptoir me regarde et me lance une phrase que je ne comprends pas :

— Faites le 115.

Il est grand, 45 ans, et tout juste poli. Il me balance son 115 et je n'ai aucune idée de ce dont il me parle. 115... Je ne sais pas ce que c'est que ce numéro-là. Je suis paumée, je ne dis rien. Je m'apprête à franchir la porte en sens inverse quand une femme en uniforme me retient :

— C'est bon, je m'en occupe.

La jolie fliquette aux cheveux bruns va s'occuper de moi. Merci, mon Dieu, merci. Mais avant, elle doit savoir ce qui se passe exactement. Je lui explique, les coups et la fuite, le bus, la nuit sur le banc et les jeunes. Elle me demande ma carte d'identité, puis m'explique que le 115 est un numéro de téléphone pour les sans-abri et qu'au bout du fil une personne de permanence peut les orienter vers des centres d'hébergement d'urgence, disséminés un peu partout dans Paris. Le 115, c'est le numéro vert des clochards.

Clochards.

Mais ce n'est pas moi ! « Clochards », ce sont ceux qui dorment dehors. Des mecs poilus, chevelus, des gars sans âge. Les sans-abri, ils ont de gros sacs en plastique et des gueules ravagées. Ils boivent. Rien à voir avec moi.

La femme flic semble d'accord. Elle décroche son téléphone et appelle directement un centre qui, si je comprends bien, accueille des femmes sans logement. Deux minutes plus tard, elle raccroche. Soigneusement, elle me note une adresse sur un morceau de papier et me raccompagne jusqu'à la porte. Je connais bien le quartier où je dois me rendre, c'est à l'autre bout de la ville. Jadis, je faisais mes courses non loin de là. Alors je me remets en route. Marcher dans le froid encore, mais, cette fois-ci, j'ai un but. Au bout du chemin, peut-être, une chambre au chaud. J'y crois.

Quand j'arrive au centre, je suis reçue par une dame fort aimable qui m'explique le fonctionnement du lieu. Il y a là plusieurs chambres et des studios, habités surtout par des femmes avec enfants, qui y restent un certain temps, plusieurs mois, en attendant de trouver un logement normal. À mon tour de parler. Re-carte d'identité et rebelote : j'explique une nouvelle fois ma situation. La dame m'écoute patiemment, elle écoute les coups et les claques, elle écoute la fuite et le bus, le sac à main vide, le banc, l'errance, l'angoisse. Elle prend des notes et me demande mes coordonnées téléphoniques. J'épelle mon nom et laisse mon numéro de portable. J'attends le verdict.

Nous sommes le 5 décembre, il fait froid à fendre les carreaux et le foyer est complet.

— Si jamais une place se libère dans les prochains jours, je vous téléphone immédiatement.

Elle ne m'a jamais rappelée.

Je chute dans un gouffre sans fond ni rien à quoi me raccrocher.

Je repars donc en sens inverse et retourne à mon point de départ, à ma bouée de sauvetage, le commissariat. Le visage de la flic brune. Ses cheveux qui volent devant ses yeux. Elle est grande, un bon mètre soixante-quinze, d'apparence pète-sec, mais très gentille. Son regard doux m'enveloppe. Elle m'écoute.

Cette fois-ci, elle appelle le fameux 115. Occupé, occupé. Complet.

— On peut vous installer un lit pliant, si vous voulez vous poser quelques heures.

Mon ange gardien est gardien de la paix et je ne le savais pas.

Je m'installe donc dans un petit bureau vide, sur un lit de toile rêche. Au mur, des rangées de dossiers gris sur des étagères métalliques. Tout à côté de moi, deux chaises et une drôle de machine avec un tuyau. Je suis en sécurité. Je m'allonge, sans dormir, et, la chaleur aidant, mes neurones recommencent à fonctionner. Que faire ? Qui appeler ? Où aller ? Les questions ressurgissent, mais je ne trouve pas de réponse. J'entends les policiers travailler de l'autre côté du mur. Mes larmes coulent doucement, et ne s'arrêtent que quand un incident vient me distraire.

J'entends un type complètement bourré crier qu'il a soif. Pourtant, avec tout ce qu'il a bu ! Par bribes, je comprends qu'il a descendu toute une rue en voiture et en zigzaguant. Bilan : dix-sept rétroviseurs cassés. Un agent vient dans mon bureau récupérer la grosse machine, qui s'avère être un éthylotest. L'alcoolo de service a 3,88 g d'alcool dans le sang. Comment peut-on tenir debout avec une telle dose dans les veines ? Ce mystère du corps humain me change les idées quelques minutes... Et à force d'entendre le chauffard hurler qu'il crève de soif, le fou rire me saisit.

Je hoquette toute seule allongée sur mon brancard, avant de m'écrouler en sanglots.

J'ai faim. Je ne dors pas. Dans les cellules, on entasse des filles court vêtues, des jeunes qui crient, un grand costaud avec des menottes... Je les croise en allant aux toilettes. Le lendemain matin, l'équipe de jour arrive. Un grand brun vient m'apporter un café XXL et un croissant. En repartant, il me lance un petit sourire :

— Si ce soir vous ne savez pas où aller, vous pouvez revenir ici.

Je le remercie, mais je refuse poliment. J'ai déjà abusé de leur gentillesse... Je quitte le commissariat, direction la mairie de Vincennes.

Il est à peine 8 heures du matin, le thermomètre affiche 3 degrés et je grelotte. À chaque respiration, un brouillard se forme autour de mon visage. Je marche à grands pas pour me réchauffer, en attendant que la mairie ouvre ses portes. Les magasins lèvent leur rideau de fer les uns après les autres, des hommes et des femmes habillés pour aller au bureau s'agitent dans tous les sens. Les enfants passent à côté de moi avec leur cartable sur le dos, en trottinant pour ne pas rater le début de la classe. Et moi je suis là, devant eux, à côté mais ailleurs. La vie s'écoule et j'ai l'impression d'être la spectatrice d'un film.

La mairie, c'est le seul moyen que j'aie trouvé pour obtenir de l'aide et des renseignements. Une femme me reçoit rapidement dans son bureau. Elle se présente : assistante sociale, et c'est reparti pour un tour. Je raconte, elle écoute.

— Voilà deux jours que je suis dans la rue, j'ai passé une nuit au commissariat, dans un bureau, je n'ai rien, je n'ai pas d'argent sur moi, et je ne sais pas où aller.

Je débite mon histoire d'une traite, sans bouger et sans respirer. Je veux en finir, vite. Je veux qu'elle m'aide, elle va m'aider, j'en suis sûre, je le veux tellement ! L'assistante sociale me demande si je suis de Vincennes, je dis la vérité : non.

Elle ne peut rien faire pour moi. Elle en est sincèrement désolée, mais vous comprenez, ses collègues et elle-même ont déjà énormément de travail avec les habitants de la commune, ceux qui ont un logement ou pas, ceux qui ont des problèmes d'argent, des traites impayées, les expulsés, les chômeurs, les femmes battues, les enfants placés, les alcooliques et les mères célibataires, les juste pauvres et les carrément RMistes... Bref, pour elle, c'est déjà l'horreur, montagne de dossiers à traiter, pas assez de personnel, trop de malheurs, en fait, et tout ça ne rentre pas dans son agenda. Et moi, et moi, et moi ? Elle me conseille plutôt de m'adresser à la mairie de la municipalité où j'ai vécu dernièrement. En clair, elle m'oriente vers Marc. Droit dans la gueule du loup. La simple pensée de retourner dans ce quartier où il connaît tout le monde, de croiser ses amis, ses voisins, ses clients, ses maîtresses, me terrifie. Impossible.

— Dans ce cas, faites le 115.

Elle me propose un café, me raccompagne dans le couloir et me salue poliment.

Je suis assommée. Laminée d'apprendre que je ne rentre pas dans les bonnes cases. Moi qui pensais qu'on pouvait se faire aider n'importe où, je me retrouve enfermée dans le labyrinthe administratif et je m'y cogne la tête sans savoir comment m'en sortir. Je n'ai pas le mode d'emploi de la galère. Je n'en veux pas à l'assistante sociale : elle fait son boulot, tout simplement. Ce n'est pas de sa faute si je suis dehors.

Le 115 sonne occupé. Alors je tourne, je vire, je repasse la même journée que la veille et reprends les mêmes chemins. Je nage dans un cirage très noir et très poisseux. Et je sens. Je sens la transpiration et le regard des gens sur moi. Je suis sale, je pue le commissariat et les larmes, le renfermé et l'échec. Ça fait trop longtemps que je n'ai pas pris de douche. C'est la crasse qui me colle et me fait baisser les yeux. Je ne regarde pas les passants, je marche les yeux au sol, droit devant. Un chien passe devant moi, un type court, je vois ses pieds disparaître au coin de la rue. Je m'assois sur un banc et j'attends.

— Je te l'avais dit qu'il n'était pas normal, ce Marc...

— Mais pourquoi tu es restée avec ce pauvre type ?

— Ah, Brigitte, c'est toi ? Dis donc, ça fait longtemps que tu n'as pas donné de tes nouvelles...

— Qu'est-ce que tu deviens, depuis le temps ?

J'imagine les appels que je pourrais passer. Les gens qui pourraient me sauver... Il n'y en a plus beaucoup. Avec Marc, je me suis isolée de mes copains. Le coup de fil à ma sœur m'a échaudée. Je vais devoir raconter ma déchéance, et personne ne va comprendre. Guillaume... Trop de temps a passé... Je vais devoir vivre à ses crochets, alors ? Je ne veux pas. C'est de l'orgueil, un peu d'orgueil et beaucoup de honte. Aujourd'hui, je peux le dire : à cette minute-là, sur ce banc vermoulu, dans mon pull crade, j'ai eu honte de ma vie et honte de demander du secours à des gens qui m'avaient connue avant, normale. À ce moment-là, je me sens trop sale. Trop paumée. Trop laide pour crier à l'aide. C'est trop tard, déjà, je ne m'aime plus. Les coups de Marc ont brisé mes os et mon moral. Ses gifles ont sapé ma résistance. Ses coups de pied m'ont détruit l'ego et l'énergie. Alors je coule, sans plus la force de nager. C'est à cet instant-là, le 6 décembre 2003, que je deviens SDF.

Juste survivre.

Le soir arrive et je retourne à la police. J'y suis désormais en terrain connu ; leur uniforme, leurs voix, leurs regards me rassurent. Je suis un animal dans mon terrier, ici, je ne crains plus rien, ni le froid ni les jeunes qui errent dehors. Je n'ai plus de mots pour raconter, plus de force pour expliquer. Par bribes, je bafouille mon échec du jour. Un jeune homme me propose de dormir à nouveau dans le petit bureau. Je n'ai ni faim ni soif. Je m'écroule sur le lit de camp et le grincement d'une porte qui s'ouvre me réveille en sursaut le lendemain matin. 7 décembre. Voilà que l'agent de la veille, assis sur une chaise, plante ses yeux dans les miens et me pose la question qui me taraude :

— Qu'est-ce que vous allez faire maintenant, madame ?

— Je ne peux pas rester sur Vincennes.

— Vous connaissez Paris ? Oui ? Alors dirigez-vous vers la mairie d'un arrondissement où vous avez déjà habité, ils pourront peut-être faire quelque chose pour vous là-bas.

Je pars à pied, puisque je n'ai pas de ticket de métro. La grande avenue déroule ses magasins, ses squats, ses vitrines, ses entrepôts... Je marche droit devant moi, au milieu des femmes en boubou, des familles en goguette, je marche sale, mon pull sent mauvais. Chaussettes, culotte, soutien-gorge... Tout me colle et me gratte. Quatre jours, trois nuits sans me changer. Il fait froid, mais je transpire tout de même, je marche et je finis par me retrouver enfin devant la mairie du 11ᵉ arrondissement, un quartier où j'ai vécu brièvement quand j'étais plus jeune.

Mes jambes flageolent, il faut que je m'assoie. Mais où ? Pas un sou en poche et les portes se ferment. Pas possible d'aller au café. Toilettes publiques, toilettes payantes. Il y a un petit square, un banc, pas très loin. Je vais m'y poser, pour réfléchir. La fatigue me tombe dessus comme une massue. Je suis au fond du fond du trou.

Je ne suis jamais allée à la mairie. Je n'ai pas monté les marches qui mènent au hall. Pas osé affronter le regard de la femme de l'accueil. Pas demandé de rendez-vous à l'assistante sociale. Je n'ai pas grimpé dans l'ascenseur, ni passé le temps dans la salle d'attente. J'ai renoncé, battue d'avance. Pas la force de raconter, une nouvelle fois, ma vie par le menu. Pas le courage d'essuyer un nouveau refus. Et puis on était dimanche. De toute façon, je n'aurais trouvé personne.

Vers 18 heures, je vais au commissariat du 11ᵉ arrondissement. Ils compatissent :

— Madame, il ne faut pas rester dans la rue, c'est dangereux. Allez à l'hôpital Saint-Antoine, ils vous trouveront un endroit pour dormir.

Un endroit pour dormir, mais pourquoi à l'hôpital ? Une chambre alors ? Il y a des chambres réservées à l'hôpital pour les gens à problèmes ? Mais où ? Comment ça se fait ? Je ravale mes questions. Trop crevée.

Je connais cet hôpital pour être passée devant plusieurs fois. On ne peut pas le rater, avec ses belles colonnes de pierre blanche et son porche entortillé de fer forgé. Deux grosses lampes en verre, à l'ancienne, de chaque côté de l'entrée... Je passe en vitesse sous le drapeau, entre les colonnes. Le hall, je le traverse sans rien demander à personne, et je pénètre dans une grande pièce.

C'est la cour des miracles.

Des gens sont affalés là, sur des duvets. Une dizaine de personnes couchées sur le sol en rang d'oignons. Des hommes, de tous âges et de toutes nationalités. Des bruns, des roux, des chevelus et des chauves. La plupart dorment déjà. D'autres essayent de se lever, s'accrochent au mur en tremblotant et retombent par terre, sur les genoux, de tout leur poids. Certains sont complètement bourrés.

Qu'est-ce que je fais là ?

Pourquoi il m'a envoyée ici, le flic ? Je ne suis pas comme eux, ce n'est pas ma place ici, je n'en suis pas réduite à leur point...

Des chaises en métal sont alignées trois par trois le long du mur. Je m'assois vite fait au fond de la salle, mon sac bien serré dans mes bras. Si je m'endors, ils vont me voler mes affaires. Je suis obsédée par cette idée, qu'on me pique mes papiers et que je me retrouve sans rien. Je reste là. Personne ne me parle et je ne parle à personne. C'est une sorte de salle d'attente avec deux gros piliers au milieu et un petit bureau juste à côté, où je vois quelques personnes debout, dont un pompier, une tasse à la main. Il a l'air doux. J'attends. L'odeur de détergent mêlée à celle de la sueur est terrible. C'est surchauffé. Les portes coulissent et, quand les gens passent, ça fait un peu d'air... La pièce se remplit au fur et à mesure. Deux personnes, puis cinq, puis un groupe de sept ou huit jeunes, avec une fille parmi eux. C'est la seule femme, à part moi.

Les jeunes sont ici comme chez eux. Ça se voit à leurs gestes, sûrs, décontractés. Ils envahissent l'espace et installent un grand duvet par terre. Tous ensemble, ils se mettent à sortir de leurs sacs du pain, des fruits... J'ai la nausée. J'angoisse qu'ils me parlent.

— Hé, la miss, tu veux manger quelque chose ?

La miss, c'est moi. Je refuse. Je ne veux surtout pas qu'on me parle. Je n'espère qu'une chose : ne pas me faire remarquer. Je regarde les membres du petit groupe manger et discuter entre eux. À la fin, un grand maigre se lève tout d'un coup, déplace une chaise et la place à côté de moi... Je sens qu'il va venir me parler et je me raidis. Il ne dit rien. Il pose sur la chaise un yaourt, un morceau de pain et du fromage emballé dans un papier argenté.

— Si tu as faim, tu manges.

Et il s'en va. Je ne dis même pas merci. Un peu plus tard dans la nuit, quand les autres sont couchés, le maigrichon revient me voir.

— Alors, qu'est-ce qui t'arrive ? Mange quelque chose.

Je n'ai pas faim, je veux qu'on me laisse tranquille. Il fait semblant de ne pas comprendre.

— Moi, c'est Tom. C'est quoi, ton nom ? Tu es en galère, c'est ça ?

— Ça ne te regarde pas.

— Tu ne peux pas rester comme ça. Tu n'as rien à faire là, c'est pas ta place.

Je n'articule pas un mot, il repart s'asseoir par terre avec les autres.

Je reste toute la nuit à les regarder dormir. La lumière s'éteint et une petite veilleuse se met en marche. Plus tard, un pompier passe dans la salle. Il me demande si j'ai besoin de quelque chose. Non merci. Il tourne les talons... avant de revenir cinq minutes plus tard. Comme s'il hésitait à me parler. Il me regarde puis rentre dans son bureau et ferme la porte.

Toute seule dans cette salle remplie d'hommes... Il peut m'arriver n'importe quoi, j'en suis persuadée. Je ne veux pas fermer l'œil. Si je dors, ils vont me voler, ils peuvent me sauter dessus...

Il doit être 5 h 30 du matin, peut-être 6 heures, quand la lumière se rallume brusquement. Les néons m'éblouissent. Je me suis assoupie... Ça pue le chaud, le renfermé et l'alcool, et une voix hurle :

— Debout là-dedans, c'est l'heure de partir !

Je ne sais pas quoi faire.

Les corps pliés dans les couvertures se mettent à bouger doucement. On dirait de grosses chenilles. Un vigile débarque dans la salle et donne de grands coups de pied dans certains duvets.

— Allez, on se dépêche.

Le dénommé Tom est debout, un café fumant à la main. C'est pour moi.

— Bois, ça te réchauffera pour plus tard.

Quand j'ai vu qu'ils se levaient tous et se dirigeaient vers la sortie, je suis partie aussi.

Ce lundi 8 décembre, j'ai marché, marché, marché toute la journée. Je suis repassée par le boulevard Voltaire, puis République, Opéra, les quais de la Seine. J'ai erré, sans manger. Et le soir venu, je n'avais pas le choix, je suis retournée à l'hôpital.

J'y ai revu les mêmes personnes, exactement, à la même place.

Je n'y comprenais rien. Ces gens venaient tous les soirs dormir là. Tous les soirs à l'hôpital ! Certains puaient la vinasse, mais la plupart avaient une tête normale. Il y avait trois femmes, aussi. Une étrangère en jupons colorés, la même jeune fille que la veille, et moi. Alors, c'était ça, les SDF ! Jusqu'à présent, je croyais que dehors il n'y avait que des clochards, et qu'ils dormaient tous sur les trottoirs ou sous les ponts, sans rien.

Les jeunes sont revenus et m'ont invitée à les rejoindre. Pas question, je reste sur ma chaise, avec mon sac.

— Qu'est-ce que tu fais dans la journée ? me demande Tom.

— Rien, je me promène.

— Il ne faut pas que tu restes toute seule dans la rue, tu es une femme, c'est dangereux. Demain, si tu veux, tu viens avec nous. Réfléchis à la question...

À 6 heures, le lendemain matin, après le réveil et les coups de pied, après les néons et le café, j'ai suivi Tom. Je ne savais pas quoi faire d'autre. Traîner encore une journée de plus dehors, sans but ? Cela ne servait à rien. Et puis, vu son look, Tom avait l'air de connaître la galère. Il pourrait peut-être m'aider. Il y a une semaine à peine, j'habitais avec un homme, dans un appartement. Au chaud. Et voilà que j'étais obligée de mettre mes pas dans ceux d'un inconnu débraillé !

Pas le choix. Je m'accroche à Tom avec l'énergie du désespoir. Il semble savoir. Connaître. Il a les adresses qu'il me faut, dit-il, et il m'accompagne le jour même à Chemin Vert, un centre associatif qui s'occupe des femmes de la rue. Je suis perdue, il me guide jusque là-bas. Je marche sur ses pas et une boule d'angoisse me serre la gorge.

Chemin Vert. Permanence sociale d'accueil.

Ces mots ne veulent rien dire pour moi. Pousser la porte, attendre son tour. Bureau avec plante verte et vitres sales. Une femme à l'accueil.

En dix secondes, je lui explique ma situation. Je suis à la rue depuis cinq jours et je ne ressens plus rien. Ni la faim ni la soif. Juste l'impression que tout le monde m'écoute. Les autres, assis sur des chaises à l'entrée, ceux des bureaux, derrière... Je chuchote, mais ma voix est encore trop forte. Je voudrais disparaître. La réponse de la dame fuse. Chaque mot résonne dans ma tête, puis rebondit contre mes tympans, au ralenti :

— On ne peut rien faire pour vous pour l'instant. Ça ne fait pas un mois que vous êtes dans la rue. Si vous voulez, on prend rendez-vous pour le mois prochain.

Effondrée. Un mois. Un mois dehors. Un mois dans le froid. Un mois avec le même pull et le même slip. Sans douche. Sans rien. Un mois à l'hôpital avec les chenilles. Un mois... J'ai envie de saisir cette femme à la gorge et de serrer très fort.

Je fais demi-tour, mais Tom me retient par la manche.

— Prends rendez-vous quand même.

La dame de l'accueil veut me revoir ici même le 9 janvier. Je suis anesthésiée. J'entends une voix qui bourdonne près de moi :

— T'es pas toute seule, t'es avec nous, t'inquiète pas, on ne va pas te laisser sans rien.

Tom m'a prise sous son aile. Et sans lui je crois que je serais allée me jeter dans la Seine.

7

Trente jours pour apprendre

À l'école de la rue, Tom fut mon instituteur.

Quand je rencontre ce grand maigre, il a 38 ans, et cela fait des décennies qu'il vit dehors. Je n'ai jamais compris exactement comment il y est arrivé. Dans la rue, on ne pose pas de questions... Je sais juste qu'il vagabonde depuis l'âge de 14 ans et qu'il vient de la DASS, comme beaucoup de sans-domicile. Il a fait un peu de prison aussi, je crois, au début de sa galère... Ce dont je suis sûre, c'est que cet homme-là m'a aidée et protégée. Il m'a permis de me repérer dans ce monde que rien ne m'avait préparée à connaître. C'est un type serviable, gentil, attentionné. Dans la rue, contrairement à ce que l'on croit, il y a des gens très bien, instruits, marrants, doux. Tom en fait partie, et toute ma vie je me souviendrai de lui.

Dès le premier jour, il entreprend de me donner les bases. Les bases de la survie dans la rue.

Leçon n° 1 : toujours être sur ses gardes. Ça tombe bien, je le suis déjà.

Nous marchons côte à côte dans Paris, Tom et moi, et lui n'en finit pas de déblatérer :

— Si on te propose à boire ou à manger, un café ou n'importe quoi, tu refuses. Tu fumes ? Bon ben pour la cigarette, c'est pareil. Si un gars de la rue t'en donne une, tu ne la prends pas ou tu la jettes, OK ? Parce que dehors, tu sais, il y en a toujours qui profitent. Ils peuvent te mettre n'importe quoi dans ta bouteille d'eau, dans ta boisson, des cachets, des saloperies... Alors, tu n'acceptes rien du tout... Brigitte, tu m'écoutes là ?

Je l'écoute, mais j'ouvre des yeux ronds comme des billes. Le choc de ce matin, cette drôle de promenade, le soleil qui cogne contre les toits de Paris, et moi dehors en train de me faire briefer par un clochard... J'ai le moral à zéro. Je grommelle :

— C'est aberrant...

— Mais enfin, c'est quoi la rue pour toi ? Tu crois que c'est la colo ? Les gens qui sont dehors, ils se font des crasses entre eux, ils se piquent des trucs... Surtout toi, t'es une femme, faut faire gaffe. Tout le temps.

Où suis-je tombée ? Tom continue :

— Si tu as besoin de cigarettes, je t'en donnerai. Si tu as soif, tu me le dis, je t'achèterai une bouteille d'eau. En attendant, on va aller manger.

Je n'ai pas faim, j'ai froid, je crève de froid, mais je ne lâche pas Tom d'une semelle. C'est ma boussole. Nous arrivons au cœur du 11e arrondissement de Paris, du côté de la rue Oberkampf. Il y a là-bas des tonnes de bars, des enfilades de restos et des boutiques rutilantes avec des vêtements en vitrine qui coûtent un mois de salaire... C'est le quartier des jeunes et des branchés. C'est là aussi qu'œuvrent les sœurs de la Charité. Tom connaît bien leur adresse. En marchant d'un bon pas, il m'explique que ces religieuses proposent aux sans-abri des repas chauds gratuits ; lui va y manger presque tous les jours. Plus on s'approche de cette étrange cantine, et moins j'ai envie d'avancer. J'ai l'impression que mes chaussures sont lestées de plomb. D'instinct, tout de suite, j'ai peur. Nous finissons par arriver chez les sœurs.

C'est la déglingue qui s'étale devant mes yeux. Des drogués, des sacs à vin qui ne tiennent même pas debout tellement ils ont bu. Il est à peine 10 heures du matin et certains sont complètement défoncés. Assis sur le sol, debout avec leur clope, allongés par terre, adossés au mur : il y en a partout. Des jeunes, des vieux qui boitent, quelques filles aussi, des hommes surtout, la cinquantaine ou moins. Une marée de misère qui coule sur le trottoir. Ça sent la crasse et l'urine, j'ai envie de vomir. Dans le hall d'entrée, c'est pareil. Je pile devant le porche : impossible d'entrer là-dedans.

— Je t'attends dehors, je ne peux pas y aller.

Tom ne l'entend pas de cette oreille.

— Qu'est-ce que tu crois ? Tu dois manger, sinon tu ne tiendras pas toute la journée. Tu n'as pas le choix, il faut qu'on fasse la queue.

Nous sommes à trois mètres de la porte du réfectoire. Elle est encore fermée, mais déjà des dizaines de gars s'amassent comme des mouches pour être au plus près quand elle s'ouvrira. Les gens se serrent, ils se collent à moi. Je vois leurs cheveux gras, je peux sentir le cuir de leur blouson, l'odeur âcre de leur peau. Je n'ose pas bouger de peur qu'ils me touchent, mais en vain : les minutes passent et nous ne formons plus qu'un seul corps, un estomac unique qui attend d'être rempli. Je suis dégoûtée.

Les portes s'ouvrent, et c'est la ruée. Tout le monde se précipite dans le réfectoire en courant. Ils se poussent, se bousculent, s'engueulent. Les insultes fusent... En l'espace d'une minute, moi qui étais tout près de la porte, je me retrouve scotchée au mur, tout au fond du hall. Pétrifiée sur place.

La salle est grande, il y a même une chapelle à l'intérieur. C'est un réfectoire avec de longues tables sur lesquelles les gens se jettent comme des mouches. Apparemment, certains viennent là depuis longtemps, ils ont leurs habitudes et leur chaise préférée. Alors ce sont les cris, les coups, quand ils se rendent compte que quelqu'un s'est assis à leur place...

— C'est mon siège, non, c'est le mien, pousse-toi, connard.

Ça se bouscule, ça hurle même, jusqu'à ce que les sœurs entrent dans la danse.

Moi, j'ai toujours eu la foi. Baptême, communion... Je suis même allée au catéchisme jusqu'à l'âge de 15 ans. Avec les religieuses, on faisait des voyages, on allait visiter des monastères perdus dans la campagne. Le silence, les vieilles pierres, les lumières des cierges qui se consumaient dans leur enveloppe rouge translucide... J'adorais. J'étais croyante, à fond. Une seule chose me chiffonnait : la vie éternelle. Pour moi, une fois qu'on était mort, on était mort et l'affaire était réglée. On ne pouvait pas revivre ailleurs. Une fois, j'avais fait part de mes doutes au curé, je devais avoir 10 ans :

— Mon père, j'ai un problème avec la vie éternelle, je n'y crois pas trop.

— Mais qu'est-ce que tu fais au catéchisme alors ?

Il ne m'avait rien expliqué, il n'avait pas argumenté. Je m'étais sentie humiliée, rejetée même. De ce moment-là, j'avais arrêté le caté. La foi était devenue une affaire entre Lui, le grand barbu là-haut, et moi. Je Lui parlais, j'allais chez Lui, dans Ses églises, et je m'y sentais mieux que chez moi. Je n'ai jamais arrêté de prier ni d'aller à la messe, ça m'a toujours apaisée.

Mais ce jour-là, chez les sœurs, c'est l'inverse qui se produit.

Je suis assise à côté de Tom et d'une foule d'autres gens. Autour de nous, il y a une dizaine d'autres tables de vingt personnes et un bruit monstre. Toutes les nationalités sont représentées : des Polonais, des Russes, des Yougoslaves, des Français, des Maghrébins, des Maliens, des Sénégalais... Ça parle français, arabe, bemba, anglais, hongrois... C'est la mondialisation, la vraie... Une ribambelle sordide de visages longs, marqués, ridés. Des silhouettes de dézingués, des épaules qui tombent, des ventres qui dégobillent. Il y a des odeurs de soupe chaude et de viande qui flottent dans l'air. Sur des chariots, j'entrevois de grandes gamelles qui fument malgré leur couvercle... J'ai faim, subitement et atrocement faim.

Mais on ne mangera pas encore, pas tout de suite. Avant d'avoir le droit d'être servis, avant de pouvoir plonger la cuillère dans l'assiette de soupe chaude, il faut prier. Mais prier pour qui, pour quoi ? Pour avoir le droit de manger ? J'ai passé cinq jours et quatre nuits dans le froid et la crasse. J'ai dormi par terre, sur des bancs, sur une chaise, dans des odeurs d'hôpital et de sueur. J'ai été cognée, humiliée, j'ai été abandonnée par ma propre sœur. Je suis au fond d'une merde noire, et il va falloir que je remercie Dieu ?

Ce n'est pas possible. Je refuse en bloc.

Tout le monde se lève, alors moi aussi, la rage au ventre. Les sœurs récitent un passage de la Bible et j'ai l'impression de vivre un cauchemar.

— Heureux homme, celui qui supporte l'épreuve ! Sa valeur une fois reconnue, il recevra la couronne de vie que le Seigneur a promise à ceux qui l'aiment...

Est-ce qu'elles se foutent de moi, là ? Est-ce qu'elles pensent vraiment ce qu'elles récitent ? Comment osent-elles nous dire ça ?

C'est au tour du Notre-Père.

— Que ton Nom soit sanctifié, que ton règne vienne, que ta volonté soit faite sur la terre comme au ciel...

C'est ça, Sa volonté ? Que je sois coincée dans un hall de gare plein à craquer de clochards ? Mais qu'est-ce que j'ai fait pour mériter ça ?

Je serre les dents et n'articule pas un mot. Une sœur me fixe, m'encourage des yeux à prier. Pas question. Je la fusille du regard.

— Donne-nous aujourd'hui notre pain de ce jour. Pardonne-nous nos offenses, comme nous pardonnons aussi à ceux qui nous ont offensés. Et ne nous soumets pas à la tentation...

Qui j'ai offensé, moi ? Je n'ai plus rien ! Je veux un toit sur ma tête et une cuisine pour me faire à manger moi-même. Je veux un lit, un vrai. C'est ça, la tentation ?

Le sang cogne sous ma peau. Je suis révoltée. La rue m'a au moins appris ça... Je bouillonne de voir les gens se plier à ce rituel sadique. Comment peuvent-ils encore prier, dans la galère où ils sont ? Je vois leurs lèvres bouger et je sais ce qu'ils pensent. Ils pensent à leurs pieds qui puent et à leur estomac qui gargouille. Ils pensent au froid dehors et à leur litron de vin. Ils ont la vessie pleine et le ventre vide. Comme moi, ils sont dégoûtés, atterrés, assommés par les problèmes. On veut bouffer, et nous voilà condamnés à prier, musulmans, athées et juifs compris ! Je maudis les sœurs : leur charité, c'est du racket, de l'extorsion de foi.

C'est ce jour-là que je me fâche avec Dieu.

S'Il existait vraiment, je n'en serais pas là. Comment peut-Il laisser faire ça ? Comment peut-Il m'abandonner ?

— Mais délivre-nous du mal.

Amen, la mascarade est terminée. Les sœurs nous souhaitent un bon appétit, puis circulent dans les rangs avec leurs grosses gamelles fumantes. On se passe les assiettes comme à la cantine.

Je ne peux rien avaler. Je suis bloquée, et je regarde la soupe faire des vagues dans mon assiette. Je ne sais même pas qui a préparé ça... J'ai faim, mais pas confiance.

— Vas-y, mange, tu ne sais pas si tu auras quelque chose dans ton assiette ce soir.

C'est Tom qui la ramène. Je me fiche de ce qu'il dit, de ce qu'il pense. La nourriture, c'est secondaire, je ne m'en inquiète pas. J'ai tort. La viande, c'est une arme antifroid. Je ne le sais pas encore, je vais l'apprendre à mes dépens...

Le déjeuner s'achève. Nous repartons de chez les sœurs avec quelques sandwichs SNCF. Direction place Voltaire.

Nous n'y sommes plus seuls, Tom et moi. Il y a là d'autres personnes, le petit groupe que j'ai déjà vu à l'hôpital. Assis sur des bancs ou à même le sol, ça discute, ça fume... Je me fais la plus petite possible, bien cachée derrière Tom. Mais je pèse quatre-vingts kilos et lui cinquante, alors, évidemment, je ne passe pas inaperçue ! J'ai peur de la façon dont les autres vont m'accueillir... Alors je baisse les yeux. J'entrevois à peine un vieux assis sur un banc, le journal à la main, un chien aussi pelé que lui entre les jambes... Un homme qui aime les bêtes ne peut être entièrement mauvais. Il doit avoir 65 ans, peut-être un peu moins, un petit sourire est scotché au coin de sa bouche.

C'est Momo.

En fait, il a 50 ans à peine. Il est à la rue depuis l'âge de 17 ans. Je vais m'en rendre compte à la longue, c'est un peu le père du groupe, il donne des conseils aux autres, remonte le moral des troupes. Il est très gentil. Là, il discute avec une toute jeune femme, une petite brune épaisse comme un fil de fer...

Elle, c'est Nathalie. Elle me toise de haut en bas, et sa voix, heureusement, est plus douce que ses yeux :

— Bonjour, ça va ? Tu as besoin de quelque chose ?

— Non, merci.

Je me mets dans un coin et je n'ouvre plus la bouche. J'écoute, et il y a de quoi faire. D'autres sans-domicile arrivent, jeunes ou vieux, que des hommes. Ils nous croisent, s'arrêtent pour cinq minutes, parlent un peu. Ils tiennent la chronique de la rue :

— Chez les sœurs, il y a eu une baston hier. Les Restos du Cœur de tel quartier ont rouvert, mais le centre Machin a fermé, l'installation électrique n'est plus aux normes. Mlle Bidule, l'assistante sociale, est partie en congé maternité. Untel est à l'hôpital, il a cramé dans l'incendie de son squat, il faudra aller le voir. Ah oui ! j'oubliais : Unetelle a attrapé la gale.

La gale ? Je me gratte immédiatement. Je me sens terriblement mal...

Au fil des heures, le groupe se fait et se défait. Les bouteilles se vident et les conversations tournent, peu à peu, en boucle. Nathalie devient bizarre. Sa voix plus aiguë, ses yeux plus fixes. Elle se met à chercher des histoires pour un rien, à parler fort. Elle exige :

— J'en veux, j'en veux, faut aller m'en chercher.

Elle a besoin d'une tablette de chocolat, tout de suite, maintenant. Elle se lève, trépigne, insiste. Elle tourne autour des gars, les bouscule, les harcèle :

— Vas-y, j'en ai envie, dépêche-toi, donne-m'en...

Je me terre dans mon coin, adossée au banc. Pourvu qu'elle ne vienne pas vers moi... Les mecs en ont marre mais font comme si de rien n'était, et elle s'énerve, elle hurle et finit par partir quand elle voit que son caprice n'a aucun effet. Je suis terrifiée, et j'ai affreusement envie d'aller aux toilettes.

Voilà deux heures que mon ventre me fait mal. Ma vessie va exploser si je ne trouve pas des W.-C. très vite. Je n'ai pas un centime pour aller au café. Les mecs peuvent faire leur affaire contre un arbre, mais moi, je suis désemparée... J'en suis réduite à demander à Tom comment on fait. À 42 ans, j'ai l'impression d'avoir 5 ans. Je suis morte de honte.

— T'inquiète, je t'accompagne.

Place Voltaire, il y a un fast-food avec des W.-C. à l'étage. Par la suite, les gérants vont installer un digicode sur la porte et il faudra ruser. Là encore, Tom et ses potes trouveront la parade : un petit bouton bien caché qui permet d'ouvrir les toilettes publiques sans payer. Sinon, il faut aller dans un café. Tom me donnait un peu de monnaie, je me débrouillais... Mais pour l'instant, c'est McDo. J'urine dans les odeurs de hamburgers et de frites chaudes. Je me lave les mains longuement, et j'aperçois quelqu'un dans le miroir. Cernes noirs, joues tombantes, cheveux collés au crâne : c'est moi, et ce n'est pas glorieux.

Retour sur la place, les heures passent et il ne se passe rien. Soudain, Tom se lève.

— J'y vais, à tout à l'heure.

Mais il va où, là ? Pourquoi il s'en va ? J'angoisse immédiatement, je ne veux pas qu'il parte, je ne sais plus quoi faire... Je l'accompagne. En fait, il ne va pas très loin. Il s'installe en face du Monoprix de la place Voltaire. C'est l'heure de la manche.

Chaque jour, à 18 heures, il se pose à la même place et commence son petit spectacle.

— Bonjour, messieurs dames, comment allez-vous ?

Les passants semblent le connaître. Certains s'arrêtent pour discuter. Ce sont des habitants du quartier, ils ont l'habitude de le voir, ils discutent avec lui. Quelques-uns lui apportent même à manger : un paquet de pains au lait, des yaourts... J'entends les pièces tomber à côté de moi et je ne sais plus où me mettre. M'asseoir, c'est mendier, donc pas question. Alors je reste debout, immobile, et j'ai l'impression que les gens m'observent sans comprendre ce que je cherche ni ce que j'attends. Je n'ose plus lever les yeux. Leurs regards m'écrasent. Tom et moi, c'est pareil, je le sens, je sais qu'ils le pensent. Je suis mortifiée et j'essaye de me concentrer sur le baratin de mon compère.

— Il fait froid, hein ? Bonnes courses, madame, et à bientôt.

Lui improvise. Il a du bagou, et même une certaine pointe d'humour. Si une personne passe sans rien donner, il jette tout de même un mot gentil :

— Très bonne soirée, peut-être la prochaine fois...

Regards indifférents, compatissants ou méprisants, prunelles condescendantes ou mines apitoyées : la farandole des yeux dure une éternité. C'est un calvaire qui, heureusement, se termine avec la nuit noire. Il est 21 h 30 et nous partons vers l'hôpital Saint-Antoine. Dans la grande salle où nous dormons, deux jeunes gens semblent ne rien avoir à manger. Alors je leur donne ma part, et reçois en retour la leçon n° 2 signée Tom :

— Brigitte, que tu partages, d'accord, mais tu ne donnes pas tout. Il faut faire des réserves, toujours, au cas où... Garder une pomme pour la faim.

Une pomme pour la faim... Mais moi je m'en fous, de sa pomme ! Je n'ai pas faim, pas soif. La nourriture me dégoûte, et moi avec ! Je veux me débarrasser de l'odeur qui m'imprègne. Je veux changer de culotte, de pantalon, et jeter tout ça à la poubelle. Je veux dissoudre le gras qui colle mes cheveux, l'odeur de Mc Do et la poussière qui raidit mes vêtements. Je pue, je le sens. Les passants aussi l'ont senti, dans la rue, tout à l'heure, j'en suis sûre. Peut-être même qu'ils ont détourné la tête. Ils ont pensé « oui, elle est sale celle-là, elle est crado ». Je ne peux pas le supporter.

Je veux une douche. Juste une douche.

Il y a des salles de bains à l'hôpital Saint-Antoine. Tom m'y accompagne et m'apprend alors qu'il existe aussi des bains-douches dans chaque arrondissement de Paris. Aux urgences, c'est gratuit. Je tombe des nues : je ne suis pas malade, pas hospitalisée, mais j'ai quand même le droit de me laver !

Un homme en blouse blanche me donne un grand drap, du shampoing, du savon, et même une paire de ciseaux... Il part, puis revient quelques minutes après avec un gros sac en plastique plein à craquer. Je le prends et me dirige vers la douche.

La salle est immense, carrelée, toute blanche, elle sent le propre à plein nez. Il y a même une baignoire. Une baignoire !

J'y suis restée une bonne heure.

L'eau coule, bien claire, bien chaude, et ma crasse me dégoûte encore plus. J'arrache mes vêtements et me précipite dans le bain. Doucement et puis à toute vitesse, je me savonne. Je m'écorche le bout des doigts sur l'étui en plastique du gel douche. Je me frotte jusqu'à m'en faire rougir les cuisses. Je me brosse la peau avec fureur, je m'étrille comme un cheval... La mousse dégouline sur mes cheveux, brûlante, et je revis. Le drap sert de serviette, je me sèche précautionneusement pendant de longues minutes. Et puis je me désinfecte, des pieds à la tête, avec des lingettes qui empestent l'alcool à 90°. C'est trop bon. Dans le sac plastique, je trouve un pantalon écossais rouge, en laine, un gros pull à col roulé, une parka. Et des sous-vêtements à usage unique. Le pantalon a sans doute déjà servi, tant pis ! Je l'enfile en vitesse, et puis le chandail. J'ai la peau qui tire, je suis mal habillée, mais habillée tout de même. Et surtout, propre. Le miroir me renvoie l'image d'une dame rougeaude aux yeux creux, empaquetée comme un rôti. C'est moi, c'est Brigitte. Je vais m'y faire...

— Si vous voulez revenir vous doucher, sachez que c'est mieux de le faire très tôt le matin, ou en début de nuit.

Le conseil de l'aide-soignant ne tombe pas dans l'oreille d'une sourde.

Tom m'a récupéré je ne sais où un duvet pour la nuit. C'est fini, la chaise ! Je vais devoir m'allonger, pour dormir un peu. Ça me paraît purement et simplement infaisable. Au milieu de tous ces hommes, je suis comme un animal à la recherche d'un trou pour faire son terrier. Ici, ça pue. Là, deux mecs ont mangé, il reste des miettes et du gras sur le sol. Les Pakistanais là-bas, je ne les ai jamais vus. Ils parlent fort et me regardent de travers. Pas question de dormir à côté d'eux. À ce moment précis, je donnerais tout pour avoir des muscles et une grande gueule, pour en imposer un bon coup avant de dormir. Mais ce n'est pas le cas. Il va falloir m'allonger, là, et baisser la garde.

Je repère un petit couloir qui donne sur le bureau des pompiers. Leur porte reste entrouverte toute la nuit, et le vigile passe par là de temps en temps. Je sais qu'ils me voient. Ils peuvent me protéger.

Ce sera mon coin.

Je vois Tom se glisser dans son duvet, et bientôt arrive l'heure de devoir faire pareil. Je repousse ce moment de toutes mes forces : encore une cigarette, et puis une seconde. Et puis je fais comme les autres. Attacher mes chaussures à mon sac à main, et mettre mon sac tout au fond du duvet. Entrer dans le duvet tout habillée, bien fermer la glissière, à fond, jusqu'en haut. Mes cigarettes et mon briquet sous la tête, je suis prête. Parée pour la nuit.

Si je dors deux heures, c'est le bout du monde. Mes yeux sont trempés à force de bâiller, mais je résiste. Pas dormir, pas dormir, Brigitte. J'ai peur des autres. J'entends les gars ronfler comme des sonneurs, roter, racler leur gorge. Je suis sur le qui-vive. Un type se précipite dans le couloir et l'odeur me renseigne : il a vomi.

À la rue, je ne dormirai jamais sur mes deux oreilles. Question de survie.

Le matin arrive et il faut repartir, direction place Voltaire. Cet endroit de Paris va devenir le centre de ma vie. J'ai un mois à tenir avant mon rendez-vous chez l'assistante sociale du Chemin Vert. Un mois. Il va falloir tuer le temps, tuer chaque jour, chaque minute qui passe. Survivre encore, pendant une vingtaine de jours, entre l'hôpital Saint-Antoine et la rue, entre le McDo et le Monoprix. Je me forge une routine qui va m'aider à garder la tête hors de l'eau. Un emploi du temps rigide pour éviter de trop penser.

Chaque matin, je me lève à 5 h 30 pour aller prendre ma douche. Je me savonne avec frénésie, me rince à grande eau, séchage... Et puis je plonge dans mon sac à main pour en extraire mes baguettes magiques.

Mascara, crayon, fard à paupières, un gris bleuté. Plus un peigne pour mes cheveux.

Chaque jour, c'est le même rituel, comme quand je partais travailler. Je tiens bon. Je m'accroche à cette habitude comme un naufragé à son épave. Je colore mes yeux et j'ai l'impression de redevenir comme avant. J'efface les traces de la veille, les marques de la rue à petits coups de pinceau. J'épaissis mes cils et ce sont mes nuits sans sommeil que j'oublie. Le maquillage, pour moi, à cette époque, c'est vital. C'est mon armure, mon passe-muraille. Mon uniforme de femme comme tout le monde. Avec lui, je donne le change, et, parfois, ça marche.

Une vieille dame s'arrête un jour place Voltaire et s'assoit sur mon banc. Elle commence à discuter, de ses courses, de son chat...

— Et vous, alors, vous habitez le quartier?

— Non. Je suis comme eux. Je suis avec eux.

J'ai fait un signe de la tête vers Tom, Nathalie et les autres, assis à quelques mètres de là. Sur le coup, la mamie ne m'a pas crue. Et sa surprise m'a fait un plaisir fou. Un énorme soulagement qu'on ne me confonde pas avec les clochards. Je n'étais pas encore tombée si bas, alors... Vive les douches et le maquillage!

Dans mon petit groupe, certains ne se lavent qu'une fois par semaine. Je n'en reviens pas. Moi, c'est deux fois par jour. Une fois le matin, une autre le soir vers 23 h 30. Et une heure plus tard, je me sens à nouveau dégueulasse. J'ai une peur panique d'attraper la gale ou de la vermine. Ça pullule dans la rue. Dès que j'apprends qu'il y en a de contaminés, je prends mes distances. Même à l'école, je n'ai jamais attrapé de bestioles, ce n'est pas maintenant que ça va commencer... Soir et matin, je me désinfecte et lave mes cheveux avec de l'antipoux. Ça ne sert à rien, mais ça me soulage.

Pendant les six premiers jours, je ne mange rien. Pas possible. Tom et ceux qui font la manche apportent de la nourriture pour tout le monde. Parfois, ils ramènent de grands Thermos qu'ils sont allés remplir dans les associations caritatives du quartier. J'ai l'impression de voir des cheveux flotter dans mon assiette en plastique, de la cendre dans mes sandwichs. J'ai la nausée et mon estomac fait des nœuds. Le froid, le gel me coupent l'appétit. Et pas question de remettre les pieds chez les sœurs de la Charité, rien que de repenser à leur prière, ça me rend folle... Alors je bois du café par litres. C'est un peu comme manger : ça me réchauffe et me fait passer le temps.

De l'eau et du café : voilà un menu qui ne plaît pas à tout le monde ! Nous sommes plusieurs à ne pas picoler, mais d'autres nagent dans l'alcool jusqu'au trognon.

Je n'ai jamais vu Tom soûl mais, le matin au réveil, ses mains tremblent comme deux feuilles, il lui faut sa bière, et vite. Dans la journée, il doit en boire dix, douze peut-être, ça ne lui fait même plus d'effet. Et lui, ce n'est rien. Autour de moi, je découvre des champions de la descente. Vingt, trente canettes de Kronenbourg dans le gosier, et ils se tiennent droit comme des I. D'autres supportent moins bien...

Nathalie, elle, se shoote aux médicaments. C'est pour ça qu'elle devient bizarre... Je le comprends au fil des jours.

À jeun, c'est une crème de fille, bavarde, adorable. Mais sinon, quelle chieuse ! Dès qu'elle a pris ses pilules, elle devient infernale. Elle crie, elle beugle, elle donne des coups de pied en l'air... Elle n'est pas la seule accro aux cachets. En un mois, je vais voir toutes les drogues possibles et imaginables me passer sous le nez ! Ça coûte cher, j'imagine, je me demande où les gens trouvent l'argent... Mais je n'ai jamais posé la question. Ce qui est sûr, c'est que dans la rue tu trouves de tout. Du cannabis, de l'herbe, des ecstas. Des antidépresseurs, aussi, en grosse quantité. Les gens s'en font des cocktails et gobent ça à longueur de journée pour être à l'ouest. Ça leur permet d'oublier un moment leur état, leur vie. Ils endorment la souffrance à grandes rasades de rouge. Je n'ai jamais vu ça. Je les comprends, mais ça me choque, ça m'oppresse... J'ai honte pour eux. Il y en a, c'est des loques.

Momo n'est pas beau à voir. Assis par terre, tellement bourré qu'il se pisse dessus. Les bons jours, ses copains le prennent par les épaules et l'aident à se relever, à se nettoyer... Les mauvais jours, ils l'envoient balader et lui donnent des coups de pied pour qu'il s'en aille puer plus loin.

Ce spectacle-là me salit, moi aussi. Eux, c'est moi, ça pourrait être moi dans un an ou dans deux mois, si je reste à la rue. Si je baisse les bras. En tout cas, si je craque, si je commence à boire, je vais plonger, et c'en sera fini. Je vais oublier comme j'ai mal, comme la rue est dure, et je vais m'habituer. Je ne veux pas m'habituer. Je ne peux pas devenir comme Momo. Pas possible.

Alors je me bats.

— Non merci.

Je refuse le petit verre et la grosse bouteille, la clope de shit qui tourne et dont la seule odeur me fait tourner la tête à vomir. Je décline l'invitation à gober une pilule, non merci, pas de médocs, pas de bière ni de crack. À la moindre déprime, quand je pique du nez droit dans le cafard, il y a toujours quelqu'un pour me proposer un petit remontant. Non merci.

— Tu aimes bien te tourmenter la tête, toi.

C'est vrai que ça fait mal, de ne rien prendre. C'est tentant, la dope et le rouge. Ça lave la tête mieux qu'une douche à l'hôpital Saint-Antoine, ça réchauffe plus fort qu'une soupe chez les sœurs de la Charité. Mais moi, ça m'a toujours déplu. Ma cuite de Marseille, je m'en souviens encore, et je n'ai pas envie de remettre le couvert. On m'a assez détruite, je ne veux pas en rajouter moi-même. Me retrouver à côté de quelqu'un qui boit, qui se met dans des états impossibles, qui se laisse aller, je ne peux pas. Je suis dégoûtée de voir les épaves échouer à côté de moi. Dégoûtée et rassurée aussi. Je les vois dériver, s'abîmer, s'oublier, je vois que je ne leur ressemble pas encore et j'en suis fière. Cet orgueil-là me sauve.

Les jours passent. La faim s'installe doucement. Atrocement. J'ai des vertiges et les jambes en coton. Tom avait raison : je ne peux pas tenir longtemps sans manger. Mais je ne touche pas un centime. Je vis de la solidarité des membres de mon groupe. Tom fait sa manche, mais il n'a pas assez d'argent pour me nourrir midi et soir... Un jour il gagne quarante euros, le lendemain pas grand-chose. Alors il me faut retourner chez les sœurs.

C'est l'horreur. Il y a là un type qui pue la merde. Un autre se trimballe en short dans la salle. Nous sommes au mois de décembre, mais il ne semble pas l'avoir compris. Il n'a ni chaussures ni tee-shirt, et le regarder se trimballer à moitié nu sous mes yeux me coupe l'appétit. Des gens ont vomi sous le porche et nous devons entrer dans le réfectoire au milieu des odeurs épouvantables. Certains arrivent avec leurs bouteilles de bière, de vin rouge à 10 heures du matin !

J'attends mon tour pour entrer dans le réfectoire. Deux types commencent à s'insulter sous le porche. Je me mets tout de suite à l'écart, pour éviter de prendre un mauvais coup... Je les vois faire de grands gestes qui fouettent l'air et me font trembler... L'un d'eux saisit sa bouteille et la casse contre le mur. Il toise son copain, le tesson à la main. Je panique, je me mets à hurler en tambourinant sur la porte pour faire venir les sœurs :

— S'il vous plaît, s'il vous plaît, il y a de la bagarre !

Une sœur large comme une armoire à glace se précipite vers nous. Elle est grande, très imposante. Ni une ni deux, elle attrape le type au tesson de bouteille par le bras, et le vire sans ménagement... Elle saisit l'autre au collet et le fait entrer dans le réfectoire au pas de charge. Je ne bouge plus d'un pouce. Bloquée. Je ne veux ni avancer ni reculer, plantée dans le couloir comme un poteau...

— Ça va, madame ? C'est fini, vous pouvez rentrer.

Ces religieuses sont de sacrées bonnes femmes... Je les respecte, même si je ne supporte toujours pas leur prière obligatoire. La deuxième fois que je vais chez les sœurs, je reste assise pendant la lecture de la Bible. Tom a honte de moi.

— Brigitte, enfin, lève-toi, quand même !

Hors de question ! Rien à foutre, elle ne va pas m'imposer de prier le bon Dieu. Je suis furieuse... La sœur le voit. Elle ne dit rien. Au moment du repas, c'est elle qui vient à notre table servir la soupe.

— Vous avez des yeux magnifiques, me dit-elle.

Je ne réponds pas. Elle s'assied à côté de moi et entreprend de me faire un brin de causette :

— Ça doit être dur dans la rue de survivre, de se protéger, pour une femme.

— Pas plus que pour les autres.

Je mens effrontément. Elle sent bien que je suis sur la défensive. Elle tente d'ajouter un mot, je la coupe dans la seconde :

— Pas la peine d'essayer de m'embobiner, je ne crois plus. S'Il existait vraiment, je n'en serais pas là. Il ne m'aurait pas laissée tomber comme ça...

— Chacun a son destin tracé, mais, vous savez, on a tous une petite étoile. Quand ça ne va pas, levez les yeux et dites-vous trois fois de suite : « Petite étoile, j'ai confiance en toi. » Allez, dites-le, pour voir !

Elle m'épate, avec ses théories. Je répète : « Petite étoile, petite étoile... » Les nonnes sont vraiment tombées sur la tête et moi avec ! J'entends Tom derrière s'écrouler de rire. Son étoile à lui l'a abandonné depuis bien trop longtemps...

Les jours passent et je deviens, peu à peu, un animal sauvage. Dans la rue, je développe un radar des plus performants. J'évite les nerveux, les embrouilles, les histoires. Je ne parle que quand on me questionne, et encore, pas toujours. En deux semaines, j'apprends la méfiance et le silence. Parler ne sert à rien. Certains riverains viennent nous voir, surtout moi, une femme pas trop mal fagotée. Ils écoutent, ils compatissent, posent plein de questions. Alors, les premiers jours, je leur réponds, je raconte un peu ma vie, et eux repartent tranquillement chez eux, lestés de mes confidences. Oui, je suis à la rue. Non, je n'ai pas de travail. Oui, c'est très dur. Je les revois trois jours plus tard, et c'est bonjour bonsoir. Ils ont assouvi leur curiosité et la vie continue, eux au chaud, moi sur le trottoir... Ça ne sert à rien.

Parler aux autres sans-domicile, c'est possible, mais pas de tous les sujets. Il n'est pas de bon ton de poser des questions sur l'avant ni sur le pourquoi de la rue... Avec ses mauvais souvenirs, chacun est seul. Pourquoi remuer ce qui fait mal ? Chacun garde son paquet de mauvais souvenirs dans son coin et s'assoit dessus. Moi y comprise. Mon passé, je ne le partage pas, je ne veux pas faire pitié. Et puis, mieux vaut garder ses anecdotes pour soi. Être trop ouverte, bavarde et sympa ne peut rapporter que des ennuis. Une mauvaise réputation se forge vite, surtout pour les femmes... Elles sont plus rares que les hommes à vivre dans la rue. Et celles qui passent pour des filles faciles se font rapidement harceler. Beaucoup de mecs sont en manque. Je le comprends vite : pour survivre, il faut imposer le respect.

— Va me chercher une clope.

Je fais semblant de ne pas avoir entendu.

— Hé toi là, Brigitte.

C'est José, un petit jeune de 20 ans, qui me parle. Lui aussi traîne place Voltaire et je le croise souvent. Je lui rentre dedans :

— Comment tu me parles ? T'as quel âge pour me parler comme ça ?

— Et toi, t'as quel âge?

— Moi, j'ai 42 ans et tu m'adresses la parole sur un autre ton, s'il te plaît.

Tous les autres en restent comme deux ronds de flan. Quarante-deux ans, ils n'en croient pas un mot. Ils m'obligent à sortir ma carte d'identité pour prouver ce que j'avance. Date de naissance : 22 août 1961. Ils replongent le nez dans leur bière. Une femme, et plus toute jeune en prime! Je crois que ça leur en impose... En plus, je ne bois pas et ne touche pas à la dope. C'est ma force. Je ne me soûle pas, je me respecte, et, du coup, les autres me respectent aussi. Je suis une sorte d'OVNI et ça me protège.

Puisqu'il faut s'imposer, je me fais violence. Je ne souris plus jamais et deviens teigneuse quand les choses tournent mal.

Dans la vie courante, déjà, les mecs sont assez machos et les femmes rarement reconnues à leur juste valeur. Ça, c'est mon avis. Et il faut savoir que dans la rue, c'est bien pire. Les mecs sont humiliés jour après jour, en permanence : par le regard des gens, par leurs nuits dehors, par les flics... Ils cherchent donc à s'affirmer par tous les moyens et, si la fille ne se rebelle pas, ils l'écrasent comme une mouche... Certaines, dans la rue, servent véritablement de bonniches. Elles se font traiter comme des chiennes et elles n'ont pas le choix : c'est la loi du muscle et de la jungle.

Certaines arrivent à rester célibataires longtemps, mais il faut voir dans quel état elles se mettent. C'est les clochardes pures et dures. Le litre de rouge, de blanc, le Caddie... J'en croise quelques-unes, et les voir me fait mal... Elles deviennent de vrais épouvantails pour qu'on les laisse tranquilles, mais je ne suis même pas certaine que leur stratagème fonctionne à 100 %.

Les mecs de la rue, ils n'ont pas touché une nana depuis des lustres. Ça se voit à leurs yeux, à leurs gestes... Il faut être réaliste : pour les types sans abri, c'est la misère sexuelle. Dès qu'une jolie plante passe devant nous avec une minijupe ou un haut moulant, ils la matent comme des bêtes... Avec les filles de la rue, c'est encore pire. Ils deviennent des rapaces et se repassent les bons coups.

J'apprends vite qu'il y a une autre SDF, une Black, qui couche avec n'importe qui. Pour une cigarette, un morceau de shit, elle s'allonge. Je ne la juge pas, mais je l'évite comme la peste, pour qu'on ne soit pas tenté de nous assimiler, elle et moi...

Tom et la petite Nathalie finissent par se mettre en couple. Ils vont bien ensemble. Deux vrais gentils, brisés de l'intérieur. Deux douleurs côte à côte, tête contre tête, pour ne pas s'écrouler... Mais elle fume, elle boit, elle gobe des cachets. En fait, elle se manque de respect à elle-même, alors les autres ne s'en privent pas non plus. Des fois, même ses potes de misère la chahutent. Ils la bousculent, lui font des réflexions en dessous de la ceinture, des compliments dégueulasses sur ses seins, ses fesses. Elle est défoncée, dans les vaps, elle rigole bêtement... Elle ne se défend pas. Ça me gêne pour elle. Je leur demande de se calmer, de la laisser tranquille. Mais ça continue... Il suffit que Tom ait le dos tourné, soit à la manche, soit parti aux toilettes, pour que les autres mecs tombent sur Nathalie :

— Tu viens ? On va faire un tour, ça va te plaire...

Elle n'est pas en état de réfléchir. Moi, je la prends dans mes bras, j'invente n'importe quel prétexte pour qu'elle reste avec moi. Mais je ne suis pas tout le temps près d'elle pour la surveiller...

Cette fille m'apprend beaucoup. Je vois grâce à elle, à ses dépens, ce qu'il ne faut jamais faire dans la rue : jouer sur la séduction. Sa dignité, elle la met là, dans les fringues. C'est une erreur. Elle porte des décolletés en V et des pantalons moulants, elle en arrive même à voler pour pouvoir s'habiller... C'est la porte ouverte aux blagues salaces et aux regards visqueux. Elle est une proie.

Je m'inspire d'elle... en faisant exactement le contraire. Je dois oublier que je suis une femme. Pour sauver ma peau. Le maquillage mis à part, je m'habille en garçon. Pantalon, gros pull, large veste. Je rentre les seins et cache mes fesses... Au vestiaire de Saint-Antoine, j'apprends rapidement les critères de base d'une bonne tenue de rue : pratique, solide, couvrante. Je deviens une passe-muraille, sans regrets, c'est une question de survie. De toute façon, les vêtements ne durent pas longtemps... Un pantalon, tu le mets une heure et il est dégueulasse. Troué à force de s'asseoir sur des bancs ou par terre, gris de poussière et de crasse. On dort tout habillé : aucune boutonnière, aucun ourlet ne résiste longtemps à ce régime...

Alors je suis sale. Comme Tom, José, Momo, Nathalie... Nous sommes poussiéreux, abîmés. Tout le monde est au même régime, celui de la misère, mais la nature humaine est ainsi faite : il faut quand même montrer qu'on possède davantage que le voisin. Surtout dans la rue. Il y a là un manque, une rivalité. Pour ne pas être pris pour un vrai clochard, pour sauver la face, il faut posséder quelque chose que l'autre n'a pas. Alors, entre copains, entre connaissances, on se vole. Une femme, une clope ou une bouteille, tout est bon à prendre.

Moi, je n'ai rien. Juste mon sac à main qui ne me quitte jamais. Pas de bijoux, pas de vêtements, j'ai tout laissé chez Marc. Et pourtant, un jour, on me fauche quand même, un peu de nourriture que j'avais laissée sans surveillance pendant cinq minutes... Parfois, j'assiste aussi à des vols, et j'applique alors la leçon n° 3 dispensée par Tom : quand tu vois quelque chose que tu n'aurais pas dû voir, tu te la boucles.

C'est juste avant Noël. Les vitrines regorgent de papiers brillants, de lumières clignotantes, de guirlandes à paillettes... Les gens sortent des boutiques les bras chargés de gros sacs en papier de toutes les couleurs. Nous sommes place Voltaire, comme tous les jours, et regardons passer les bonnes gens de bonne volonté. Il fait froid à crever.

Je vis à cette époque dans un état de choc perpétuel. Chaque jour ressemble à la veille et au lendemain. Chaque jour apporte le même lot pénible : le froid et le gel, la grisaille, les bagarres et l'alcool, les nuits en morceaux... Comment arrêter ça ? Je n'en ai aucune idée, et plus beaucoup d'énergie. Certains soirs, je discute avec Thierry, le pompier de Saint-Antoine. Il est gentil, on échange quelques phrases sans importance, mais son regard doux et sa bonhomie me font du bien. C'est un tout petit antidote à cette rue qui me détruit à petit feu. Je le sens, la dépression gagne peu à peu la partie. Je passe des heures à broyer du noir, recroquevillée sur un banc, et Tom ne sait plus quoi inventer pour me remonter :

— Ce soir, on va aller chez les évangélistes.

La veille, un petit groupe de croyants est passé nous voir place Voltaire pour nous inviter à un dîner de réveillon. Tom veut m'y traîner pour nous changer les idées. Mais les curés, les pasteurs, j'ai trop donné.

— Ça doit être une secte, ton truc, laisse tomber... J'en ai plus que marre qu'on me farcisse le crâne avec Dieu.

— Mais Brigitte, tu t'en fous, tu manges et tu t'en vas.

— Allez-y sans moi.

Ils s'en vont tous, et je reste seule à voir les gens passer, rentrer chez eux, pour s'attabler. En levant les yeux, j'aperçois les sapins illuminés dans les salons et les vitres décorées à la fausse neige... Les branches de houx dans les vitrines, les cheminées qui fument... C'est trop dur. Trois quarts d'heure après les autres, j'entre dans le bâtiment de l'Église évangélique. Tom et Nathalie sont installés à une table, à rigoler, à discuter. Leurs joues sont rouges, il y a de la musique. Dany, le pasteur de la veille, m'accueille à bras ouverts :

— Viens t'asseoir, il y a encore de la place avec tes amis. Tu veux boire quelque chose ?

Je ne mange rien, ne bois rien, mais je passe une soirée au chaud... Le gospel me berce, le brouhaha des autres m'enveloppe. Leurs rires résonnent dans la salle et me réchauffent le ventre. Et plus je me sens bien, plus je me sens mal. La rue, le froid, les réveillons passés en famille, les cadeaux que je ne recevais jamais, les coups de Marc et les nuits au commissariat... Tout me revient ce soir, par vagues... Je déteste Noël.

Nous repartons vers 1 heure du matin, avec une écharpe et des gants en polaire, cadeaux précieux des évangélistes ! À l'hôpital Saint-Antoine, l'heure est aussi à la fête : les pompiers nous apportent des cigarettes, des chocolats, des plateaux-repas...

— Je peux te parler deux secondes ?

C'est Thierry, le pompier brun avec qui je cause souvent. Il me fait entrer dans le petit bureau, ferme la porte, me prépare un thé. L'eau chauffe, il dispose soigneusement les sachets dans les tasses... Il prend son temps, je ne comprends pas ce qu'il me veut.

— Ça fait des jours et des jours que je te vois là, qu'est-ce que tu fais ? Qu'est-ce qui t'est arrivé ?

Est-ce l'effet du thé brûlant dans ma gorge ? La voix douce de ce pompier ? La soirée passée chez les évangélistes ? Je lui ai tout raconté. Marc et les coups, les premières nuits dehors, Saint-Antoine, Chemin Vert et puis la rue...

— Mais ce n'est pas humain, on ne peut pas laisser une femme dehors comme ça ! Si le soir tu n'arrives pas à dormir, tu peux venir avec nous, boire, manger quelque chose.

C'est tout ? Ah bon !

Je remercie et je m'en vais.

Le 25 décembre, je le passe à broyer du noir. Toute la journée dehors et la sympathie des gens qui colle à ma peau et me fait sentir encore plus mal... Les gens passent, ils m'apportent des gâteaux, des chocolats. Ils ont des yeux humides, des regards brillants, des paroles réconfortantes, du miel et du sucre dans la voix. Ils serrent ma main, me souhaitent bon courage et m'appelle « madame ». Ils disent « tenez le coup, tenez bon, soyez forte, ça va aller, joyeux Noël quand même » et leur gentillesse dégouline sur moi jusqu'à me faire froid dans le dos. Elle fendille l'armure. Elle me rappelle tout ce dont je manque tous les autres jours. Elle me réchauffe un instant et me laisse plus glacée encore quand ils repartent, avec un signe de tête, leur conscience apaisée et leurs paquets pleins de cadeaux à la main. Ils s'en vont et moi je gèle.

Ce soir du 25 décembre 2003, il fait très froid. Je vais me réfugier à Saint-Antoine plus tôt que d'habitude, mais je n'arrive pas à dormir. Alors je file dans le bureau des pompiers regarder la télévision. Thierry prépare du thé, et m'explique son programme :

— Je pars en vacances jusqu'au 3 janvier. Peux-tu me donner ton numéro de téléphone pour que je prenne de tes nouvelles ? Si quand je reviens tu es toujours là, on essaiera de joindre des gens pour que tu trouves un toit. Ça ne peut pas durer comme ça...

Trois jours après, il m'a téléphoné :

— Ça va ? Tu dors toujours à Saint-Antoine ? Oui ? Eh bien, va à la poste, je t'ai envoyé un mandat express. Tu retires l'argent, tu prends un billet de train et tu viens me rejoindre.

— Ça va pas la tête ? Je te connais à peine.

— Une semaine au soleil, ça te fera du bien. Je suis chez ma mère avec mon fils, je l'ai prévenue, elle n'y voit pas d'inconvénient. Il y a un train pour Bordeaux à 10 heures, je t'appelle quand tu auras pris ton billet.

Je raccroche, et Tom me rassure :

— Ça n'a pas l'air d'être un mauvais gars, ton pompier, tu devrais y aller, ça te changerait les idées.

Je ne sais pas quoi penser. C'est une offre bizarre, louche, incroyable de gentillesse. Je ne sens rien de mauvais en Thierry. Il n'a jamais tenté de profiter de ma situation ni de quoi que ce soit. Il passe quand même ses nuits à travailler dans un hôpital, à côtoyer des malades et des sans-abri, ce n'est pas pour se transformer en serial killer le jour ! Je me fie à ma première impression : ce type me semble digne de confiance. Et puis je rêve d'une douche, de chaleur. D'échapper à la rue...

Quatre-vingt-dix euros m'attendent au bureau de poste. Tom m'accompagne à la gare Montparnasse. Je monte dans le train, direction Bordeaux, la mer, le calme, un toit sur ma tête.

Le miracle de Noël existe, je l'ai rencontré.

8

Parenthèse

Bordeaux, le 27 décembre 2003.

Je pose le pied sur le quai de la gare avec un drôle de sentiment. Contente, mais pas tellement rassurée... Où suis-je tombée ? Ça ne pourra pas être pire que la rue, mais quand même... Thierry est là qui m'attend sur le parvis, il m'accompagne en voiture jusqu'à la maison de sa maman, à quelques dizaines de kilomètres de la ville, dans un petit hameau tout au bord de la mer. Il y a une immense plage avec quelques bateaux, une petite église avec un parvis planté de marronniers... Une vraie carte postale.

À peine entré dans le pavillon, Thierry se racle la gorge :

— Alors voilà : ici, tu fais ce que tu veux, tu peux sortir ou rester tranquille, te balader... Tu veux dormir ? Tu dors ! Bref, tu es ici chez toi. La salle de bains est là, les toilettes à côté, et ta chambre ici.

Il me présente sa maman, qui m'accueille comme si je faisais partie de la famille. C'est une femme élégante, menue et d'une grande douceur, elle m'emmène avec elle faire le tour du propriétaire. Dans son salon se dresse une gigantesque bibliothèque. Des livres ! Plein... Le bonheur. Je suis en pleine extase devant les rangées de bouquins quand un petit bout de chou pointe son nez à côté de moi. C'est le fils de Thierry, 7 ans et haut comme trois pommes. Un gros bisou, assorti d'une question :

— Alors, c'est toi, la copine de papa ?

— Euh oui, enfin non, je ne sais pas...

Je suis un peu désemparée...

Ils sont bizarres, ces inconnus qui m'accueillent avec une telle gentillesse. Je ne les comprends pas. Je me demande ce que je fais ici, parmi eux. Pas de panique, Brigitte, ça va aller... Je m'installe dans ma chambre, et il ne me faut pas une heure pour avoir l'impression que les murs se referment sur moi. J'ai chaud, la sueur commence à couler dans mon dos... Il faut que je sorte. Alors je file par le jardin faire un tour dans le village. Longer la mer et respirer à fond. M'asseoir tout près de l'eau, regarder les vagues et laisser mes doigts glisser dans le sable... Je suis bien.

Le temps passe et je ne m'en aperçois même pas. Il fait beau, le soleil me chauffe la peau. Pour la première fois depuis des semaines, je suis détendue, je ne pense à rien. Thierry finit par débarquer, je le vois qui arrive au bout de la plage. Il a l'air soulagé de me trouver là, assise face à la mer.

— Ça va, Brigitte ? Tu viens, il va falloir aller dîner...

Il s'inquiétait. Il est 19 heures passées, la nuit est tombée et je n'y ai même pas prêté attention. Nous rentrons tous les deux et, sur la petite table du salon, l'apéritif est déjà prêt. J'ai à peine reposé mon orange pressée que le gamin me tire par la manche... Il décrète :

— Maintenant, on joue !

Du soldat en plastique au pistolet laser, j'ai droit à la revue de tous ses jouets, un par un. Et puis il déniche enfin ce qu'il cherchait : la cassette de *Bernard et Bianca* ! En deux secondes, le magnétoscope l'avale et nous voici tous les deux assis dans le même fauteuil, lui sur mes genoux, à regarder les aventures des deux souris... Sa chaleur et sa petite bouille, son rire qui éclate, c'est si bon ! Puis nous dînons tous ensemble, en discutant voyages et pays lointains... La mère de Thierry a beaucoup crapahuté, une vraie globe-trotteuse ! Elle raconte l'Afrique et je l'écoute avec passion.

Ce fut l'une des journées les plus agréables de ma vie.

Les jours suivants, je passe mon temps dehors. En quelques semaines de rue, j'ai bien changé : j'ai perdu toute notion de l'heure et je ne supporte plus de rester enfermée. Pour dormir, j'ouvre la fenêtre au maximum et je me réveille quand même toutes les heures... La maison est tout en pierre, grande, belle, chaude... Elle m'oppresse tout de même, alors, dès que possible, je sors, seule, faire le tour du village ou au bord de la mer. C'est l'appel de la rue... C'est effrayant comme ça vient vite.

J'ai l'impression d'être une fleur qu'on a remise en terre. Ici, je respire mieux. Je souris un peu, je peux me laver quand je veux et lire toute l'après-midi, dans le jardin, un gros pavé que la mère de Thierry m'a prêté, sur les civilisations africaines... Tout le monde me laisse tranquille. Je reste des heures sans parler. Le soir, je fume ma cigarette sur la terrasse. Les jours passent à une vitesse folle. Personne n'évoque la rue devant moi, ni ne me pose une seule question sur ce versant de ma vie. Thierry ne tente rien : pas un geste déplacé, aucune allusion...

C'est de la générosité à l'état brut. Ça existe.

Le jour de l'an arrive et Thierry a réservé dans un restaurant avec quelques amis. Je décline l'invitation. J'ai l'angoisse de voir du monde, d'entendre du bruit et des cris, même de joie. L'inconnu me fait peur. Thierry insiste : tout est déjà réservé, payé, les places sont prises, les menus ont été commandés...

On a mangé de ces trucs !

Nous arrivons au restaurant, tout décoré et illuminé. Pour moi, c'est la quatrième dimension. Les plats les plus alambiqués me passent sous le nez : saumon, foie gras, escargots, et du champagne par-dessus le marché... Impossible de me concentrer sur mon assiette : j'ai l'impression d'être une verrue dans le paysage. Ma place n'est pas ici. Je pense aux autres qui sont dehors, à Tom, à Momo... Je me demande ce qu'ils font, ce qu'ils mangent, s'il fait froid. Sont-ils avec Dany le pasteur ? Ou à Saint-Antoine ? Moi au chaud, eux dehors. Je me sens coupable de les avoir lâchés... Et puis je me sens stressée, observée. SDF : j'ai l'impression que l'étiquette est collée sur mon front. Thierry me pousse du coude.

— Profite, on en parlera après.

5, 4, 3, 2, 1... Bonne année ! J'ai envie de pleurer. Je prends sur moi pour sourire et faire comme si. Comme si l'année 2004 allait être joyeuse. Comme si la rue n'existait pas. Comme si ma vie allait recommencer de zéro. La mère de Thierry me prend dans ses bras et me serre contre elle sans rien dire. Ça va aller, Brigitte...

Le dîner se termine et la musique envahit notre petite salle. Le gamin m'attrape par la main et m'entraîne sur la piste. Danser, moi ? Oui, il l'exige ! Il veut que je swingue et que je le regarde se trémousser. Quand j'en profite pour aller me rasseoir discrètement, il vient en courant me tirer les oreilles et m'enquiquine avec ses sarbacanes bourrées de petites billes de papier. Tous les voisins de table finissent par se mélanger, et me voilà partie dans une grande conversation avec des inconnus. Ça me fait un bien fou...

Quand on est dans la rue, on a sans cesse l'impression que le regard des autres est méchant ou accusateur, qu'ils jugent. Là, les gens discutent avec moi normalement, je leur réponds, et ils ont même l'air de trouver intéressant, voire drôle, ce que je leur raconte. Au fond de moi, je me dis que je ne dois pas être si différente des autres. Je me détends enfin alors que la soirée se termine...

De retour à la maison, éreintée par le bruit, je m'écroule sur mon matelas. Il est 11 heures, le lendemain matin, lorsque j'émerge : c'est ma première grasse matinée depuis des lustres... Direction le jardin, j'ai besoin d'oxygène. Le soleil écrase la terrasse où Thierry est déjà assis, un café à la main. Au téléphone, ses beaux-parents lui annoncent qu'il neige à gros flocons sur Paris. Chez nous, à Bordeaux, c'est l'été, et la décision est prise : nous allons manger dehors. Encore quelques jours qui passent dans le calme et la chaleur... J'ai l'impression d'être partie dans un autre monde, d'avoir totalement imaginé le mois que j'ai vécu avant.

La rue, le froid, la faim, les cheveux collés de crasse et de sueur, c'est devenu irréel. C'est simple : ça n'existe plus.

On a quitté Bordeaux le 3 janvier et je suis retombée en enfer.

C'est sur le chemin du retour que je me rends vraiment compte que j'y retourne. Encore cinq cents kilomètres à rouler et mon ventre fait déjà des nœuds. Dans la voiture, on discute comme si de rien n'était. Plus que trois cents kilomètres. On s'arrête en chemin, on va boire un café au bord de l'autoroute, le gosse joue sur le parking en riant... Dans cent kilomètres, nous serons à Paris. La circulation se fait plus dense, les banlieues succèdent aux banlieues... Nous déposons le petit chez sa mère après un dernier bisou. Et Thierry se dirige vers la place Voltaire. Nous y revoilà, au fond de la galère. Warnings, il coupe le moteur, une bise :

— Je te vois demain à Saint-Antoine, Brigitte.

Je n'ai pas de mots pour lui dire le bonheur que j'ai vécu avec sa petite famille cette semaine. Pas assez de mercis pour lui faire comprendre combien ce séjour hors du monde, hors de mon monde, m'a fait du bien. Pendant quelques jours, lui et sa mère m'ont offert le plus précieux cadeau : l'oubli. Je commence à bafouiller, il me coupe la parole :

— Laisse tomber, ce n'est rien, c'est Noël, c'est normal.

— Non, ce n'est pas normal, c'est gentil.

Je claque la porte avant que ma voix ne s'étrangle.

Il neige et je n'ai plus de larmes.

Je suis repartie avec les autres. De mon séjour en paradis, je ne leur ai pas dit grand-chose. Le minimum, en fait, pour ne pas leur faire de la peine.

— Ça va ? Ça s'est bien passé ? Qu'est-ce que tu as fait là-bas ?

— Pas grand-chose, je me suis baladée, j'ai bouquiné...

Du restaurant, de la fête, de la plage, pas un mot. Ils m'apprennent que le 1er janvier, devant l'hôpital Saint-Antoine, il y avait dix centimètres de neige.

Le 9 janvier arrive et c'est le jour de l'assistante sociale. Rendez-vous est pris à 8 h 30, j'entre dans le bâtiment à 8 h 15, et j'y poireaute une heure et quart. Dans la salle d'attente, on me donne un long questionnaire à remplir : adresses passées, études, formation, diplômes, emplois précédents... Pire qu'un CV ! Dans ma tête, je me suis blindée. Pour ne pas tomber de haut, je n'espère pas grand-chose de l'assistante sociale. Je me suis enfoncé dans le crâne qu'elle ne pourra pas beaucoup plus pour moi qu'il y a un mois. Il n'y a pas de raison... Mon cas est encore pire aujourd'hui : je suis dans la rue jusqu'au trognon...

Une dame arrive, assez froide.

— Suivez-moi.

J'y vais. Elle me fait répéter précisément tout ce que j'ai déjà écrit sur la feuille et entre ces informations dans son ordinateur. Conclusion : il faut que je monte un dossier pour le « revenu minimum d'insertion ». Je demande ce que c'est exactement.

— Vous ne savez pas ce que c'est que le RMI ?

J'ai déjà entendu le mot, évidemment, je ne suis pas inculte, mais je ne sais pas ce que c'est vraiment, ni son montant ni pourquoi j'y ai droit... À vrai dire, je ne me suis jamais sentie concernée par les minima sociaux. Jusqu'à présent, ça m'est toujours passé au-dessus de la tête. Logique : depuis l'âge de 16 ans, j'ai toujours travaillé.

L'assistante sociale m'explique vaguement le fonctionnement du RMI, puis m'informe que je serai désormais domiciliée ici, à la permanence sociale de Chemin Vert. Je peux dès à présent y recevoir mon courrier, et venir le chercher aux horaires d'ouverture. Elle me conseille aussi de trouver un emploi, de démarcher des employeurs... Un domicile ? Elle n'évoque même pas la question. L'hôpital Saint-Antoine m'abrite, je suppose qu'il va falloir que je m'en contente. Avec l'hiver, les hébergements sont saturés, le 115 explose... Et après tout, je ne suis pas en danger de mort, puisque je ne dors pas sur le trottoir. Si j'avais eu des enfants, ça ne se serait sans doute pas passé comme cela. Mais je n'ai pas de famille. Tant pis pour moi.

L'assistante sociale me fixe un nouveau rendez-vous pour le mois suivant.

— On fera le point à ce moment-là, pour voir où vous en êtes, d'accord ? Restez là, j'arrive.

Je l'attends dans le couloir et la vois revenir avec un petit sac à dos en main. C'est pour moi. À l'intérieur, je trouve une brosse à dents, une brosse à cheveux, du dentifrice, du shampoing, un gel douche et un déodorant.

Le kit parfait du petit SDF.

Je suis sidérée. Je n'ai pas besoin de savon ni de sent-bon, j'ai besoin d'un toit sur la tête ! Je n'ai pas besoin de shampoing ni qu'on m'incite à rester propre, je le fais très bien moi-même, merci ! Je manque de tout autre chose : de conseils, de tuyaux, d'adresses. J'ai besoin qu'on m'écoute, qu'on me soutienne. Qu'on m'aide à trouver un logement. Mais ça, mon assistante sociale ne semble pas l'avoir en stock. Je n'ai même pas le temps de réagir qu'elle s'est déjà remise à marcher dans le couloir.

— Je vous accompagne auprès de la personne qui constitue les dossiers RMI.

Rebelote avec M. RMI, qui doit à son tour remplir un dossier à mon nom. Endroits où j'ai travaillé, salaires, adresses... Un vrai interrogatoire, plus une fiche d'état civil et ma carte d'identité. Je lui confie le tout pour les photocopies.

— Je vais faire partir votre dossier, me dit-il. Le mois prochain, vous toucherez le RMI. Vous allez recevoir rapidement un courrier de confirmation qui vous en précisera le montant exact.

Super, encore un mois à attendre ! C'est Tom qui va être content : il va devoir continuer de me prendre en charge pendant trente jours...

Deux semaines plus tard, je retourne à Chemin Vert prendre mon courrier. Pas l'ombre d'une lettre. Je rencontre une Mme Bois, très gentille, à qui je demande des nouvelles de mon RMI. Elle appelle la CAF et, dix minutes d'attente plus tard, le verdict tombe : désolé, il n'y a aucun dossier à mon nom.

— Mais c'est une personne qui est sans domicile, elle n'a aucun revenu, elle a vraiment besoin de cet argent dans les plus brefs délais, argumente Mme Bois.

Oui, mais mon dossier a été perdu. Il faut donc refaire une demande de RMI de A à Z, re-répondre à toutes les questions, remplir de nouveau des papiers, fiche d'état civil, pièce d'identité, une attestation de l'ANPE... Comment ça, une attestation de l'ANPE ? Mais M. RMI ne me l'avait pas demandée !

— Soit. Mais vous êtes à l'ANPE ? dit aussitôt Mme Bois.

— Non, je suis à la rue.

Elle coche « oui » et faxe mon dossier. Après l'avoir remerciée, je me dirige vers la porte... Elle me retient :

— Vous avez quelque chose pour manger ?

Non, bien sûr... Ma visite à l'assistante sociale n'a pas révolutionné ma situation : je dors toujours à Saint-Antoine, et je survis encore grâce à Tom et aux sœurs de la Charité qui me permettent de manger.

— Ne bougez pas.

Vingt minutes plus tard, Mme Bois revient. Elle a réussi à obtenir pour moi soixante euros, dix tickets service, plus un carnet de tickets de métro. Quel bonheur ! Je vais enfin pouvoir m'abriter du froid dans les bistrots, aller aux toilettes n'importe où et surtout quand j'en ai besoin, m'acheter un paquet de cigarettes, un sandwich de temps en temps... Et des serviettes hygiéniques, sans avoir à les quémander à l'hôpital. Le superluxe.

RMI, CMU, ANPE... Quand on est à la rue, « faire ses démarches », comme on dit, est un emploi à plein temps. Je dois par exemple m'inscrire à la couverture maladie universelle, qui permet à ceux qui, comme moi, n'ont rien ou pas grand-chose d'obtenir des soins médicaux gratuits. Je remplis tout mon dossier dans les règles de l'art mais, quand je l'apporte, on me demande en plus une fiche d'état civil. L'agent a déjà mon attestation de RMI, ma fiche de renseignements, ma carte d'identité. Je suis déjà inscrite à la Sécurité sociale, mais cela ne lui suffit pas. Moins tu as de revenus, plus on te demande de les justifier... Quand je pense que certains de nos élus détournent des sommes folles, et que moi je dois galérer comme une malade pour avoir le droit de me soigner, ça me rend cinglée... Pour la CMU comme pour les autres démarches administratives, c'est simple : quand tu es SDF, il manque toujours un papier ! Et il faut courir à droite, à gauche, faire des photocopies, à la mairie, chez l'assistante sociale, à la CAF... Pour moi qui suis sans abri, ça prend un temps fou. Je n'ai pas de forfait dans mon portable et pas assez de sous pour m'acheter une carte téléphonique... Pour la plupart des démarches, je me déplace donc directement au guichet. Mais les tickets de métro partent vite. Alors je marche. Pendant que je cours après les formulaires, mon dossier traîne. Un mois, deux mois, trois mois... Le temps passe et je n'ai toujours pas reçu mon attestation de CMU. Je vais régulièrement à Chemin Vert voir si j'ai du courrier, et toujours rien. Alors je retourne au guichet de la Sécu : mon attestation m'attendait dans le dossier. Quelqu'un a dû oublier de l'envoyer...

Je dois aussi m'inscrire à l'ANPE. Trouver du travail, c'est la clé, évidemment. Du moins, c'est ce que tout le monde pense...

— Les feignants ! Nous, on se lève bien pour aller bosser...

Je les entends, les bonnes gens, qui me jugent quand ils me voient assise sur mon banc, place Voltaire. Ils ne savent pas de quoi ils parlent. Le premier mois dehors, je vais évidemment m'inscrire à l'ANPE. Je reçois bientôt ma carte de demandeur d'emploi, ça me fait une belle jambe ! Quel patron voudrait embaucher une comptable fringuée de bric et de broc, avec un sac bourré à craquer sur le dos et un autre, en plastique, à la main ? À Saint-Antoine, on ne peut pas laisser ses affaires. Le matin, on est prié de remballer duvet, vêtements et nourriture, pour ne pas gêner le fonctionnement de l'hôpital. Donc je me balade toute la journée dehors avec ma maison sur le dos. Pas pratique pour démarcher... De toute façon, je suis brisée. Moral dans les chaussettes. J'ai l'impression d'être une merde. Même réfléchir, me concentrer cinq minutes est devenu difficile. Trop de bruit partout autour, pas assez de sommeil, mon cerveau est en miettes, alors tenir un emploi, c'est mission impossible... Et puis la honte me colle. Même quand je suis avec Tom, Nathalie et Momo, je fais souvent semblant de ne pas les connaître. Je reste debout, un peu éloignée d'eux. Je me sens souvent sale, nulle, alors je fuis le regard des autres... Ce n'est pas pour me retrouver sous les yeux d'un patron !

Je vis au jour le jour.

Trouver une douche, trouver des vêtements, trouver à manger, trouver un coin de rue ou de banc où le vent glacé ne souffle pas trop fort. Aller chez les sœurs, aller chez l'assistante sociale, aller à l'hôpital Saint-Antoine. Dormir un peu, si possible. Me lever, partir, trouver un endroit où faire pipi... Assurer mes besoins vitaux me prend toute la journée et déjà la journée recommence. Ma seule obsession, c'est sortir de ce cercle vicieux. Un toit stable, un toit au calme. Après, le travail viendra... Mais comment ?

Je n'ai pas tiré le gros lot avec mon assistante sociale. Déjà, elle est froide. Elle ne sourit pas, parle de manière hachée et me regarde à peine. En fait, elle semble se ficher pas mal de mes problèmes, et, du coup, j'ai tendance à les cacher. Je me renferme. Son air hautain me met mal à l'aise. Notre collaboration part plutôt mal... C'est clair : je ne me suis jamais entendue avec elle.

Quand je vais la voir, je suis tendue. Dans la rue, j'arrive à ne pas demander grand-chose. Tom m'aide, mais, lui, je le connais et au moins je ne mendie pas. Je vais le moins souvent possible chez les sœurs... Pour moi qui ai toujours gagné ma vie, c'est un coup de poignard dans le cœur de vivre de la charité... Même à ma mère, dès l'âge de 17 ans, je payais un loyer et des charges ! Alors, je ne supporte pas de quémander et de devoir quelque chose à quelqu'un. C'est la preuve de mon échec, de ma dérive... Quand je vais voir l'assistante sociale, c'est pour moi une déchéance. Je m'arrange pour dénicher la veille des vêtements corrects, je prends une bonne douche, maquillage, un coup de peigne... Et c'est parti. Je ne veux pas que ça se voie que j'ai besoin de quelque chose. Dans la salle d'attente, il y a à côté de moi des femmes en larmes, d'autres à moitié souillons... Je fais le maximum pour ne pas leur ressembler, pour avoir l'air comme tout le monde. Ma déprime, je mets mon mouchoir dessus, je la cache sous une bonne couche de mauvaise humeur. Saint-Antoine, les poux, les bagarres, j'en parle peu. Question de dignité. Devant mon assistante sociale, je ne pleure jamais. Elle me parle déjà comme à une débile, très lentement, comme si j'avais deux neurones, alors pas question de lui faire pitié en plus. C'est assez fréquent : beaucoup de gens ont peine à imaginer que les sans-domicile puissent avoir une intelligence normale...

Moi, j'arrive devant elle la tête haute, parce que je n'ai pas à rougir d'être tombée à la rue. Je suis victime, pas coupable ! Je n'ai pas choisi d'être cognée et de dormir avec les cloches, à l'hôpital ! Elle m'énerve, alors, devant elle, je joue à la dure. Et quand elle me demande, exceptionnellement, si j'ai besoin de quelque chose, je lui réponds :

— Juste un toit sur ma tête. À part ça, pourquoi le demandez-vous puisque vous n'arrivez jamais à obtenir quoi que ce soit pour moi ?

Je le pense sincèrement. Ça n'a pas l'air de lui poser de problème que je dorme à Saint-Antoine et que je passe mes journées sous la neige. Pas une fois elle ne se propose de m'aider à trouver un logement. Jamais elle ne me donne une liste des hébergements pour sans-abri qui existent à Paris. Jamais elle ne passe un coup de fil à un centre ou à un foyer pour régler mon problème. Ma misère, pour elle, c'est la routine. Des femmes dehors, des femmes cognées, au chômage, dans la misère : c'est devenu banal pour les assistantes sociales. Chemin Vert est spécialisé dans cette population : toutes les SDF de Paris s'y dirigent. Pour quel résultat ? Nous sommes enregistrées, voilà tout !

L'assistante sociale règle la paperasse : avec elle, je suis en règle. RMI, CMU... Elle me met sur les rails administratifs. Mais quand tu as fait ça, tu n'as pas fait grand-chose, ce serait trop simple. Moi, je suis dans la rue et je ne sais pas à qui parler ni comment m'en sortir par mes propres moyens... Cette solitude m'écrase. Je ne trouve pas la solution.

Je suis peut-être parano, mais j'ai carrément l'impression que mon assistante sociale me snobe. Je pense qu'elle croit que je suis bien, à la rue. Que j'en profite. Elle n'a qu'à aller voir dehors comment c'est...

Fin janvier, j'arrive dans le bureau de l'assistante sociale déchirée de fatigue. Au bout du rouleau. C'est ce moment-là qu'elle choisit pour me proposer un contrat d'insertion. Apparemment, c'est un contrat que tous les RMistes doivent signer. Elle remplit le papier sous mon nez et me demande de le parapher. Je respire à fond, je me concentre, c'est dur. Mon crâne est bourré de coton, mais je me mets à lire ligne après ligne.

— C'est bon, signez.

Ça prend du temps et elle n'a pas des siècles à me consacrer, je le conçois. Je ne suis pas la seule à vouloir lui parler... Vingt personnes attendent sans doute leur tour après moi. Mais quand même !

— Si vous le permettez, je sais lire et je veux savoir ce que je signe.

— C'est simplement un contrat qui stipule que vous vous engagez à chercher du travail et que vous souhaitez vraiment vous réinsérer.

Je comprends. Je comprends que je n'en peux plus. Est-ce que je veux vraiment me réinsérer ? Mais qu'est-ce qu'ils croient, tous, que je suis à la rue pour le plaisir ? Parce que ça me plaît de dormir dans la crasse ? Donnez-moi une douche, donnez-moi des toilettes où je puisse faire mes besoins, tranquille ! Donnez-moi un toit au chaud, n'importe lequel, où je puisse rester plus d'une nuit, et après on verra si je peux me réinsérer !

Je deviens hystérique :

— Votre contrat, vous pouvez vous le garder, j'en ai rien à foutre.

Je le déchire sous ses yeux.

— Calmez-vous... Si vous continuez comme ça, je vais vous virer.

Je ne suis pas une idiote, je ne suis pas illettrée. J'en ai plus qu'assez qu'on me parle comme à une demeurée, qu'on me demande de me justifier de tout, sur tout, tout le temps... Me virer, moi ? Mais je suis déjà dehors ! Je n'ai déjà plus rien... Que peut-il m'arriver de pire ? Je lui hurle dessus :

— Vous n'allez pas me faire virer, parce que la porte, je la connais. De toute manière, vous n'en avez strictement rien à foutre de moi, je me demande même à quoi vous passez vos journées. Au moins, aujourd'hui, vous allez ranger !

Et je balance par terre toute une pile de dossiers qui attendaient en équilibre sur son bureau, avant de claquer la porte.

En février, je touche mon premier RMI : quatre cent dix-sept euros et quatre-vingt-huit centimes.

Un billet de vingt euros dans la poche, je vais chez le coiffeur. Le moins cher que j'aie trouvé dans le quartier, près de l'hôpital. La shampouineuse me masse le crâne et tente désespérément de me faire la conversation. Je ne lui lâche que deux mots :

— Bien court.

Finis les cheveux longs qui attrapent la poussière et le gras, les mèches qui traînent par terre, sur le sol de l'hôpital ! C'est une nouvelle étape dans ma lutte antipoux, et je me sens plus légère à mesure que mes cheveux tombent sur le sol. Un coup d'œil dans la glace, je me sens plus forte, plus mec. Prête à affronter la rue et sa meilleure amie : la grosse machine administrative...

La situation de l'hôpital Saint-Antoine ne s'arrange pas. Il y a toujours autant de SDF et les incidents se multiplient. J'entends dire que les pompiers et les veilleurs de nuit se sont plaints à leur direction. Ce n'est plus possible qu'il y ait autant de monde...

C'est à ce moment-là que Mme Carron entre dans ma vie. Elle a l'air d'avoir la quarantaine, et de l'énergie à revendre. Cette femme brune branchée sur cent mille volts me coince un matin à 6 heures alors que je ramasse mon duvet.

— Bonjour, je suis Annie Carron, responsable du service social de l'hôpital.

— Foutez-moi la paix.

Les assistantes sociales, j'en ai eu ma dose. Celle-là n'insiste pas et bat en retraite... Du moins, c'est ce que je crois. Erreur ! En fait, elle repart à l'attaque dix minutes plus tard, sur un ton moins avenant :

— Je veux vous parler, suivez-moi, c'est important.

Je demande à Tom de m'attendre cinq minutes. Debout dans son bureau, cette femme inconnue prépare du café, m'apporte une belle brioche couleur caramel, et me demande ce qui m'est arrivé. Encore ! Je n'en peux plus de raconter, mais il faut en passer par là... Alors je me plie une nouvelle fois à l'exercice de l'autobiographie. Mme Carron me regarde fixement pendant que je raconte. Les coups, la fuite, les rendez-vous à Chemin Vert, l'ANPE... Ses sourcils se froncent. Je vois qu'elle s'étonne : deux mois à la rue, c'est tout frais, tout neuf... À la fin, elle lâche :

— C'est maintenant qu'il faut vous tirer d'affaire. Vous ne sortirez pas de mon bureau avant que je vous aie trouvé un hébergement.

— Je ne vois pas en quoi ça vous concerne, j'ai déjà vu plusieurs assistantes sociales, et il ne se passe rien... J'ai déjà appelé le 115 des tonnes de fois, et ils n'ont rien fait pour moi. Vous ne serez pas meilleure que les autres.

— Chiche !

En fait, je me condamne d'avance. Je suis devenue fataliste. Pas elle. Je n'ai plus aucune confiance en rien ni en personne, pas même en moi. Alors cette femme remarquable va faire mon bonheur pour moi, malgré moi.

Elle décroche son téléphone et ne le lâche plus. Tenace. Décidée. Harcelante. Elle est ce que je ne peux plus être : déterminée. Elle connaît les bonnes adresses et les numéros utiles. Mais surtout, elle prend le temps qu'il faut pour m'aider, et finit par décrocher la timbale : une place d'hébergement. Libre. Où je pourrai rester plusieurs mois. Me poser. Me reposer. Respirer. Ça lui a pris en tout et pour tout cinquante minutes.

Et moi, je mets des heures à me décider à y aller.

J'ai peur de me retrouver seule. J'ai peur de l'inconnu. J'ai peur des gens, et en même temps je brûle de dormir dans un vrai lit. J'arrive devant le foyer Malesherbes à 22 heures moins trois minutes alors qu'il ferme à l'heure pile. Un veilleur de nuit très gentil m'accueille et m'accompagne dans ma chambre, que je partage avec une femme africaine.

Je m'assois sur le lit et, dès que le gardien a le dos tourné, je ressors de la pièce. Impossible de rester en place. Je suis affolée à l'idée de devoir rester clouée sur place, dans huit mètres carrés. Je ne suis plus habituée. La salle de télévision est ouverte, je m'y installe, mon sac bien en vue à côté de moi. J'ai l'impression d'être en prison. Il y a des barreaux aux fenêtres, des femmes à la dégaine de toxico et des gens qui puent l'alcool à deux mètres de moi... L'angoisse me donne la nausée.

Je préférais être à la rue, au moins je pouvais sortir et entrer à ma guise. À Saint-Antoine, on peut aller et venir comme on veut, quand on veut, partir fumer une cigarette dans la cour et puis revenir. Là, je suis enfermée. À partir de 22 heures, plus question de mettre un pied dehors. Tom, Nathalie, Momo : eux fument, boivent, prennent des cachetons, mais au moins je les connais. Là, je suis plongée dans un bocal au milieu d'inconnus aux airs hostiles. Je suis morte de trouille. Je reste toute la nuit devant la télévision éteinte, à entendre des gens hurler dans les étages.

Panique à bord.

À 5 heures du matin, je suis déjà derrière la porte d'entrée à attendre qu'elle s'ouvre. À 5 h 30, je suis dehors, à l'air libre. Soulagée. Je fonce place Voltaire rejoindre Tom et vider mon sac :

— Non mais tu te rends compte, ils sont tous dingues là-dedans, ils nous enferment à clé, il y a des barreaux aux fenêtres ! Je ne veux pas y retourner, c'est l'horreur... Accompagne-moi ce soir, si tu ne me crois pas.

Il l'a fait. Nous sommes allés le soir tous les deux jusqu'à la porte d'entrée du centre. Il a vu la serrure et les barreaux, et il a souri.

— Et alors, Brigitte, c'est juste ça ton problème ? Au moins tu as un toit pour dormir, t'es pas dehors. Tu vas te réhabituer, t'inquiète.

Il m'a poussée vers l'entrée et a attendu que la porte se referme sur moi. Je suis montée dans ma chambre et j'ai passé toute la nuit assise sur mon lit. Le lendemain matin, je suis repartie, complètement décomposée. Je ne tenais plus debout. Je me suis écroulée de fatigue dans les bras de Tom, qui m'a secouée comme un prunier :

— Maintenant, tu arrêtes de déconner, tu ne peux pas rester dans la rue, tu n'es pas faite pour ça, tu as connu autre chose avant. Alors, tu prends sur toi et tu y retournes.

C'est le meilleur conseil que l'on m'ait jamais donné. Si seulement Tom avait appliqué ses bonnes paroles à son cas personnel... Mais lui est très loin, trop loin, désormais de la vie normale. DASS, foyers, prison : il a connu le pire de la vie en collectivité et ne la supporte plus. Comme beaucoup de sans-domicile, il dit refuser la société en bloc. Pour lui, pas de RMI, pas d'allocations, pas de couverture maladie : il ne fait même pas valoir ses droits et ne demande rien à personne, pour ne plus être déçu. Aujourd'hui, il affirme même que vivre dehors est un choix. Pour lui, c'est sans doute trop tard. Pour moi, pas encore...

Alors, je me fais violence et, tout doucement, je m'habitue à revivre à l'intérieur. Au foyer Malesherbes, je reste dîner le soir. Une fois, il faut séparer deux hommes qui en viennent aux mains, l'un menace l'autre avec un couteau... Son couteau de table, sans dents ! Le gardien les sépare et le repas reprend tranquillement... Cet incident mis à part, les soirées se passent plutôt bien. La nuit, c'est autre chose. J'ai peur qu'on me vole. La femme qui partage ma chambre n'en revient pas de me voir trembler dans mon lit, blottie avec mon grand sac plastique dans les bras. Impossible de m'en séparer, il y a tous mes papiers dedans... C'est l'habitude.

Au beau milieu de la nuit, nous sommes parfois réveillées en sursaut par des bruits sourds et des grincements. J'angoisse comme une folle, jusqu'à ce que ma voisine m'explique : c'est juste l'une des filles du foyer, toxicomane, qui se prostitue. Elle attend que le gardien s'installe devant la télé et s'en va vendre ses services aux gars dans leur chambre. Quel scandale le soir où le veilleur de nuit s'en rend compte ! Lui rouge comme une tomate essayant de la faire sortir dans le couloir, elle toute débraillée qui crie :

— Mais je ne fais pas de mal, je ne fais que du bien !

C'est folklorique, mais je m'y habitue. Je prends mes marques là-bas...

La journée, je reste dans ma chambre à lire. Ou je passe voir Tom et les autres. Dans le groupe, un gars s'est incrusté gentiment. Il s'appelle Samy, il doit avoir la trentaine, le genre brun ténébreux, plutôt maigrichon. Je crois remarquer qu'il aime bien parler avec moi. Ça ne me dérange pas. Il est plutôt cultivé. Quand j'arrive place Voltaire, je le vois toujours dans la même position : une cigarette ou un joint au bec, ses deux chiennes assises à ses pieds, et son journal, *Le Parisien*, grand ouvert sur les genoux. Tous les deux, on cause bouquins, politique... Il est posé, calme. Jamais de bagarre, pas un mot plus haut que l'autre. Et bavard comme une pie. Je passe de bons moments avec lui, avant de retourner au foyer.

Je vais de mieux en mieux.

Alors, quand au bout de quelques semaines le centre Malesherbes annonce sa fermeture, c'est le ciel qui me tombe sur la tête.

La nouvelle arrive un beau matin : tous les résidents doivent être dispatchés dans d'autres foyers. La panique me saisit instantanément. Que vais-je devenir ? Où vais-je aller ? Comment vais-je m'en sortir seule ? Moi, on me destine à Crimée. C'est simple, c'est l'horreur. Je n'y ai jamais mis les pieds, dans ce centre d'hébergement, mais dans la rue les nouvelles vont vite. J'ai entendu les pires choses à propos de cet endroit. Même ma voisine de lit, la dame africaine, m'en a dit des vertes et des pas mûres :

— Surtout, ne va pas à Crimée, j'en viens, je me suis sauvée. Les filles sont toutes folles, elles ont mis le feu aux chambres, elles se rackettent entre elles...

Je suis terrifiée. Pas question que je mette un pied dans ce nid de guêpes.

— Brigitte, vous n'avez pas le choix, je n'ai trouvé de place pour vous que là-bas. L'un des employés du centre me met au pied du mur.

Je suis laminée.

— Si, j'ai le choix, je repars dans la rue.

Mes larmes, je les retrouve sur le chemin vers Saint-Antoine.

Je cours vers l'hôpital comme si j'avais le diable aux trousses. Dans le bureau de Mme Carron, je craque totalement. J'ai les yeux rouge sang à force de pleurer. Trois semaines au chaud m'ont amollie, et la perspective de me retrouver soit dans un asile de fous, soit dehors, me tue. Pas la rue, pitié, je ne veux pas y retourner... J'ai besoin de temps, encore, de me reposer. J'ai besoin de calme, de chaleur, de stabilité, sinon je vais crever. Entre deux sanglots, j'explique la situation à ma bienfaitrice. Elle acquiesce, un crayon coincé au coin de la bouche :

— Il est vrai qu'à Crimée il y a beaucoup de gens en très grande difficulté. De plus, on ne peut y rester que la nuit, et la journée on est dehors. Je ne pense pas que cela soit une bonne chose pour vous qui êtes encore fragile.

Je m'imagine déjà au milieu de fous dangereux sortis de l'hôpital psychiatrique et d'ex-détenus... J'en pleure d'autant plus fort. Mme Carron dégaine alors son arme fatale, le téléphone, et s'en va plaider ma cause. Le miracle se reproduit : elle me déniche une place d'hébergement ailleurs. Fin mars 2004, direction le foyer Jean Rodhain, à côté de l'Hôtel de Ville de Paris.

Mgr Jean Rodhain, c'est le fondateur du Secours catholique et l'établissement vers lequel on me dirige appartient à cette association. C'est un vieil immeuble pas très haut, avec un escalier de bois en colimaçon, une douche sur chaque palier et une petite cuisine toute proche du bureau du directeur... Moi, je vais habiter au quatrième étage, dans une chambre de cinq lits. Je m'en rends compte très vite : c'est le bordel. La plus jeune des femmes a 19 ans, et la plus âgée... c'est moi. Entre la sans-papiers, celle qui est venue en France pour se faire soigner, l'autre qui s'est fait jeter dehors par son mari, elles composent un bel échantillon de misère. Comme moi, elles n'ont pas un sou vaillant et des problèmes par-dessus la tête. Tout ce malheur dans vingt mètres carrés, ça fait des histoires. Chamailleries non-stop et petites vacheries. Une des filles laisse une bouteille d'eau sur son lit? L'autre la lui pique. Un shampoing traîne dans la chambre? Il disparaît aussi sec... Je me méfie d'elles. La journée, je ne leur parle pas du tout, ni bonjour ni bonsoir. Je ne m'occupe de personne. La nuit, la plus jeune écoute de la musique à fond dans son casque et chante pour s'endormir. L'autre téléphone tout le temps en hurlant dans le combiné... Sans compter celle qui ronfle! Cerise sur le gâteau : mes voisines de chambre ne supportent pas que j'ouvre la fenêtre, mais moi je suis incapable de dormir enfermée... Alors, j'attends toute la nuit que le temps passe, les yeux grands ouverts, et dès 5 heures du matin je file prendre ma douche. Il n'y a personne dans le bâtiment et je bois mon café tranquille en compagnie des gardiens... Je les connais bien, ce sont les mêmes qui travaillaient à Malesherbes. Au bout de quatre nuits sans dormir, j'ai des cernes noirs et immenses, comme si on m'avait cognée...

Tom me remonte le moral, comme à son habitude. Samy aussi, qui, décidément, n'en rate pas une pour se rapprocher de moi. Il envoie même un copain faire le marieur, c'est la cour de récré !

— Tu sais, Samy, il aimerait bien discuter avec toi, mais il n'ose pas.

Alors, je vais directement voir l'intéressé.

— Il paraît que tu veux me parler ?

Samy est soufflé. Oui, enfin non, enfin bref, voilà, c'est dit : il aimerait me connaître un peu plus. Qu'on se fréquente plus régulièrement, en tout bien tout honneur, pour voir si on ne pourrait pas faire un bout de chemin ensemble par la suite... Je ne suis pas convaincue. Je l'aime bien, mais à la limite je préfère ses deux chiennes à lui. Surtout Zoé, la plus vieille, la plus câline. Elle vient se frotter contre mes jambes dès qu'elle me voit... J'adore ! Mais son maître, non merci. Il est gentil comme tout, mais le flirt est le cadet de mes soucis. Et avec un type de la rue en plus, alors que je viens de trouver un foyer correct ? Pas question. Mais on peut toujours se fréquenter en copains. Samy se le tient pour dit, il est patient. Chaque jour, pendant des mois, il vient me voir en bas du foyer...

À la maison Jean Rodhain, on finit par me changer de chambre. C'est plus confortable, avec un petit lavabo et même un miroir. Mieux : la fenêtre donne directement sur mon lit, et je peux la laisser entrouverte. Nous sommes en avril, les jours radoucissent peu à peu. Je me retrouve avec une petite dame de 70 ans que j'ai déjà croisée dans le foyer précédent. Elle est mignonne, Lucienne ! Elle et moi, on s'entend parfaitement, bien qu'elle perde un peu la tête. On discute toutes les deux, et soudain elle me parle du passé, et me raconte une anecdote qui a eu lieu cinquante ans plus tôt ! Parfois, elle me dit des choses bizarres :

— Toi aussi, ils t'ont débranchée hier soir ?

Je me retiens de rigoler, et réponds comme si de rien n'était :

— Oui, oui, ne t'inquiète pas, Lucienne, ça va aller.

Elle aussi a connu la rue. Les maisons de retraite coûtent les yeux de la tête, et elle semble ne plus avoir de famille, alors elle se retrouve là, comme moi, entre quatre murs. Pourtant, ça a été quelqu'un, cette femme ! Dans le temps, elle avait la belle vie, une parfumerie à elle, un appartement, mais son mari alcoolique a tout bouffé. Elle a été contrainte de vendre. Elle a de la classe. Élégante, maquillée, pomponnée... Son truc, c'est d'aller dans les grands magasins demander des échantillons de parfum. Certains soirs, elle revient le sourire aux lèvres. Assise sur mon lit, elle sort alors de ses poches de minuscules flacons de toutes les couleurs et, devant ses petits trésors, son visage s'éclaire de plaisir. Je l'aime bien, Lucienne. Elle aussi m'apprécie et son affection me fait chaud au cœur...

Au foyer, certains des résidents travaillent : l'un d'entre eux bosse pour la Mairie de Paris, dans les jardins. Un autre est employé par un grand magasin de bricolage... Ils ont des contrats précaires, à temps partiel et au SMIC, alors, à la fin du mois, leur salaire n'est pas suffisant pour dénicher un appartement normal.

Jusqu'en juillet 2004, je reste dans ce foyer... Je m'y sens de mieux en mieux. Plus forte. Plus solide. Au fil des semaines, j'émerge du brouillard. Des projets naissent : il faut que je trouve du travail. Je me sens prête... J'ai envie de me lever le matin avec un but, d'aller au boulot, d'avoir un salaire. Je sais faire plein de choses, après tout... L'équipe du centre d'hébergement est très gentille et m'entoure. Alain, un travailleur social, me découpe régulièrement les pages de petites annonces qu'il a trouvées dans le journal :

« En vue déménagement, cherche hommes baraqués. »

Mouais...

« Personne âgée cherche dame de compagnie. »

Ça, c'est pour moi ! Je propose ma candidature et, fin juin, je commence à travailler chez une dame de 80 ans passés, qui ne peut plus vivre seule. Jusqu'à présent, c'était sa fille qui s'occupait d'elle et c'est sa fille qui me paye. Elle me demande de rester avec Mamie toute la journée, et de dépanner quelques nuits par semaine. Pour cette vieille dame toute ratatinée aux beaux yeux clairs, je fais le ménage, la vaisselle, je la chouchoute et prépare ses repas. Au départ, nous mangeons des plats cuisinés livrés sous Cellophane, chaque midi, par la mairie, mais la petite grand-mère n'apprécie guère et en laisse les trois quarts dans son assiette. Alors, je lui sors mon grand jeu : hachis Parmentier, flan de légumes et tarte Tatin à la Brigitte, avec de gros morceaux de pommes bien caramélisés dedans. Je passe des heures dans la cuisine, un tablier accroché à la taille, elle pèle les fruits et fait des commentaires, je mitonne... Mamie s'en lèche les babines et moi aussi. Pour elle comme pour moi, l'appétit revient... Chaque soir, je rentre au foyer épuisée mais ravie Je retravaille, c'est le bonheur.

Sa fille hésite à me déclarer. Elle préfère que je travaille au noir... Ça n'était pas vraiment prévu au départ, et j'en fais part au travailleur social du centre d'hébergement. Lui me met en garde :

— Il faut qu'elle vous rédige un contrat en bonne et due forme, sinon, ça va poser des problèmes. Nous ne pouvons pas cautionner ça, il nous faut un contrat de travail dans les règles pour vous garder au foyer.

J'en parle à mon employeur, la fille de Mamie, qui campe sur ses positions et me propose alors de venir m'installer à domicile. Le directeur du foyer fait grise mine :

— Faites attention, Brigitte. C'est vous qui voyez, mais, si cette dame ne vous a pas fait de contrat jusqu'à présent, c'est qu'elle n'en a pas l'intention... Méfiez-vous.

Je ne l'ai pas écouté. Je suis allée vivre chez Mamie. J'ai commis l'erreur n° 1 : brûler les étapes. Trop pressée de retravailler, j'ai sauté à pieds joints dans la vie normale. Je voulais un salaire, je voulais un emploi, je voulais que ma vie reparte comme avant. Quitter le foyer. M'assumer. Avec Mamie, ça se passait à merveille. Avec sa fille aussi. On s'était entendues sur mon salaire, le nombre de jours de repos...

Pendant mes congés, j'allais lécher les vitrines. Tout me semblait trop cher, alors je repartais bredouille, avant de revenir à l'assaut des boutiques le week-end suivant.

Pour mon premier achat, j'ai pensé utile : j'ai investi dans une paire de grosses bottes fourrées, avec de la peau de mouton retournée à l'intérieur. C'est bien simple, j'ai demandé les chaussures les plus chaudes du magasin ! J'avais eu trop froid, trop souvent... Et puis je me suis offert deux pulls, plus deux pantalons. À moi. Pas des fringues qu'on m'avait données, de vrais vêtements payés par moi-même avec mon salaire. Des tenues pratiques, toutes noires, pas salissantes, pas froissables, faciles à laver. Lors de ma première virée shopping, j'ai gardé mes réflexes de rue.

Je faisais des projets : mettre un maximum d'argent de côté, pour avoir un petit studio à moi, plus tard. Sortir la tête de l'eau, enfin...

Au bout de quelques semaines, alors que j'étais de repos et partie faire des courses, Mamie a glissé dans le couloir en voulant aller aux toilettes. Diagnostic : col du fémur cassé.

J'ai énormément culpabilisé. Tout était de ma faute, encore une fois. Je n'aurais pas dû prendre mon jour de repos, je n'aurais jamais dû partir de la maison et laisser Mamie toute seule. Je n'avais pas su bien m'en occuper... À l'hôpital, tout l'été, je suis allée la voir tous les jours, je lavais ses affaires à la maison, et puis je repartais les lui apporter. Je lui préparais des petits plats pour la changer des plateaux-repas. Je lui tenais compagnie toute la journée, histoire de lui changer les idées... Pendant ce temps, ses enfants lui ont trouvé une maison de retraite, plus adaptée à sa situation. J'ai été remerciée. Sa fille m'a demandé de prendre mes affaires et de m'en aller de l'appartement. Elle a sans doute considéré que loger une ancienne SDF était déjà bien charitable de sa part : elle ne m'a pas payé mon dernier mois de travail et, en septembre 2004, je me suis de nouveau retrouvée à la rue. Sans rien.

Je suis allée rejoindre les autres, place Voltaire. Et je suis tombée plus bas que jamais.

9

Samy

J'ai tout gâché. Tout gâché.

Thierry, le pompier de Saint-Antoine. Annie Carron, l'assistante sociale de choc. Tom, Nathalie, les sœurs de la Charité et Dany le pasteur de l'Église évangélique... Tous ont cru en moi. Ils m'ont juré que j'allais m'en tirer. Ma place n'était pas dans la rue. Moi, j'étais faite pour la vie normale, pour avoir un boulot comme les autres, comme avant. J'allais m'en sortir : tous me l'ont dit et répété... Pour moi, ils se sont démenés sans compter. Ils m'ont remonté le moral, soutenue, aidée à trouver un foyer. M'en sortir... Moi aussi, j'y ai cru. Je le voulais tellement...

Mamie à l'hôpital, voilà que tout dégringole. Plus de boulot, plus de salaire, plus de toit sur ma tête. J'ai lâché mon centre d'hébergement pour travailler. Quelqu'un m'a remplacée au foyer Jean Rodhain, évidemment. Dans la chambre de Lucienne, il y a désormais une autre femme : il y en a tellement qui galèrent !

Retour à la case départ. Neuf mois après y être tombée, je retourne à la rue. Il faut tout recommencer à zéro. Rappeler le 115. Dormir à nouveau à l'hôpital

Saint-Antoine. Refaire la tournée des assistantes sociales. Retrouver un travail. Une place dans un foyer. Raconter, à nouveau, mon histoire...

Je n'en ai plus la force. Déboussolée, laminée par mon échec, je plonge tête la première dans la rue. La vraie.

Place Voltaire, rien n'a changé...

Samy est là. Il m'écoute. Il est gentil et ne va pas m'abandonner. Il m'embrasse, je le laisse faire, ça fait longtemps qu'il attend ça... Et puis à deux, ce sera sans doute plus facile. Je ne me vois pas retraverser l'horreur en solitaire. Je pourrai au moins me reposer sur lui.

Dès lors, Samy et moi sommes un couple. Un couple à la rue.

Je vais vivre avec lui dans un coin chic du 4e arrondissement de Paris. Samy y loge depuis plusieurs années, dehors, sous les belles arcades de pierre de la place des Vosges. Il est plus jeune que moi : 35 ans, dont vingt de galère. Son père, il ne l'a pas beaucoup connu ; il avait 7 ans lorsque la police est venue chercher le chef de famille à la maison pour l'emmener en prison. Samy a été élevé par un duo de femmes, mère et grand-mère. À 14 ans, il est parti de chez lui, trajet direct vers la came. Amsterdam, Paris, Bruxelles... Tous les coins où il pouvait trouver de la drogue, il y est allé. Pendant des années, coke et héroïne ont été ses deux meilleures amies. Il a tâté de la prison aussi, pour une histoire de deal et de bagarre... Trois ans en cage avant d'être libéré sous conditions et, aujourd'hui, Samy est clean. Voilà deux ans qu'il ne touche plus à rien. Il va régulièrement chercher à l'hôpital ses petites bouteilles de méthadone, un substitut à la drogue, et pointe tous les mois devant le juge d'application des peines, qui le surveille de près. Quand je rencontre Samy, il s'est calmé. Mieux : il est plutôt marrant, prévenant, attentionné. Assez macho aussi, il me chouchoute comme une chose fragile. Moi, je suis au trente-sixième sous-sol, il me ramasse à la petite cuillère... C'est exactement ce qu'il me faut. Nous nous éloignons un peu du groupe, de Tom et des autres, et ça me soulage. J'en ai assez des bagarres pour un rien, des cris, du bruit, des embrouilles. Samy est différent des autres gars de la rue. Plus calme, pas querelleur. Il ne dort pas dans les centres d'hébergement à cause de ses chiennes. Les consignes, les horaires, le règlement : très peu pour lui. Cela fait trop longtemps qu'il vit en marge, alors il a fait son trou au coin de la place des Vosges, avec Rachid, un gars très gentil qu'il connaît depuis des années.

Leur coin devient le mien. Quatre mètres de long. Un duvet pour nous deux, un autre pour les chiennes, plus deux sacs à dos. À quelques pas, Rachid sur ses couvertures. C'est tout.

C'est la misère. Mais Samy est à mes côtés et je peux compter sur lui.

Du moins quand il ne boit pas trop.

Depuis qu'il a décroché de la drogue, il compense... avec la bouteille. Avec ses copains, c'est vingt bières par jour et des joints par-dessus. En ma compagnie, il ralentit la cadence, il pense moins à picoler et à fumer. Et pas question que j'entretienne son vice. Il se paye ses bouteilles lui-même et, même défoncé, il n'est jamais agressif. Les gens qui boivent tous les jours, ils encaissent. Certains soirs, Samy arrive quand même en titubant vers moi... Il plane, il peut toujours tenir une conversation mais s'embrouille, je n'y comprends plus rien. Je le vois à ses yeux, à ses bafouillis, il est ailleurs, entre deux eaux, défoncé. Son haleine pue le cendrier froid et la Kronenbourg, je prends sur moi. Je lui parle sèchement :

— C'est bon, va dormir.

— Ça veut dire quoi, ça ? Je ne suis pas bourré.

— OK, ne me la fais pas, tu tiens à peine debout.

Il se met à bouder comme un gosse, et s'écroule sur son duvet jusqu'au lendemain. Je reste seule avec les deux chiennes. Dehors.

Ma seule vraie protection, ce sont elles, Zoé et Mila. Sans ces deux boules de poils, je serais morte de peur. Elles me donnent de l'affection au kilo et me rassurent. Du jour où je me mets en couple avec Samy, Zoé se fait plus protectrice avec moi. Personne ne peut m'approcher sans qu'elle intervienne. Cette chienne, c'est mon rempart contre la malveillance.

Non loin de nous vit un autre couple de sans-abri et, sur le côté, deux hommes. Ces quatre-là, on les connaît, ils sont calmes. Le problème vient d'ailleurs : la place des Vosges est un lieu de rendez-vous pour les gars de la rue. Beaucoup de ceux qui traînent place Voltaire pendant la journée y passent une partie de la nuit avant de retrouver leur squat, ailleurs dans

Paris. Ils peuvent être dix ou douze, à foutre un bordel monstre ; ils picolent, balancent leurs bouteilles partout. Parfois, ils se battent, ça résonne, alors les riverains se plaignent et appellent la police... Richard est souvent parmi eux. Ce type-là est un vrai taré, totalement imprévisible. Dès que je le vois arriver, tout maigrichon avec son sourire narquois, je me fais la plus petite possible. Je sais qu'il peut exploser à n'importe quel moment. Il suffit qu'il soit en manque pour devenir ultra-violent. Il lui faut ses cachets ou sa dope, je n'en sais rien, mais tout ce dont je suis sûre, c'est qu'il vaut mieux ne pas se trouver sur son chemin à ce moment-là. C'est une bombe à retardement.

Il n'est pas le seul. Avec les toxicos, chacun de mes gestes peut être mal interprété. Le moindre mot peut déclencher une bagarre. En mangeant, il suffit que je me saisisse d'un couteau pour que les autres se sentent menacés et attaquent. Alors je suis sur la défensive, à chaque minute. Je fais attention à ce que je dis, à ce que je fais. Je ne participe pas aux conversations avec des gens que je connais mal. Je ne suis jamais sereine, et encore moins vers le 6 du mois, quand le RMI est versé. À ce moment-là, mieux vaut raser les murs, les agressions se multiplient...

J'ai peur, non-stop. Et je me sens dégueulasse.

Dehors sur un duvet, j'avale de la poussière à longueur de journée et de nuit. À force d'être assise par terre, mes vêtements s'usent. Déchirés, abîmés, sales. En plus, on ne peut pas facilement se laver les mains. Il faut aller au café ou à l'hôtel du coin, ce n'est pas évident. Au fil des semaines, je devrais m'habituer à la saleté, mais c'est tout le contraire. La crasse me rend littéralement malade. Le resto même le plus minable coûte cher et nous n'avons que le RMI. Alors, quand nous mangeons, c'est souvent un sandwich, avec nos doigts évidemment. Mes mains poisseuses me répugnent.

L'hygiène devient une obsession.

Le matin, je range tout. Les duvets dans un grand sac à dos, avec mes livres au milieu pour qu'ils ne s'abîment pas. Nos papiers pliés soigneusement dans un autre sac, plus petit, très précieux. Carte d'identité, dossiers, courrier, carte de Sécurité sociale : c'est toute ma vie qu'il y a là-dedans. Dès que je suis levée, je balaye. Les passants ne peuvent pas se plaindre, je suis devenue totalement maniaque. Je file tous les jours à l'hôpital Saint-Antoine et je me récure à fond. Dès que je le peux, je récupère des vêtements auprès des dames de la paroisse du coin. Jamais de tenues claires. Pas de blanc, ni de beige, trop salissant. Chaque semaine, nous allons à la laverie, place des Vosges. On s'y installe avec les chiens, alors les gens nous regardent d'un drôle d'air. J'ai envie de les battre. SDF mais propres, ça les dérange ?

J'archive tout. Dans mon coin de rue, rien ne traîne. Un gobelet en plastique, un sac en papier ? Je garde. Je ne jette rien. Dès que je sors de mon sac une tablette d'aspirine, un bout de papier, n'importe quoi dont j'ai besoin, je m'en sers rapidement et le remets aussitôt en place. C'est une nouvelle maladie chez moi : j'ai peur de perdre. Je n'ai plus rien mais, ce qu'il me reste, je le surveille jalousement. Qui sait de quoi demain sera fait ? Qui sait de quoi j'aurai besoin ce soir, cette nuit ? J'empile, j'entasse, ça déborde. Je deviens bizarre. Un peu folle. Folle de misère.

Et j'ai froid.

Cette place, c'est l'hôtel des courants d'air. Sous les arcades, je gèle comme jamais dans ma vie. Il n'y a pas qu'en hiver que ça caille. En octobre, la température chute et moi avec. J'ai beau empiler les pulls et les chaussettes, rien n'y fait. Les semaines passent, l'hiver s'annonce : un bonnet, des gants, une écharpe, je ressemble à un Bibendum, mais je grelotte tout de même. J'ai les doigts violacés sous les moufles, la chair de poule sous mes trois cols roulés. Mes doigts de pied se raidissent à me faire hurler de douleur. Je me masse, c'est pire. Je n'en peux plus. Le vent s'engouffre sous les arcades et par chaque pore de ma peau.

Arrive ce qui doit arriver : je tombe malade. Avec le froid qu'il fait, la poussière de la rue que j'ingurgite vingt-quatre heures sur vingt-quatre et les courants d'air par-dessus, ce n'est guère étonnant. Pendant des semaines, je traîne une sorte de bronchite. Elle vire bientôt en trachéite : je tousse comme une tuberculeuse, des quintes épouvantables qui finissent par me faire vomir. J'ai de la fièvre et je crève de froid, une douleur dans la poitrine comme si une enclume pesait sur mes poumons... Mon nez coule à flots, mon corps entier part à la dérive, et je le laisse tomber en morceaux. Je me délaisse.

Un soir, je vais tellement mal que Samy décide de nous faire quitter la place des Vosges pour la soirée, histoire de nous mettre à l'abri du vent. À côté de l'église Saint-Paul, il existe une petite rue tranquille, avec un immeuble à l'angle. Nous y sommes déjà allés dormir deux ou trois fois précédemment. Les habitants de l'immeuble sont sympas, la plupart travaillent pour l'église... Nous y allons.

Je l'apprends vite, il y a peu d'endroits inaccessibles aux sans-abri. Samy possède la clé du facteur, celle qui permet d'ouvrir toutes les portes. Entre sans-domicile, on se fait des doubles, et puis il y a des serruriers qui vendent ce sésame sous le manteau, deux ou trois euros pièce... Tous les gars de la rue que je connais l'ont. Je crois même que c'est la chose la plus précieuse qu'ils possèdent.

Samy ouvre la porte d'entrée, et on s'installe. C'est calme et, sous l'escalier, il y a suffisamment d'espace pour installer nos duvets et nos chiennes sans gêner le passage. Je m'allonge tout de suite, je ne tiens plus debout et j'ai des vertiges. Le monsieur du rez-de-chaussée ne tarde pas à venir nous voir.

— Ah, vous êtes là ? Vous avez faim ? Ne bougez pas.

Et il revient avec du pâté et du pain. Il s'enquiert de ma santé avant de rentrer chez lui. Puis c'est au tour du curé de pointer son nez. Autre homme, autre ton :

— Vous ne restez pas là, il faut que vous partiez tout de suite.

Je me renfrogne et tente de me mettre debout. Le sang cogne dans ma tête, je manque tourner de l'œil en me levant.

— Je suis malade, il fait froid dehors. Alors, s'il vous plaît, laissez-nous dormir là. On a demandé aux gens, ça ne les dérange pas.

— Oui mais moi, ça me dérange. Alors, ou vous vous en allez gentiment, ou j'appelle la police.

— Je ne bougerai pas.

Le curé repart, pour mieux revenir, une heure plus tard, encadré de trois policiers.

— Il faut que vous quittiez les lieux, le curé ne veut pas que vous restiez là.

— Lui, ce n'est qu'un connard. Je suis malade, je n'en peux plus, laissez-moi me reposer.

Sa Majesté le curé me regarde droit dans les yeux :

— Dans ce cas, il fallait venir cette après-midi, on aurait pu discuter et vous trouver une solution. Maintenant, c'est trop tard.

Alors il aurait fallu que je fasse tout dans les règles de l'art, que je demande une audience à monseigneur pour qu'il ait la pitié de nous accueillir dans sa cage d'escalier ? Lui qui est là pour aider les gens, nous foutre dehors dans le froid ! Mais il se prend pour qui ? Pour Dieu le Père ? Nous ramassons nos affaires et partons sous les yeux du curé, qui ose nous souhaiter une bonne soirée et une bonne nuit. C'est la phrase de trop, j'explose :

— Taisez-vous et allez plutôt prier pour votre pauvre âme, parce qu'elle est vraiment pourrie.

Cette nuit-là, nous dormons en plein air, dans une cour d'immeuble déserte. Le dos collé au béton glacé, je pense au curé bien emmitouflé sous sa couette et je bouillonne de rage. Je le maudis entre deux quintes de toux.

Les journées suivantes, je les passe en zombie. J'ai l'impression que ma trachée part en lambeaux et j'ai les jambes en coton.

— Petite étoile, petite étoile, petite étoile, j'ai confiance en toi...

La prière de la sœur de la Charité, c'est tout ce que je trouve à ce moment-là pour me remonter le moral. Sans aucun résultat. Son truc, à la bonne sœur, ça ne vaut pas un clou. Je continue à tousser sans discontinuer, tant et si bien que la petite dame qui habite place des Vosges, juste au-dessus de l'endroit où nous sommes assis, m'entend de sa chambre. Elle descend un soir enveloppée dans une parka, un sac de médicaments à la main.

— Voilà, c'est pour vous. Et si ça ne va pas mieux dans quelques jours, je retournerai à la pharmacie acheter autre chose, me précise-t-elle avant de remonter dans son appartement.

Ses pastilles me guérissent un peu. Ses pastilles, et sa bienveillance aussi. À moins que ce ne soit un coup de pouce de l'étoile...

Je ne vais pas chez le médecin. Je n'y pense même pas. Je déserte mon propre corps, et il s'habitue à tout. Au repas unique, le soir, à n'importe quelle heure. Aux nuits passées au fond d'une rue sans issue, dans les halls d'immeuble, dans les cages d'escalier. Il se fait aux réveils à coups de pied, à grands cris. Parfois, Samy et moi dormons dans des bâtiments, certains habitants trébuchent sur nous le matin en partant au bureau et se mettent aussitôt à hurler :

— Foutez le camp, vous n'avez rien à faire ici, je vais appeler les flics !

D'autres, les plus nombreux, nous conseillent gentiment de déguerpir... Et le résultat est le même : il faut remballer fissa nos affaires, quand on ne nous les jette pas au visage... S'il se met à pleuvoir soudainement et que nous dormons en plein air, c'est le branle-bas de combat. On se réveille en vitesse, on plie les duvets le plus rapidement possible, avant de se jeter sous un porche. Mais le temps d'ouvrir l'œil et de ranger, nous sommes déjà trempés jusqu'aux os. Alors nous retournons place des Vosges et nous n'en bougeons plus. Au moins, les arcades nous protègent de la pluie et de la neige.

Certaines nuits, nous sommes réveillés par des fêtards qui rentrent se coucher. Ils chuchotent entre eux :

— Ne faites pas de bruit, ils dorment.

D'autres font exprès de marcher sur le duvet, et alors je rugis :

— Non mais, vous ne pouvez pas faire attention ?

Rachid, lui, emploie la méthode douce. Il se relève et, d'un ton posé, interpelle le gêneur :

— Cher monsieur, prenez garde, vous vous trouvez dans ma chambre à coucher et vous êtes entré sans frapper.

Il n'y a pas que des débiles à la rue. Il y a même beaucoup de gens très bien. Rachid est un bon exemple : c'est un gars d'une quarantaine d'années, plein d'humour, avec qui l'on peut discuter. Politique, littérature, science : tout l'intéresse... Le jour, il dort. Mais la nuit, toute la nuit, il est branché sur la radio, et dévore le journal de la première à la dernière page. Ça lui en fait, des sujets de conversation ! Il est un peu anarchiste sur les bords, alors parfois il tombe sur un article qui l'énerve... Il râle, me prend à témoin et, un sujet poussant l'autre, on bavarde pendant une heure. Il est grand, tout mince à force de rester sans manger. Le cœur sur la main. Quel dommage qu'il boive tant... C'est pourtant lui qui me remonte le moral, même s'il n'a pas souvent l'air d'aller très fort non plus. Il ne m'a jamais raconté sa vie d'avant. Je sais seulement qu'il a animé jadis une émission sur Radio Libertaire. Un autre de nos voisins de la place des Vosges était instituteur dans le temps, son divorce a mal tourné et lui aussi s'est plongé la tête la première dans le vin rouge. Chacun sa méthode pour oublier...

Moi, c'est la lecture.

Je suis partie du foyer Jean Rodhain avec quelques bouquins, et je les dévore dès que possible. Les riverains l'ont compris et certains m'en offrent, ainsi que des magazines de temps en temps. La maire du 4e arrondissement passe un jour devant moi accompagnée des bénévoles de la Croix-Rouge. Elle voit mes livres, et nous voilà parties à causer polars ! Quelques jours plus tard, elle me fera passer plusieurs volumes par la maraude... Dix, douze livres s'entassent désormais devant mon duvet. Une SDF qui lit ? Pas possible ! Un passant vient un jour fouiller dans la pile et commence à feuilleter, sans se gêner, jusqu'à ce que je lui précise que ma modeste bibliothèque n'est pas à vendre...

Pendant quinze jours, des touristes américains vont dîner au restaurant qui se trouve dans un coin de la place des Vosges. Ils prennent l'habitude de venir discuter, on fume une cigarette ensemble... Ils me parlent des États-Unis. Samy et moi leur conseillons des itinéraires de visite, de beaux monuments à voir dans Paris... La veille de leur départ, ils viennent nous dire au revoir. Dans leurs mains, un gros paquet enrubanné, pour moi. Je les remercie mille fois et, après leur départ, j'ouvre le cadeau. Dedans, deux livres, une cartouche de cigarettes, et un petit mot :

— Bonne lecture et bonne chance pour l'avenir.

Dans l'un des bouquins, un billet de cinquante euros.

Leur gentillesse m'a retourné le cœur.

Un livre en main, je redeviens comme les autres. Place des Vosges, il y a de petits porches partout sous les arcades, avec quelques marches où l'on peut s'asseoir. Dans le jardin au centre de la place, beaucoup de gens viennent aussi s'installer sur les bancs pour bouquiner. Je fais de même. Je me fonds dans la masse. J'ai parfois du mal à me concentrer : je fatigue, les petites lignes dansent, les mots s'entortillent, j'oublie de tourner la page et la relis trois fois de suite. Mais ce n'est pas grave : derrière mon roman, je suis SDF incognito. Une lectrice parmi tant d'autres. Et la nuit, il peut se passer n'importe quoi aux alentours, ça m'inquiète moins. Je me concentre, un paragraphe après l'autre. J'oublie un peu que je suis dehors. J'ai moins peur qu'en restant bêtement à essayer de m'assoupir, sans y parvenir.

Au fil des semaines, je perds le fil du temps. Un travail, voilà une bonne raison d'avoir une vie bien réglée : on sort du lit avec un but, on est affamé après quatre heures de boulot. Moi, je n'ai plus vraiment faim, plus de lit, plus de raison de me lever, rien de particulier à faire. Alors le temps se dilue... Mes repères changent. Quand le boucher ouvre sa boutique, je sais qu'il est 7 heures du matin. Le petit jeune qui travaille dans le magasin de vêtements à côté, je le vois qui arrive en courant; il est donc 10 heures moins cinq. Vers midi, ce sont les étudiants qui débarquent en riant, leur sandwich à la main. Le reste de l'après-midi passe sans que je m'en rende compte.

Je ne mange plus ni ne dors à heures fixes. Mon corps prend le pli. Il s'habitue au repas unique, le soir, un croque-monsieur ou un sandwich acheté au coin de la rue et mangé de même. Il s'habitue à vivre sans règles ni repos. La rue le mate. Il apprend à attendre. Attendre le soir, la nuit, le matin que quelque chose se passe et il ne se passe rien. Attendre pour manger. Attendre de toucher le RMI pour se racheter un paquet de tabac. Attendre pour aller aux toilettes. La nuit, dans la rue, les cafés sont fermés. Alors il faut se retenir. Attendre, encore, que les passants soient rentrés chez eux, que les voisins de rue se soient enroulés dans leur duvet, pour avoir avec Samy un peu d'intimité.

L'amour sur le trottoir, je l'ai fait.

Samy et moi. Nous choisissons un moment où la place est déserte, 1 heure, 2 heures du matin... Planqués sous le duvet. Sans faire trop de bruit. J'oublie les autres, ceux qui dorment à deux pas de nous. Nous faisons semblant de ne pas voir nos voisins de misère, qui font à leur tour semblant de ne pas nous voir. Marché de dupes, mais je finis par m'en moquer. J'imagine un mur invisible qui sépare notre

« chambre » de celle de Rachid. Je me sens bien avec Samy, il est tendre, alors les autres je m'en moque. Je suis déjà privée de tout, alors qu'on me laisse au moins ça. Parfois, des passants débarquent et nous frôlent au passage. Ils nous matent ? Je ne veux pas le savoir. Faire comme si... Les plus gênés s'en vont. Et puis il y a bien des couples qui font l'amour dans le métro ou sous un porche. Ça les émoustille sans doute. Nous, on n'a pas le choix. C'est notre vie qui est comme ça. Notre vie dehors.

La journée, nous ne sommes pas le genre à nous bécoter à tour de bras. Il y a des enfants... Je n'ai pas été éduquée de cette façon. Mais la nuit, quand il n'y a personne ou presque... C'est sûr, ce n'est pas comme dans un appartement, avec une belle chambre et un grand lit. Ça n'est pas l'éclate, loin de là. On ne fait pas exactement ce que l'on veut, comme l'on veut, quand on veut. Mais c'est un moment d'intimité malgré tout. Un moment à nous, Samy et moi. Une façon de nous rapprocher un peu plus tous les deux.

Samy...

Samy et son grand corps mince.

Samy et ses bras troués, gonflés, striés de lignes colorées. Comme de petites brûlures sur ses veines rebondies. Sans que je lui demande, il me montre ses tests VIH. Il est clean. Moi, je n'aurais jamais pu toucher à la drogue, je ne peux pas voir une seringue sans tomber dans les pommes... Je suis fière qu'il soit sorti de la came. Il me dit aussi qu'il en a marre de boire. Il me dit qu'il en a assez de la dépendance, je suis dans ses bras et je le crois.

On va s'en sortir.

Parfois, le jour où on touche notre RMI, on s'offre une ou deux nuits à l'hôtel, un établissement pas cher, porte de Montreuil. Nous arrivons le plus tôt possible, vers midi, pour en profiter jusqu'au lendemain matin. Nous y sommes bien reçus et nos chiennes aussi. Une jeune femme souriante nous apporte les draps. Mon premier geste en entrant dans la chambre, c'est d'ouvrir la fenêtre en grand. J'ai besoin de savoir qu'il y a toujours quelque chose d'ouvert, une porte de sortie... Et puis je fais le lit. Samy est ravi : il peut se doucher tranquille et passer la soirée devant le foot. Ne me parlez pas de ce sport, je le déteste, mais ce n'est pas grave : pendant le match, je sors les chiennes, je vais à l'épicerie du coin nous chercher à manger. Ça me fait plaisir d'être là avec Samy, que l'on pique-nique tous les deux, loin du bruit. Seuls. Dans un vrai lit. Un vrai câlin, ou deux ou trois, sans avoir peur d'être dérangés... Dormir sur des oreillers, dans des draps propres. Le luxe.

Le lendemain, c'est moi qui fais le ménage dans la chambre, je range tout. Et chaque drap plié, chaque coup d'aspirateur me rapproche du trottoir. Il faut repartir. Retrouver la rue, la crasse. Dormir par terre, encore. Je n'en peux plus.

On va s'en sortir.

Je tente de chercher du boulot. Après la douche à l'hôpital Saint-Antoine, je vais acheter un journal au kiosque. Baby-sitting, vendeuse : je déchire les petites annonces avec une boule à l'estomac. Suis-je encore capable de travailler ? Au fond de moi, je suis persuadée du contraire. Je ne me donne aucune chance. J'ai honte de ma dégaine, de ma vie et de mon CV troué par la rue. Je suis épuisée. Déprimée. Et même si je décroche un rendez-vous, aurai-je le courage d'y aller ? Vu mon look, certainement pas. Dans la cabine téléphonique, je compose les numéros et, quand ça décroche, c'est le blanc. Je bafouille une petite phrase d'introduction, avant que les questions en rafale ne me tétanisent :

« Travaillez-vous en ce moment ? »

« Depuis quand n'avez-vous pas travaillé ? »

« Pourquoi avez-vous quitté votre dernier emploi ? »

« Quelles sont vos motivations ? »

« Quelle est votre adresse exacte, que je puisse vous envoyer un courrier ? »

Les sirènes des pompiers et les bruits des voitures résonnent dans la cabine. La rue déboule dans le combiné. J'ai l'impression qu'elle s'insinue dans le fil du téléphone jusqu'aux oreilles de mes interlocuteurs. Ils devinent tout de ma situation, j'en suis sûre. Je pourrais inventer, enjoliver, donner l'adresse de Chemin Vert... Mais je n'arrive pas à mentir. Je me condamne d'avance. Parfois, je raccroche en plein milieu de la conversation.

J'ai passé une dizaine de coups de fil, avant d'arrêter totalement. Je coupe mon portable définitivement. D'ailleurs, je ne répondais plus aux appels depuis des mois. Plusieurs fois, j'ai vu s'afficher le numéro de téléphone de Guillaume, et puis celui de ma petite cousine. Leur répondre, pour quoi faire ? Pour leur dire quoi ?

Les semaines passent et je touche le fond. Malgré les livres, malgré Samy, je coule. Le plus dur, c'est de vivre toute la journée sous le regard des autres. Sans répit. Il y a toujours une paire d'yeux braquée sur moi. Ceux des passants, des commerçants, des touristes. Ils me regardent, ils m'observent. Je suis comme une chose bizarre, un meuble biscornu, une vitrine incompréhensible. Pour certains, je ne suis même plus un être humain, je suis invisible. Ils shootent dans mes livres sans faire attention, ils piétinent mon duvet sans le vouloir, ils me bousculent en passant trop près, sans s'excuser. Ils m'effacent du paysage. Je vis au ras du sol et ils ne me voient pas.

Au début, je guette les réflexions des gens, je suis sur la défensive. Ils n'ont pas à me juger, je ne leur demande rien. Je n'accepte ni leur mépris ni leur pitié.

— C'est vraiment lamentable de voir ça.

Une femme d'une cinquantaine d'années passe un jour devant moi, l'air pincé.

— C'est vraiment lamentable de voir ça.

Je me lève en sursaut et lui rentre dedans :

— Allez-y, dites-le plus fort ce que vous pensez. Vous pensez vraiment que vous valez mieux que moi ?

Je fais erreur. Cette dame m'explique qu'elle est bénévole dans une association qui s'occupe de personnes comme moi, précaires parmi les précaires. Elle donne de son temps pour aider les pauvres et les malheureux. Ce qu'elle trouve lamentable, c'est qu'au XXIe siècle, il y ait encore des gens qui dorment dehors, et des femmes en particulier. En partant, elle laisse de l'argent à Samy pour que l'on s'offre un petit déjeuner correct.

J'ai mal interprété ses propos. Mais c'est que je ne supporte plus le regard des gens ! Il me brûle. J'oscille entre la haine des autres et la haine de moi. Ce sentiment de n'être plus rien, il vient très vite. Je n'ai plus de preuve de mon existence. Je ne suis plus cliente des magasins, plus usagère du métro, plus salariée d'une entreprise. Je ne sers plus à rien. Le minimum pour une femme, c'est de travailler, de préparer un bon petit plat, de se faire belle, de tenir sa maison propre et nette. Dans la rue, je ne peux même pas le faire, je ne peux pas prouver mes valeurs, si modestes soient-elles. Je n'ai plus rien, donc je ne suis plus rien.

— Je ne suis capable de rien, je ne suis plus capable de rien.

Ces mots-là me ravagent la tête.

Par moments, je suis même incapable de réfléchir et de prendre une décision. Je m'en rends compte, et c'est encore pire. Je parle de moins en moins. Rachid me demande mon avis sur tel ou tel problème, les travaux que le maire de Paris entreprend dans la ville, les couloirs de bus et le prix de l'essence. Il me tend un article pour que je le lise. Mais je n'ai plus d'opinion, plus d'énergie.

— Je ne sais pas, je m'en fous.

Au fil des mois, mon crâne devient une boîte vide dans laquelle mes problèmes rebondissent comme des balles en plastique. Les coups, la rue ; la rue, les coups. Je n'arrive plus à penser, et puis à quoi bon ? Qui s'intéresse à ce que je pense ? Je m'abêtis. Je m'enlaidis, aussi. Ce n'est plus tous les jours que je dégaine mon bâton de mascara et mon fard à paupières.

Le maquillage passe au second plan, sans même que je comprenne pourquoi. Le mascara s'épuise et le crayon s'use, je ne les remplace pas. Le matin, aux aurores, je vais à l'hôtel d'à côté, place des Vosges, me rafraîchir. Je connais bien le veilleur à l'accueil, il me laisse entrer et me prête la clé des toilettes. Parfois, c'est immonde : d'autres sans-abri sont passés et ont tout dégueulassé. Mais la plupart du temps, c'est propre et net, alors je vais aux W.-C., puis m'approche du petit lavabo. Je jette un peu d'eau sur mon visage. Je me vois dans le miroir, gueule de rue, pas coiffée, yeux cernés. Vieux pull, pantalon informe.

Personne n'a pu m'aider et je n'y crois plus. Les gens m'ignorent, les gens s'en foutent totalement, alors je me barricade. Je ne veux plus raconter ma vie à personne, ni parler à tous ceux qui, de près ou de loin, ressemblent à des assistantes sociales. Elles n'ont rien fait pour moi, je ne crois plus en elles... Je ne vais plus manger chez les petites sœurs de la Charité. Je ne vais plus au centre évangélique voir Dany le pasteur. Je m'enfonce. Des bénévoles ou des travailleurs sociaux viennent nous voir régulièrement, Rachid, Samy et moi. Ils défilent tous : la Croix-Rouge, Médecins du Monde... Fanfan, une fille des Restos du Cœur, me donne parfois un sac plein de serviettes périodiques, de chaussettes neuves et de shampoing. Elle est gentille. Il y a aussi Laurent et Christophe, des Captifs. « Aux Captifs, la libération », c'est une association spécialisée dans le public SDF. Eux connaissent bien Samy. Ces deux gars-là, je les rencontre pour la première fois un soir où je suis seule.

Je les vois arriver de loin et je me rapproche des chiennes. J'accueille les nouveaux venus avec un regard bien noir.

— Vous êtes Brigitte ?

Je leur réponds à peine. Ils se présentent et me précisent que Samy leur a souvent parlé de moi. Ils veulent avoir de ses nouvelles, ça fait un bail qu'il n'est pas venu chercher son courrier. On discute deux minutes, avant que je ne coupe court la conversation. Je ne les connais pas et leur bavardage me déplaît. Association, pour moi, ça veut dire assistante sociale. Je n'en raffole pas.

Ils sont patients, Laurent et Christophe.

Deux fois par semaine, ils reviennent, sans se lasser. Au début, je ne leur dis même pas bonjour. Je me méfie d'eux comme de tous les autres. Pourquoi m'aideraient-ils, puisque jusqu'ici je n'ai trouvé de secours nulle part ? Je me demande ce qu'ils me veulent. S'ils souhaitent que je leur raconte ma vie, ils rêvent ! Je l'ai beaucoup fait sans aucun résultat. S'ils veulent que je remplisse je ne sais quelle fiche de renseignements, pour qu'après ils se torchent avec, ce n'est pas la peine.

Mais ils ne me demandent rien. Ils arrivent un mot gentil à la bouche, discutent un peu avec Samy, avant de repartir. Doucement, je m'habitue à eux. Parfois, ils tentent de m'accrocher, m'invitent à passer les voir dans leur local :

— Tu peux venir nous dire bonjour, tu es la bienvenue, ça nous fera plaisir.

Pas question. J'y vais avec Samy une fois de temps en temps, mais je reste dehors, devant la porte vitrée, avec les chiennes. Il y a trop de monde, là-bas. Trop d'inconnus. Pas envie qu'on me pose des questions. Je ne saisis pas la main tendue. Je ne le mérite pas. Et puis je n'ai pas confiance. Ni la force de leur dire « aidez-moi ». Je me sens trop mal. C'est trop tôt.

Je reste scotchée place des Vosges.

De temps en temps, la voirie vient nettoyer la rue à grandes eaux, à coups de jet. Les policiers nous préviennent la veille, alors on retire toutes nos affaires. Dans un coin du square, on attend que les arcades et le sol soient nets et secs. Et on se réinstalle là, au beau milieu des boutiques chic et des vitrines brillantes.

La rue, c'est mon laboratoire. Les bons jours, je passe des heures à regarder les gens qui passent. Ceux qui ont peur de nous. Ceux qui tentent si fort de nous ignorer que ça en devient risible... J'essaye de deviner ce que les hommes en costume font dans la vie, si les couples s'aiment ou font semblant, depuis combien de temps ils sont ensemble... À ce jeu-là, je deviens assez forte ! Une fois, une dame suisse vient s'asseoir à mes côtés. Elle va manger dans un grand restaurant pas très loin et s'arrête net devant moi. Elle me regarde, sans rien dire. Au bout d'un moment, je lui dis bonjour...

— Je peux m'approcher ? me demande-t-elle.

— D'accord.

— J'étais en train de m'interroger comment on pouvait en arriver là...

On discute pendant un long moment. Je ne sais pas si c'est son regard doux ou sa voix chantante, mais mes barrières se fissurent un peu, là, avec elle. Bizarrement, je lui donne même quelques informations sur ma vie. Ça m'étonne moi-même. Alors, quand elle me demande si je me doute de son métier, je lui réponds tout net :

— Vous devez être psy ou un truc comme ça.

Gagné ! Elle est psychothérapeute, et artiste peintre, aussi... Je la fais rire. Elle m'explique son métier, ce qu'elle peint, ses sources d'inspiration... La conversation roule sur l'art, les musées... J'aime cet instant où l'on parle ensemble, sans crainte. D'égale à égale, comme si nous étions au café, entre amies.

Quand cette femme est repassée devant moi en fin de soirée, avec sa fille et son gendre, elle m'a glissé un petit billet en me disant :

— Ce soir, vous mangerez un peu mieux que d'habitude.

En un seul geste, ce billet placé dans ma main, je suis revenue sur terre. Pendant notre conversation, j'avais oublié qu'elle et moi n'avions pas le même statut. Elle est de passage dans la rue, moi j'y suis pour de bon. Elle peut donner, je ne peux que recevoir. L'argent qu'elle m'offre me fait autant de mal que de bien...

Globalement, les riverains sont sympas.

Mais il en existe aussi de peu sympathiques.

Notamment une petite vieille qui habite sous les arcades. D'habitude, j'adore les personnes âgées mais, elle, c'est une sacrée teigne. Un matin, elle vient nous voir en pointant sur nous un doigt menaçant :

— Vous n'avez pas le droit de dormir chez moi.

— Madame, ce n'est pas chez vous, ici. Le trottoir appartient à tout le monde.

— Non, je ne veux pas que vous dormiez sous mes fenêtres.

— Si vous avez une chambre à nous proposer, nous sommes preneurs.

Elle devient blême de colère.

— Écoutez, je veux bien que vous passiez la nuit là, mais, à 8 heures du matin, vous partez.

Elle rêve ! Où veut-elle qu'on aille ? Nous passons déjà des heures à marcher le long de la Seine, pour nous dégourdir les jambes, avec les chiennes. Nous allons faire une lessive à la laverie, dans certaines associations pour trouver des vêtements. Au café, nous nous réchauffons cinq minutes. Mais après, où aller ? Alors on rentre chez nous. Et chez nous, c'est la rue. Sous ses fenêtres.

Elle ne s'y fait pas, et appelle les flics tous les quatre matins...

Dans la rue, j'apprends à relativiser. Il n'y a pas les gentils d'un côté et les méchants de l'autre. Les vieux, par exemple : ce n'est pas parce qu'une personne est âgée qu'elle va craindre les sans-abri et penser qu'ils sont tous délinquants, drogués, violents... Dans la rue, je me fais même une copine de 80 ans ! Une mamie, qui comme moi adore les bêtes. Elle vient régulièrement voir Yoyo, un de nos copains. Ce type-là est une crème. Gentil, pas pénible... La grand-mère lui apporte tous ses centimes d'euros, bien empaquetés dans de fins rouleaux. Pour le chien de Yoyo, elle est également aux petits soins : elle le brosse, lui apporte des croquettes, l'emmène chez le vétérinaire... Ce chien-là s'appelle Tao, alors ma petite mamie, je la rebaptise « Mme Tao ». Elle a une pêche d'enfer et me fait beaucoup de bien à moi aussi. Ce n'est pas facile pour moi d'être la seule femme dans un groupe d'hommes... Un mec, ça reste un mec : on peut parler avec lui, mais pas comme avec une amie. Alors Mme Tao, c'est ma bouffée d'oxygène. Elle m'apporte des bouquins et m'emmène fréquemment loin de la rue, vers le pont Marie, ou manger une crêpe chez Berthillon... Il est somptueux, ce salon de thé. Toutes ces dorures, ce marbre, ces jolis fauteuils confortables, ça me réchauffe. On s'installe devant un thé au lait et on discute pendant des heures. Des hommes, de la vie, de cuisine, de shopping... Mme Tao m'écoute et me donne de bons conseils. À 80 ans, elle a sans doute bien autre chose à faire que de s'occuper de moi. Mais elle veut m'aider. De ma dégaine, de la rue, elle s'en moque : elle m'apprécie, croit en moi, voit mon avenir en rose et me le dit :

— Tiens le coup, Brigitte, tu vas t'en sortir, ne baisse pas les bras.

Mme Tao, c'est un ange. Mon ange.

Un matin très tôt, j'entends soudain un camion vrombir dans mes oreilles. Je me lève en vitesse. Qu'est-ce qui va encore m'arriver sur le coin du nez ? Une benne à ordures suit le véhicule de la voirie et, pour faire bonne mesure, une bonne dizaine de flics escortent le convoi. Tout ça pour nous. Leur mission ? Nettoyer la place des Vosges. Samy est réveillé à coups de pied, Rachid également. Des cris fusent :

— Débarrassez le plancher, dégagez de là.

Ça a duré cinq minutes. Juste le temps qu'il a fallu aux flics pour attraper mes bouquins, nos duvets, nos vêtements. Et balancer notre vie dans la benne à ordures. Je n'avais plus rien, juste le petit sac à dos avec mes papiers. Plus rien, même plus de nourriture. Quand j'ai vu un des policiers saisir le sac où j'avais entreposé pain et fromage, j'ai hurlé :

— Ne touchez pas à ça, c'est mon repas.

— Rien à foutre.

— Mais vous n'êtes qu'un pauvre con, vous !

— Vous voulez que je vous embarque ?

— Allez-y, ce n'est pas grave.

Ils sont partis. Cinq minutes après, je courais à la mairie du 4e arrondissement voir Mme le maire. L'après-midi même, elle nous faisait passer deux duvets et de la nourriture. Dormir au chaud, c'était le plus important. Ce coup de propre sur la place des Vosges, c'était pendant les vacances scolaires. Il y avait beaucoup de touristes dans le quartier à ce moment-là. Et les clochards, ça ne fait pas joli joli dans le paysage.

Nous, les sans-abri, on dérange beaucoup de monde. De gauche ou de droite, il n'y a pas de règle.

Une des mamies qui venaient nous voir place des Vosges votait Front national. Elle nous apportait de temps en temps de gros poulets rôtis.

— Mon chien ne mange que le blanc, disait-elle.

Alors, le reste, c'était pour nous. Elle en profitait pour nous vanter les mérites de Le Pen. Moi, je souriais gentiment, mais ce gars-là, ce n'est pas franchement ma tasse de thé. Samy plongeait le nez dans *Le Parisien*.

Alors, elle argumentait toute seule, plantée devant Rachid ! Elle n'avait pas de scrupules ! Personne ne la contredisait. Quand tu as faim, tu acceptes, c'est tout. Et puis elle était gentille, avec son caniche et son poulet rôti... Les opinions politiques, ce sont de beaux discours. Après, il y a la réalité, la façon dont les gens se comportent avec les sans-abri. J'ai eu l'occasion de me rendre compte que la couleur politique ne veut rien dire. La maire du 4e arrondissement, celle qui m'a aidée autant qu'elle a pu, est socialiste. Mais j'en connais un autre, haut placé dans ce même parti. Et lui n'a pas la même bienveillance...

Celui-là, il passe devant nous tous les matins ou presque. À grands pas, on le voit traverser le jardin, passer sous les arcades, puis retour par le même chemin, sous nos yeux, son journal à la main. Il ne jette jamais un coup d'œil vers nous. Mais, à l'époque, je l'aime bien quand même. À chaque fois que cet ancien ministre est cité dans le journal, je lis tout de la première à la dernière ligne. C'est mon voisin, après tout...

Je vais vite déchanter.

Le 31 octobre 2004, mon ami Tom se fait égorger devant mes yeux.

Il vient régulièrement place des Vosges avec Nathalie, passer un moment avec nous, échanger des nouvelles, fumer sa cigarette ou boire une bière. Depuis plusieurs semaines, il ne va pas bien. Il a peur, je le vois, je le sens. Il est encore plus maigre qu'avant. J'apprends qu'il est sous la coupe de Richard. Ce malade mental, ce tordu de première classe met mon ami Tom au ravalement : il lui pique l'argent de sa manche pour aller se camer, et Tom ne sait pas comment en sortir. Il n'en peut plus. Je souffre pour lui, et j'ai peur aussi. Peur que ses embrouilles ne déteignent sur nous. Elles arrivent à toute vitesse.

Richard débarque, tremblotant comme un squelette, nerveux. Agressif. Je me blottis contre le mur, à quelques mètres d'eux. Devant nous, Richard rackette Tom :

— Vide tes poches.

C'est la honte pour Tom. Devant ses amis, le voilà mis à l'amende comme un bleu.

— J'ai rien sur moi.

Richard n'est pas d'humeur patiente. Il lui donne un grand coup de pied dans les jambes. Je suis tétanisée de frayeur. Tom tient le coup, il résiste :

— J'ai rien, je te dis.

Mon souffle est bloqué au fin fond de ma poitrine. Je sais qu'il va y avoir un drame. Les mains tremblantes de Richard. La paire de ciseaux qui brille, plantée dans le cou de Tom. Mon ami, mon confident des mauvais jours qui s'avance pour frapper... Il ne se rend pas compte que sa gorge est tranchée. Il reçoit un coup de tête qui le fait basculer, sa blessure s'ouvre... C'est une fontaine de sang qui jaillit jusqu'à moi. Tom se trouve mal. Samy l'aide à s'allonger sur le sol et lui fait un point de compression.

— T'inquiète pas, les secours vont arriver.

Je cours au restaurant d'à côté pour appeler les pompiers, pendant que Richard contemple son œuvre. Le sol est maculé de sang, Tom se vide comme un cochon. Juste avant que les pompiers n'arrivent, Richard écrase la tête de Tom à coups de pied.

— J'espère que tu vas crever, sinon, je viendrai te finir.

Richard s'en va et je vis un cauchemar absolu. Les pompiers arrivent, puis la police. Les badauds nous encerclent. De leurs fenêtres, les riverains observent la scène. Tom allongé dans son sang. Les sirènes qui hurlent. Les pompiers qui l'emmènent sur une civière, et les flics qui nous embarquent, Samy, moi et les autres témoins...

Il est 3 heures du matin quand nous revenons du commissariat. Il faut ranger, plier, trier toutes nos affaires que les policiers ont consciencieusement fouillées... sans trouver d'arme blanche, évidemment, puisqu'elle est dans la poche de Richard.

Nous nous couchons effondrés. Je revois Tom dans sa flaque rouge sombre. Tom et son cou ouvert... Impossible de fermer l'œil. Richard erre encore dans le quartier. Que va-t-il faire ? Nous ne l'avons pas encore dénoncé, mais ça ne va pas tarder. Le lendemain, les policiers reviennent nous voir et c'est Samy qui, d'un signe de tête, désigne Richard. Ils le coursent sous les arcades. En dix secondes, il est ceinturé et embarqué aussitôt. Nous témoignons contre lui. Richard sous les verrous, nous sommes soulagés, mais nos ennuis à nous commencent...

Le lendemain de notre déposition, les flics passent nous voir et nous ordonnent de quitter la place des Vosges. Je suis épuisée, démoralisée, angoissée. Je lève la tête et demande quand même d'où nous vient cet énième coup du sort :

— C'est encore la vieille teigne qui s'est plainte, c'est ça ?

— Non.

— Eh bien alors, c'est qui ? Au moins que l'on sache qui veut se débarrasser de nous.

— Ça vient d'en haut.

Ah oui ? De qui ? Du président de la République ? C'est Dieu le Père qui se mêle de la vie des sans-abri, maintenant ? Je ne bougerai pas.

— Ça vient d'en haut, il y a des gens importants qui vivent ici... Quelqu'un a demandé à ce que nous intervenions.

Quelqu'un qui veut retrouver sa place des Vosges propre et nette. Quelqu'un d'important qui en a sans doute assez des cris la nuit et des bagarres. Il a été bien gentil de laisser couler jusqu'à présent, mais le coup de l'égorgement, c'est le pompon. Il en a certainement marre de voir des sans-abri entassés sous les fenêtres de son bel appartement. Il a peut-être peur pour sa femme et pour ses enfants. Et puis il a quand même payé cher sa tranquillité, des milliers d'euros le mètre carré, alors ce n'est pas pour qu'on lui gâche la vie. Exit les clodos ! Qu'on aille ailleurs. N'importe où, mais pas sous ses arcades.

Je ne bougerai pas.

— Qu'il vienne me demander lui-même de partir, s'il ose.

Les policiers repartent bredouilles.

Je ne décolère pas pendant deux jours. Pour qui se prend-il, celui-là ? Moi, je dors sous les arcades, je ne dérange personne. Si ça le perturbe tant que ça de voir la misère à sa porte, il n'a qu'à faire bouger les choses. Essayer de transformer le système. Des bureaux vides, qui ne servent à rien dans Paris, il y en a, non ? Et s'il se bougeait un peu pour en faire des logements ? Et le 115 toujours occupé, il est au courant de ça ? Et les assistantes sociales qui nous filent un sac à dos au lieu de nous aider à nous extraire de la merde, il ne trouve pas qu'il y a quelque chose qui cloche, là ?

Nous sommes des dizaines de milliers de SDF en France, plus de 86 000 officiellement, sans compter ceux qui ne sont recensés nulle part. Il y en a partout. Je connais des hommes qui dorment dans des parkings, dans des caves, dans des jardins. Je connais des couples qui vivent au fond de couloirs, dans des escaliers de service. Sous les ponts, sur les trottoirs, dans les maisons abandonnées et les immeubles murés, soyez sûrs qu'il y en a aussi. Il en faudrait des idées, de l'énergie et des moyens, pour régler le problème... Comme c'est plus simple de nous éliminer du paysage ! De nous virer avec des pincettes ou à coups de pied. De nous déplacer d'une rue à l'autre. Mais la méthode la plus efficace pour ne pas s'embarrasser des SDF, c'est de nier notre existence. En nous ignorant superbement.

Le nanti de la place des Vosges l'a bien compris. Nous, les crève-la-faim, les SDF, les sans-rien, il ne veut ni nous voir ni nous entendre. Il n'est pas le seul, je suis déçue. Dégoûtée, même.

Moi et les autres sans-domicile, on peut crever sur le trottoir. Notre sang coule sur les pavés. Un coup de Kärcher, on nettoie les flaques avant de virer les survivants. Au suivant ! Tom s'en est sorti, lui. Il a eu de la chance, il n'est pas mort. Il a longtemps hésité à porter plainte, par peur des représailles. Il a fini par le faire, mais pour quel résultat ? Pour sa tentative de meurtre, Richard est resté moins de deux ans en prison. Aujourd'hui, ce fou dangereux est de nouveau libre comme l'air. La vie d'un clochard ne vaut pas cher. Sa mort, elle, passe souvent inaperçue.

Nous, les SDF, sommes invisibles. On peut nous assassiner en pleine rue sans qu'il se passe rien, sans qu'on nous rende justice. Je le sais, j'en ai été témoin.

10

La dernière leçon

Dans la rue, je vois mes amis tomber comme des mouches.

Ma trachéite mise à part, il ne m'arrive pas de gros pépins. J'ai de la chance, je ne suis que spectatrice de l'hécatombe. Mais je le comprends rapidement : sur le trottoir, la santé ne tient qu'à un fil. En un clin d'œil, tu peux passer du camp des vivants à celui des mourants. Il suffit d'un mauvais coup lors d'une bagarre, de l'incendie d'un squat, d'un sale rhume qui dégénère, d'une chute vicieuse, d'une infection, d'un ulcère mal soigné. Dans la rue, tu dépéris de fatigue et de maladie. Le sida et la tuberculose, les cancers pas diagnostiqués, les poux, la gale, les dents cassées et les pieds déchirés par la marche : au grand marché de la déglingue, nous, les sans-abri, n'avons que l'embarras du choix. La rue, doucement mais sûrement, te transforme en squelette. Tom, Samy, Rachid et les autres : je les vois qui dépérissent de jour en jour. À 30 ou 40 ans, ils ont l'air de vieillards. Ça vient vite... L'alcool et la drogue, ça abîme, mais il n'y a pas que ça. Il y a le sommeil en miettes et les repas anarchiques. Le froid qui te fragilise, qui te ruine les bronches. La déprime qui te coupe l'appétit et te défonce le moral... Moi-même, sans boire ni me droguer, je suis usée. Le miroir ne ment pas. Je le vois quand je me douche, quand je vais aux toilettes dans les cafés : j'ai une sale tête et mon corps encaisse. Un jour, j'entre dans une pharmacie pour me peser, par curiosité. La balance est là, sous les étagères chargées de crèmes solaires et de shampoings chers. Je grimpe dessus... Verdict : moins douze kilos en quelques mois. Je le sens, je suis épuisée et n'importe quel microbe qui passe peut en profiter. Pour se soigner, c'est mission impossible. Il y a bien les médecins et l'hôpital, mais comment suivre un traitement correctement ?

« Trois fois par jour lors des repas. »

« Médicament à garder au frais. »

Cette bonne blague ! Encore faut-il manger correctement, régulièrement... Et il est où, le frigo, sur le trottoir ? J'ai un copain diabétique qui se fait fréquemment piquer ses cachets et son insuline. Les toxicomanes sont à l'affût de tout... Et puis dans la rue, tu ne comptes plus, tu n'es plus rien, alors tu baisses les bras. Oubliés, le médecin et les médicaments ! Moi comme les autres, je me laisse dériver. Pourquoi se soigner quand on n'existe déjà plus, ni pour les autres ni pour soi ? La rue n'a plus qu'à t'achever. Lentement ou violemment, c'est selon.

Jean... Je me souviens de lui comme si c'était hier.

C'était un gars qui dormait rue de Turenne, toujours seul. Un homme très gentil, qui n'embêtait personne. Il était domicilié aux Captifs, lui aussi, comme Samy. On le voyait de temps en temps le matin, il passait place des Vosges, s'arrêtait cinq minutes pour discuter avec nous. Je revois sa trogne, il devait avoir la quarantaine...

— Ça va? Vous n'avez pas été embêtés cette nuit? Vous avez réussi à dormir?

Il prenait de nos nouvelles d'une voix douce.

Il s'est fait tabasser à coups de pied, le jour du RMI. Jean a fait sans doute l'erreur de retirer toute la somme en même temps. Peut-être l'a-t-il même raconté à un autre gars de la rue, qui sait? Pour quelque quatre cents euros plus l'argent de sa manche, il est mort roué de coups, écrasé sous des semelles. Dans la rue. En plein jour. Les policiers nous ont tout raconté.

Jean qui se relève doucement, qui zigzague à petits pas jusqu'au café du coin. Il a bafouillé trois mots avant de tomber raide, dans le coma, au milieu du bistrot. Il est mort quelques jours plus tard de son hémorragie.

Il n'y a pas eu de procès.

Des habitants du quartier ont décrit l'agresseur. Des sans-abri l'ont même vu en train de massacrer Jean. Dans la rue, on ne parle pas, mais il aurait suffi que les enquêteurs les harcèlent un peu pour qu'ils crachent le morceau. Comme moi avec Richard... Quelques semaines après le meurtre, tous les sans-abri du quartier connaissaient le coupable. Un jeune toxico, complètement cachetonné. Lui-même s'en était à moitié vanté, auprès de Samy, devant moi...

— S'il m'avait donné, ça ne se serait pas passé comme ça...

— Mais donné quoi? Qui ça?

— Laisse-moi tranquille...

Tout le monde savait. S'il y avait eu une enquête en bonne et due forme, l'assassin de Jean aurait fini sous les verrous, mais, pour rendre justice aux sans-domicile, la police n'est pas très motivée...

— Ce type-là, Jean, il était condamné. Il buvait, il était au bout du rouleau.

C'est tout ce que m'ont répondu les policiers quand je suis allée leur demander des comptes. À défaut de justice, Jean eut une belle messe à l'église Saint-Paul, organisée par un collectif d'associations, les Morts de la rue. J'étais au fond de l'église, près de la porte, avec les chiennes. Lors des discours, l'une des personnes a parlé du meurtre de Jean. « Meurtre » : ce mot-là a bien résonné sous la voûte et son écho m'a fait autant de mal que de bien. Au moins, quelqu'un disait la vérité, haut et fort... Par la suite, Mme le maire du 4e arrondissement s'est fendue d'une petite visite à tous les sans-abri du quartier, moi y comprise, histoire de nous rassurer. Je l'ai vue arriver un beau jour la bouche en cœur et la tristesse en bandoulière. Je l'ai entendue me conseiller vivement de rejoindre un centre d'hébergement pour la nuit. Question de sécurité. Ça m'a révoltée :

— Si ma situation vous inquiète tellement, faites ce qu'il faut pour que les fous dangereux soient incarcérés, au lieu de perdre votre temps.

Elle m'a promis de me tenir au courant. Aux dernières nouvelles, l'assassin de Jean court toujours. Suite à l'agression d'une vieille dame, rue de la Roquette, il a fait un petit séjour en prison, service psychiatrie. Pour quelques ecchymoses et le sac volé d'une mamie, la justice a frappé. Mais le meurtre de Jean, lui, reste toujours impuni.

— Fais bien attention à toi, Brigitte. Ne reste jamais seule dehors, c'est trop dangereux.

C'est Jérôme qui me parle. Nous sommes seuls tous les deux, assis dans un café. C'est au début de ma galère, l'année 2004 vient de commencer, et ce jeune homme, quinze ans de moins que moi mais des années de rue d'avance, veut me faire profiter de son expérience. Je l'ai rencontré au centre évangélique, où il vient manger de temps en temps. Je ne sais pas pourquoi, mais il m'apprécie. Je crois qu'il a peur pour moi. Et puis on se ressemble un peu, tous les deux. Lui non plus ne parle pas beaucoup, il observe les gens. Il est sans cesse sur ses gardes. Il faut dire qu'il ne pèse pas lourd : un mètre soixante-quinze peut-être, et quarante-cinq kilos tout mouillé. Dans la rue, il est une cible idéale, comme moi.

— Il faut que tu te méfies de telle personne, et que tu restes à bonne distance d'Untel, me dit-il. Tu peux parler avec eux, mais ne leur confie jamais rien, et surtout pas ton sac...

Jérôme m'a invitée à boire un café et l'on discute pendant une heure... Il me raconte un peu sa vie : la drogue, et puis le sevrage sous méthadone. Jérôme n'a plus aucun espoir de s'en sortir, le sida le condamne. Régulièrement, il va chercher ses médicaments dans une antenne de la Croix-Rouge... C'est un vrai gentil, Jérôme, un garçon à qui la vie n'a pas fait de cadeaux. Je garde son chien quand il est obligé de se faire hospitaliser, mais avec lui ça ne dure jamais longtemps. Il finit toujours par s'enfuir... Je vais le voir de temps en temps là où il dort. Au début, c'est dans une cage d'escalier et puis, avec le froid, il migre sur une grille de métro, pour se réchauffer. C'est là qu'il tombe vraiment malade.

Un jour que je le cherche, je ne le trouve plus sur sa grille... Disparu, envolé ! Marie-Michèle, du centre évangélique, a entendu dire qu'il serait place de la Bastille, dans le métro. Elle va y porter des repas le soir et la nuit. Alors je l'accompagne, et nous retrouvons Jérôme enroulé dans un duvet, fébrile. Il tremble, allongé sur le quai du métro, blanc comme un linceul. Je le supplie d'aller se faire soigner, mais rien à faire. Il n'est plus en état de bouger et refuse l'hôpital... Je reviens le lendemain avec un plat chaud à la main, mais il n'y a plus personne. J'apprends qu'il a été emmené la veille au soir, inconscient, à l'hôpital Tenon.

Je dois insister pour pouvoir lui rendre visite. Après tout, je ne suis pas de la famille... Le médecin m'autorise à entrer dans la chambre, après m'avoir prévenue :

— Si dans quarante-huit heures il est encore vivant, il aura beaucoup de chance. Préparez-vous au pire.

Je suis sous le choc. Jérôme a 28 ans. Vingt-huit ans et à l'agonie. Une vie pathétique, raccourcie par la rue, bouffée par la misère : comment ça peut exister, des existences si tordues ? Comment le destin peut-il s'acharner à ce point ? C'est horriblement injuste... J'entre dans la chambre avec un masque sur le visage ; Jérôme a attrapé la tuberculose sur les grilles du métro. Il est là, allongé, comateux, intubé. Il ne m'entend pas mais je l'engueule quand même, cet imbécile qui s'est laissé mourir ! Je lui parle, je m'énerve contre lui, je pleure... Il ne bouge pas d'un cil. Alors, avant de partir, je lui écris un mot sur le grand tableau blanc de sa chambre :

— Je suis passée, tiens bon, je reviens vite.

Au centre évangélique, Dany le pasteur tente de me remonter le moral :

— Jérôme ne va pas mourir, le Seigneur va s'en occuper. Nous allons prier pour lui... Tu devrais en faire autant.

Marie-Michèle y va elle aussi de son couplet sur l'importance de la prière. Pas question, je ne peux plus. Je n'y crois plus. Entre Dieu et moi, c'est fini depuis longtemps, depuis mon premier repas chez les sœurs de la Charité. Mais leurs sermons m'ébranlent. Mieux vaut mettre toutes les chances du côté de Jérôme, alors je Le menace :

— Toi là-haut, fais quelque chose. Ce n'est pas possible de laisser un gamin partir comme ça. Si vraiment Tu existes, prouve-le.

Deux jours après, je retourne dans la chambre de Jérôme. Il est toujours branché mais, quand je lui dis bonjour, le voilà qui ouvre les yeux et me regarde... Il est revenu ! L'heure n'a pas encore sonné pour lui. Il voit les petits mots écrits sur le tableau et ses grands yeux s'embuent. Quelques jours plus tard, les infirmières lui enlèvent le tube qui l'empêche de parler. On peut alors recommencer à discuter tous les deux... Peu à peu, il recommence à manger. Jérôme reste un mois et demi à l'hôpital, et je vais le voir presque tous les jours. Je m'assois sur une chaise en métal près de son lit et on bavarde de tout et de rien, de bouquins, des copains de la rue, de sa fiancée qui l'a plaqué... Il est revenu et je suis contente. Il me manquait, celui-là, je ne sais pas pourquoi. Sa bouille de gamin, son sérieux de vieillard, son sourire d'ange, sa vie toute cabossée, comme la mienne... Je l'aime bien, Jérôme.

Il est revenu et Marie-Michèle croit au miracle. Pas moi.

— Tu vois, Brigitte, les prières ont servi, me dit-elle, avec un clin d'œil et le sourire jusqu'aux oreilles.

Peut-être. À ce moment-là, je ne suis guère convaincue, mais quelque part, sur cette chaise, jour après jour aux côtés de Jérôme, je me réconcilie avec Dieu. S'il a réussi ce tour de force-là, ressusciter un mourant, il peut sans doute me donner un petit coup de pouce, à moi aussi... J'ai de nouveau envie de croire en Lui et, étrangement, en moi aussi. Après tout, Jérôme est passé à deux doigts de la mort, et il s'en est sorti. S'il a pu tomber si bas et remonter à la surface, tout est possible. Je pourrais peut-être y arriver moi-même. Je recommence à aller régulièrement au centre évangélique. C'est une église pentecôtiste, très chaleureuse. Le dimanche, des réunions ouvertes aux sans-domicile y sont organisées : on peut y parler de la rue, de la foi, de la Bible... Parfois, je mange là, dans la grande salle. Il y a de la musique, des chants et même des concerts de gospel. Ça me réchauffe le cœur d'y aller, et Dany le beau pasteur ne rate pas une occasion de me motiver :

— De toute manière, Brigitte, tu as eu la foi, tu ne peux pas la perdre comme ça. C'est toujours dans les moments difficiles qu'il faut croire le plus. Et toi aussi, tu dois réagir. Si tu ne bouges pas, Dieu ne t'aidera jamais. Tu as cette force en toi.

Aide-toi, le ciel t'aidera... Il a raison.

Jérôme sort de l'hôpital. Marie-Michèle lui a trouvé une chambre d'hôtel. Il y vit désormais avec sa petite amie, qui est revenue dans ses bras. Tout va mieux pour lui : il peut se soigner plus assidûment avec un toit au-dessus de sa tête. Karine et lui font des projets ensemble et je suis ravie pour eux. Il y a une justice, tout de même...

Mon optimisme ne dure pas longtemps.

Dix jours après que mon ami est sorti de l'hôpital, Karine se réveille un matin et sent le corps froid de Jérôme à côté d'elle. Il est mort dans leur lit. Arrêt cardiaque. Elle venait de tomber enceinte...

Le décès de Jérôme me détruit totalement.

Alors, ça finit comme ça, la rue... On croit qu'on s'en est sorti, et puis elle nous rattrape au tournant... On croit qu'on a été plus fort, et c'est elle qui rafle la mise à tous les coups...

Karine s'occupe de tout, et organise les obsèques de Jérôme au crématorium du Père-Lachaise, comme il l'avait souhaité. Le jour de ses funérailles est l'un des pires de ma vie. Vingt-huit ans et parti à jamais. Vingt-huit ans réduits en cendres par la maladie et par la rue. Le frère de Jérôme n'assiste pas à la crémation. Son père non plus, qui vit aussi dehors... SDF de père en fils : il y a des héritages auxquels on n'échappe pas. Lors de la cérémonie, quelques personnes viennent heureusement dire adieu à Jérôme : des membres du centre évangélique, un groupe de gars de la rue, un habitué du café où il allait prendre son petit déjeuner. Et même certains habitants de l'immeuble devant lequel il dormait... Chacun dit un mot. Et moi, je ne peux même pas articuler une parole. Il fait gris, froid, je suis glacée. Glacée à l'intérieur. Moi et tous les autres n'avons connu Jérôme que dehors, malade, rachitique, paumé, perdu... Personne n'est là pour dire ce qu'il avait été avant de finir sans-abri. Aucun membre de sa famille n'est présent pour évoquer ce qu'il a vécu avant, ses bonheurs, ses joies... En a-t-il seulement connu un jour ? Quelques poignées de cendres dans une urne et pas grand monde pour porter le deuil : ça finit comme ça, la rue.

Aide-toi, le ciel t'aidera.

Le corps de Jérôme brûle, et je pense à lui, à tout ce gâchis, à l'occasion ratée de s'extraire de la galère. Il ne s'est pas aidé, et la rue l'a achevé. Juste au moment où il sortait la tête de l'eau, la drogue, le sida, le froid, la tuberculose se sont rappelés à lui. Après tout ce qu'il a encaissé, son corps a lâché d'un coup. Le retour à la vie de Jérôme n'était qu'un sursis.

Et mon sursis à moi, jusqu'à quand va-t-il durer ?

Jérôme est mort à l'âge de 28 ans.

Samy a 35 ans.

J'ai 43 ans.

Mourir dans la rue, ce n'est pas possible. Je ne veux pas finir comme Jérôme, comme Jean. Je veux m'en sortir, il le faut... Du Père-Lachaise, je retourne place des Vosges à pied, et je rumine. La nuit vient et je phosphore tant que je le peux. Il faudrait que je trouve un appartement, il faudrait que je trouve un travail. Il faudrait que Samy arrête de boire... Il le souhaite, il me le dit, il me jure qu'il va partir en cure. Mais quand ? Je ne le crois pas, ses promesses sont de belles paroles... Et moi ? Moi qui n'arrive pas à chercher de boulot, je ne vaux pas mieux que lui. J'en ai besoin pourtant, de ce job. Déchirer les petites annonces, passer des coups de fil, envoyer des CV : je connais le mode d'emploi par cœur, sauf que... sauf que je ne sais plus comment faire. Comment dénicher un travail quand on n'est pas présentable ? Comment décrocher un emploi sans logement, et un logement sans emploi ? Je n'en ai plus la force...

Aide-toi, le ciel t'aidera. Mais comment ? Mes neurones recommencent à fonctionner, j'ai toutes les questions, sans aucune réponse. Les jours passent, passent les nuits, je suis toujours engluée...

Et les morts s'enchaînent.

Yoyo, pour moi, c'est le décès de trop. Notre copain Lionel, cette crème d'homme, toujours gentil, avec son chien à ses pieds. Il est mort de vieillesse, il n'avait pas 40 ans.

A-t-il été battu ? Est-il tombé au sol de tout son poids, comme ça lui arrivait souvent ? A-t-il eu un malaise ? On ne le saura jamais. Ce qui est sûr, c'est que des ambulanciers l'ont ramassé par terre, inconscient. Face contre terre, place de la Nation. Il aurait pu crever là.

Le jour où j'apprends que Yoyo est hospitalisé à Saint-Antoine, j'y cours. Je rentre dans sa chambre d'hôpital et ce que je vois me retourne l'estomac.

Son visage est couvert d'hématomes, à moitié bleu, et l'une de ses lèvres toute gonflée. Il est dans le coma. Ses cheveux sont collés à son crâne. Des tuyaux lui sortent de la bouche. Là, dans cette chambre toute propre et toute blanche, il me paraît plus seul que jamais. Et elle me tord le cœur, cette solitude. C'est la sienne, c'est la mienne aussi. Dans la rue, on peut toujours la feindre, mettre son mouchoir dessus. On fait semblant très fort d'oublier qu'on est isolé. Il y a les autres gars, les chiens, la ville, les passants... Ça bouge autour, ça vit. À l'hôpital, Lionel ne peut plus ruser. Il va mourir et il est seul. Mon copain Lionel n'est pas né dans la rue, pourtant. Il a eu jadis une famille, une maison, un passé... J'ai même entendu parler d'une ou de deux sœurs. Où sont-elles aujourd'hui ? Depuis combien de temps ne les a-t-il pas vues ? Longtemps, sans doute...

Je pourrais être à sa place.

Yoyo est mort quelques jours après son hospitalisation et nous, ses amis, ne l'avons pas quitté. Les infirmières nous ont apporté à manger, du café... On a passé la nuit là, avec lui. À côté de notre mort. À veiller sur lui, et sur nous aussi. Une nuit au chaud à se souvenir de Yoyo. À rappeler son sourire et ses plaisanteries. Une nuit sans fin à sombrer dans le cafard. Encore un de moins dans le groupe... Un de plus qui s'est tiré de la rue les pieds devant. Son corps couturé nous montrait la plus efficace porte de sortie de la galère : le cercueil. Un de moins. Qui allait être le prochain ? Samy ? Moi ? On était tous inscrits sur la liste d'attente. Doucement, la rue nous rongeait...

À qui le tour ?

Il a fallu fouiller dans ses affaires. Dans les poches de ses vêtements, dans son portefeuille noir, usé. Tout ce qui restait de Lionel tenait dans le creux d'une main. Presque rien. Mais ce presque rien, c'était toute sa vie. Des bribes d'existence, une carte d'identité, des papiers administratifs... L'adresse de sa sœur en Seine-et-Marne.

Nous l'avons retrouvée, et contactée. Elle et moi nous sommes donné rendez-vous à l'hôpital Saint-Antoine. Sur le coup, je l'ai trouvée assez froide, distante... Pas une larme n'a coulé. Oui, elle savait que Lionel était à la rue. Non, elle n'avait pas essayé de le contacter depuis longtemps. Qui était cette femme qui avait laissé son frère mourir sur le trottoir ? Plus tard, j'ai compris.

Elle était divorcée, seule avec un enfant à charge. Son autre sœur avait aussi un enfant, et elle attendait le deuxième. Cela faisait deux ans qu'elles n'avaient plus du tout de nouvelles de leur frère. Jadis, quand Lionel passait encore les voir, elles avaient essayé de le tirer d'affaire, plusieurs fois. Mais il était retombé dans la rue. L'alcool et la drogue avaient fini par rattraper Lionel et décourager ses sœurs... Et puis il avait coupé les ponts définitivement, elles n'avaient pas cherché à le retrouver. La rue use les hommes, et l'amour de leurs proches, aussi.

Aide-toi, le ciel t'aidera... Lionel n'avait pas saisi la main tendue par ses sœurs. L'une comme l'autre ne roulaient pas sur l'or, alors c'est la mairie qui a pris en charge l'enterrement. Tous les copains se sont cotisés pour acheter une belle couronne, histoire qu'il ne parte pas sans fleurs sur sa tombe. Yoyo a été inhumé au cimetière parisien de Thiais, dans le « carré des indigents ».

Indigents... L'indigent, c'était lui, et c'est moi. Je n'assiste pas à l'enterrement. Je n'ai pas le courage de voir son cercueil. Je préfère garder un bon souvenir de lui, l'image d'un homme souriant, avec qui je plaisantais. Et je n'ai pas la force d'aller jusqu'au cimetière de

Thiais, voir cet endroit où l'on enterre les clochards. Carré 58, c'est la dernière demeure de ceux qui n'en ont pas. C'est là que les sans-domicile dorment pour l'éternité. Suicide, accident, assassinat, maladie : mille morts possibles et des dizaines de tombes identiques. Au carré des indigents, elles s'alignent, anonymes pour la plupart. L-12-10, L-12-11...

Yoyo a de la chance de mourir en 2004. Il a droit à une vraie tombe, avec une plaque à son nom et des fleurs. Son meilleur ami est enterré là-bas lui aussi. Ils sont tous les deux dans le même coin, à quelques stèles d'intervalle. Côte à côte dans la mort comme dans la rue.

On enterre Yoyo et je ne suis pas là pour lui dire adieu. C'est au-dessus de mes forces. L'après-midi où il est inhumé, je vais marcher sur les quais de la Seine. Je passe et je repasse le long des petites îles et des beaux immeubles avec vue sur le fleuve. Je marche au ralenti, le soleil se couche doucement sur Paris.

Voilà presque un an que je suis dans la rue : grâce à Tom, grâce à Samy, j'y ai appris la violence et la méfiance, l'humiliation et la révolte. Le partage et l'égoïsme. On m'y a enseigné les règles élémentaires de la survie. J'y ai vu l'hyper-violence et la générosité brute, le pire des hommes et aussi le meilleur.

Le temps est venu de la dernière leçon.

La nuit s'installe doucement, il fait gris, puis les lumières s'allument dans les étages.

Lionel est sans doute sous terre maintenant. Après Jean, après Jérôme, il me dispense malgré lui l'ultime enseignement de la rue. De sa tombe, il me chuchote ce que je dois savoir : sur le trottoir, la mort peut frapper n'importe quand. En une fraction de seconde, c'est fini et tu crèves seul, face contre terre.

Je lève les yeux et je vois les gens s'activer dans leurs appartements. Ils passent devant les fenêtres, comme de petites marionnettes qui s'agitent loin de moi, bien abrités du froid. Je vois leurs salons chic, les plafonds peints de fresques. Je vois les poutres apparentes, les lustres sophistiqués. Chez eux, il fait chaud.

Et moi, je suis dehors, comme Yoyo il y a encore quelques jours. Comme lui, comme Jérôme, comme Jean, je suis une morte en sursis. Maintenant que je l'ai compris, il faut que je prenne soin de moi. Que je m'aide.

Je peux choisir de finir sur le trottoir ou de m'en sortir.

Il fait nuit noire, maintenant, et je le sais : j'ai 43 ans, et c'est bien trop jeune pour laisser la mort gagner la partie.

11

C'est quand le bonheur ?

Nous sommes samedi et, pour moi, c'est le plus beau jour de la semaine. Il ne fait pas plus chaud qu'hier, le sol n'est pas moins dur, le ciel n'est pas moins gris et je n'ai pas mieux dormi cette nuit que la veille, certainement pas. Mais on est samedi, jour de l'orchestre. Et ça, j'adore.

Tous les week-ends, un groupe de musique classique s'installe place des Vosges, sous les arcades. C'est d'abord le régisseur que je vois débarquer, vers 9 h 30 du matin. Il squatte là si tôt pour être sûr que personne ne vienne piquer la place de l'orchestre... On boit notre café ensemble, parfois il apporte les croissants et on grignote en bavardant. Puis chacun plonge son nez dans un bouquin jusqu'à ce que, doucement, les musiciens arrivent, en début d'après-midi. Un petit brun lesté d'une grosse contrebasse, puis une jolie blonde, son violon sous le bras, et encore une flûtiste au visage parsemé de taches de rousseur... Ils sont dix, ou quinze jeunes gens, venus de partout dans le monde. Ils accordent leurs instruments, les notes trébuchent, maladroites, pendant une demi-heure, et puis c'est parti pour le grand spectacle : Vivaldi, Bach, Mozart et compagnie se mettent à sonner place des Vosges... C'est magnifique.

Leurs mélodies nettoient mes oreilles et mon cœur. Certains spectateurs s'endorment pendant le concert ! Moi, j'écoute la musique à m'en tordre les tympans. Parfois, c'est tellement beau, tellement fort que les larmes me montent aux cils. Les écouter, c'est mon grand plaisir, notre unique distraction du week-end, à Samy et à moi. Pour rien au monde je ne raterais une séance, et je ne suis pas la seule groupie. Des passants s'arrêtent net pour les entendre, certains restent une bonne heure debout, encapuchonnés, dans les courants d'air, rien que pour eux... Samy, Rachid et moi en profitons pour faire de la pub aux musiciens :

— Ils sont là chaque week-end, et parfois dans le métro, station Châtelet. Ne les manquez pas !

Après l'orchestre, c'est au tour d'une chanteuse d'entrer en scène. Son truc, c'est les airs d'opéra... Cette belle brune, moitié bulgare, moitié russe, vient discuter avec nous. Elle nous parle des cours de chant qu'elle suit encore, des concerts qu'elle a donnés, dans de petites salles ou en plein air. Elle débute, et ce n'est pas simple. Parfois, elle est heureuse, la semaine ne s'est pas trop mal passée, elle a gagné un peu d'argent...

— Et vous, comment ça va ?

Elle demande de nos nouvelles, mais je n'ai rien de palpitant à lui répondre. C'est comme d'habitude. Toujours dehors, toujours le froid. L'ennui parfois, trompé par les livres. Rien à raconter. Ma vie, ce n'est pas grand-chose. Alors on échange des banalités avant qu'elle ne se lève pour commencer son récital.

Elle a une vie normale, elle.

La rue, je n'en peux plus. Il faut que je me tende la main... que je trouve la porte de sortie, mais où ? Comment? Samy, lui, s'accroche à sa bouée, la cure. Depuis des mois, il m'en parle :

— J'en ai marre de boire, d'être dépendant.

— Il n'y a que toi qui peux décider d'arrêter...

Il m'assure qu'il va s'en aller très bientôt se faire désintoxiquer, que les papiers sont déjà signés. Je n'en crois pas un mot. Il me dit qu'on va s'en tirer, que je vais retrouver du travail. Mais seule, c'est si dur... Qui peut m'aider? Les assistantes sociales, je ne veux plus en entendre parler. La mienne, celle de Chemin Vert, m'a vaccinée. Et puis d'abord, qui s'intéresse à mon cas?

Les membres de l'association Aux Captifs, la libération. Eux, ils semblent s'inquiéter de mon sort. La preuve : ils passent nous voir, Samy et moi, tous les quinze jours au moins. C'est Laurent qui vient, ou Christophe, et je suis contente de leur visite maintenant. Ils ne me jugent pas, ils ne sont pas là pour ça. Ils viennent juste nous apporter un brin de réconfort. Un peu de respect aussi. Ça passe par une poignée de main, un « bonjour, madame », avec le mot « madame » qui sonne haut et fort, un regard gentil...

Sabrina et Manuela, deux jeunes bénévoles, me rendent visite un soir, vers 21 heures. Je suis seule avec les chiennes, Samy est parti faire un tour. Sabrina a une petite surprise pour nous :

— Deux places pour aller voir un match du PSG... Tu aimes le foot, toi?

— Non, pas franchement.

Vingt-deux poilus en short qui courent sur la pelouse après une balle, ça ne m'a jamais fascinée plus que ça, mais c'est l'intention qui compte. Et malgré mon manque d'enthousiasme, les deux souriantes demoiselles ne battent pas en retraite :

— Tu crois que ça intéresserait Samy ?

Ça oui ! Il est tellement mordu de ce sport, ça en est touchant... C'est un mec, quoi ! Alors Sabrina et Manuela me collent les deux tickets dans la main. J'ai à peine le temps de les remercier qu'elles sont déjà parties en entonnant leur ritournelle habituelle :

— À l'occasion, si tu veux, passe aux Captifs... Pour nous raconter le match.

Samy revient une heure plus tard. Je lui offre un bisou et une devinette :

— Dis donc, tu fais quoi samedi ?

Il s'assoit par terre en ronchonnant :

— Pourquoi tu me le demandes ? Comme si j'avais quelque chose de prévu...

C'est vrai qu'on ne prévoit rien, à la rue. Pas d'amis chez qui aller dîner, pas de soirée ciné, pas de projets, pas de demain, pas de plus tard. L'instant, c'est tout.

— Devine ce qu'on va faire samedi ? Tu ne sais pas, hein ? Tu aimerais bien savoir, oui ou non ? Eh bien... j'ai deux billets pour aller voir PSG-Lille au Parc des Princes !

En un clin d'œil, Samy perd quinze ans. Il est heureux comme un roi, le sourire accroché aux deux oreilles... Le match, ah oui, au stade, ah bon, dingue, sympa ! Jusqu'au samedi, il en parle non-stop.

Moi qui déteste le foot... C'est la première fois que je mets les pieds dans un stade. J'y vais pour voir, pour entrer au Parc des Princes au moins une fois dans ma vie. Mon impression : c'est grand... et pas très esthétique ! La barrière passée, nous grimpons jusqu'à nos places, tout en haut des tribunes. Aucun risque d'être dérangés par les voisins : ce jour-là, les supporters du PSG font grève, et les sièges vides sont légion. Les rares spectateurs hurlent, exigeant la démission de l'entraîneur... Quelle drôle d'ambiance ! Le match commence et je ne comprends rien à ce qui se passe. Corner, penalty... Samy tente bien de m'expliquer au fur et à mesure, mais sans grand succès. Pendant le premier quart d'heure, je ne sais même pas de quel côté se trouve l'équipe que je suis censée soutenir, celle des Parisiens. Un but est marqué, chouette ! Je me lève en applaudissant à tout rompre, manque de chance, c'est Lille qui vient d'ouvrir le score ! Décidément, j'ai des progrès à faire. Des deux mi-temps, je ne retiens qu'une chose : les joueurs du PSG jouent comme des pieds. Ils se font écraser par les nordistes et, vingt minutes avant le coup de sifflet final, le match est plié, alors nous partons, Samy et moi, histoire de prendre le métro sans la foule...

Assis sur la banquette, voici mon homme en plein débriefing : il refait le match, content, en mimant les attaques ! Et moi, je suis ravie de le voir heureux. Cette partie de foot, ça nous a fait sortir. Sortir de dehors, sortir de la rue, de la routine... Sortir la tête hors de la déprime, loin du trottoir, loin du mépris des gens. Durant une après-midi, à regarder des guignols trottiner en short, je suis revenue à la surface. Je l'avoue, là-haut dans ma tribune, je me suis un peu ennuyée. Mais je me suis ennuyée comme n'importe quelle femme allergique au foot qui accompagne son jules. Je me suis ennuyée comme tout le monde.

Et ça, c'est énorme.

Laurent, Christophe, Pierre-Yves, Sabrina : tous ces gens des Captifs nous ramènent, Samy et moi, dans le monde des vivants. Ils nous offrent l'impression d'être normaux et, avec leurs gentilles phrases et leurs petits cadeaux, ils nous donnent une place, et confiance en nous, en eux, en l'avenir. À chacune de leurs visites, ils me tendent la même perche :

— Tu peux passer nous voir si tu veux, ça nous fera plaisir.

Se déplacer là-bas, c'est déjà un premier pas. Cela signifie que l'on se remet en mouvement, vers un mieux. Venir les voir, c'est accepter d'avoir besoin de secours. Pendant des mois, je n'ai pas pu. Je n'ai pas voulu, peut-être... Comme dit le proverbe africain, la main qui donne est toujours au-dessus de celle qui reçoit. Et quand tu es à la rue, tu es déjà en dessous de tout le monde, alors c'est difficile d'accepter l'aide... La fierté, c'est tout ce qu'il nous reste, à nous les sans-abri. Mais là, j'ai touché le fond.

— Tu peux passer nous voir si tu veux, quand tu veux...

— OK, on passera.

Il a fallu des mois pour que cette phrase-là arrive du tréfonds de mes tripes jusqu'au bord de mes lèvres. Des mois pour que je puisse faire confiance à quelqu'un, de nouveau. Des mois pour que je descende aussi bas et que j'aie le déclic. Ni Christophe ni Laurent ne se sont découragés. Ils ont continué à venir me voir, sans forcer, sans rien demander. Sans eux, sans leur patience, je serais encore à la rue. Ce jour-là encore, ils me tendent la main. Je la saisis :

— OK, on passera.

En avant, Brigitte ! Nous allons donc un beau matin jusqu'au siège de l'association, Samy veut y récupérer son courrier. Dans les bureaux, ça sent le café, il fait chaud, il fait bon. Et je ne suis pas trop mal à l'aise. Laurent est là, il sourit, il me fait la bise, il a l'air content de me voir. Content de me voir ! Ça me fait chaud au cœur... Samy lui demande rapidement de sortir les papiers prouvant qu'il est inscrit en cure.

— Vas-y, Laurent, dis-le-lui, que je vais y aller.

C'est vrai. Je vois les formulaires en bonne et due forme. Je vois la date et la signature. Le 20 décembre 2004, Samy va aller à l'hôpital, puis en cure de désintoxication. Et moi, que vais-je devenir ? L'angoisse me tombe dessus. J'ai peur de me retrouver seule, mais je mets vite la crainte de côté. Samy va m'aider. Et l'important, c'est qu'il va arrêter de boire. Je m'assois, sous le choc. Alors, c'est vrai... Il ne sentira plus l'alcool et la bière bon marché ? Fini de le regarder tituber, fini de le voir dans le coaltar ! Je pourrai alors compter sur lui à 100 %... Le 20 décembre, demain, Samy partira se faire soigner et, quand il reviendra, tout va changer. Une nouvelle vie va commencer. Tous les deux.

Pour moi, le compte à rebours a démarré.

Assis par terre place des Vosges, le soir, Samy et moi échafaudons mille et un plans sur la comète. Rien n'a changé – il y a toujours la nuit glacée et les bagarres, le bruit, la peur et mes fringues raidies de poussière –, mais tout a changé. Parce que Samy et moi sommes décidés à nous en sortir. Après sa cure, il veut retravailler, alors on cogite, on phosphore, enroulés dans nos duvets. Quel genre de boulot pourrait-il chercher ? En roulant une cigarette, les idées arrivent : et pourquoi pas maître-chien ? Ou du gardiennage ? Après tout, Samy a déjà deux chiennes et, s'il y a bien un domaine qu'il connaît et qu'il affectionne, c'est celui des bêtes ! Et moi, et moi, oui, je vais me remettre à chercher un job, n'importe lequel. Je vais en trouver un, je l'espère, je le veux. Adossés au mur de pierre de la place des Vosges, on se voit déjà, lui et moi, avec un contrat chacun, dans un appartement, un vrai. Vivre tranquillement, sereinement, entre quatre murs. Il fait nuit noire, j'ai les pieds glacés, mal au dos, des fourmis plein les jambes, mais j'ai aussi un trésor des plus précieux : un projet. Un avenir. Demain a de nouveau un sens. Le temps ne roule plus sur lui-même. Les heures se remettent à couler, et chaque minute qui passe nous rapproche un peu plus du 20 décembre. Le jour où tout va changer.

Les membres des Captifs soutiennent Samy à 100 % dans ses projets tout neufs :

— Samy, quand tu reviens de ta cure, tu iras avec Brigitte dans un appartement thérapeutique. On t'a inscrit, et il n'y a pas de problème, vous aurez un toit. Après, on s'attaquera au boulot, on va t'aider à en trouver un, ne t'inquiète pas, chaque chose en son temps.

Et moi ? C'est dur de se remettre en route. Je suis motivée, mais chaque geste à accomplir me paraît insurmontable. Chercher du travail, ce n'est pas évident. J'achète le journal et je coche les annonces. Je fais le tour des boulangeries pour décrocher les petits messages que laissent les gens.

« Recherche jeune femme sérieuse pour heures de ménage et de repassage. »

Qui va vouloir de moi ? J'ai 43 ans, même si ça n'est pas écrit sur mon front ; le repassage, ça me connaît, mais en me regardant, ce n'est pas flagrant... Et puis comment expliquer que je n'ai pas vraiment d'adresse ? Et le trou dans mon CV, il va falloir le cacher. Que vais-je devenir une fois Samy parti en cure ? Vais-je devoir rester toute seule dans la rue avec les chiennes ? Cette perspective-là me terrifie. Il faudrait que je trouve un toit au-dessus de ma tête. Où ? Comment ? Je nage. D'abord, trouver un endroit pour les chiennes. Sans elles, ce sera plus facile...

Nous allons de temps en temps dans une association caritative qui s'occupe des animaux et de leurs maîtres en galère. Une des responsables nous écoute, et nous promet de faire garder Zoé et Mila, gratuitement. Donnant, donnant : pour la remercier, Samy et moi acceptons d'être interviewés par des journalistes de l'émission *30 millions d'amis*, qui enquêtent sur les SDF et leurs animaux. Le reportage permettra de récolter des fonds. Il passera en janvier 2005 sur France 2... et la bonne dame de l'association finira par nous facturer quand même le gardiennage des chiennes 1 630 euros. Les promesses faites aux SDF ne coûtent vraiment pas cher...

Mais qu'importe ! Nous avons trouvé une solution pour les chiennes, Samy va partir en cure, et moi j'ai déniché un toit. C'est Valérie, une bénévole de l'Église évangélique, qui s'est proposée de m'héberger. Elle m'ouvre sa porte de bonne grâce pendant le temps qu'il faudra.

C'est comme si le cercle de la galère s'était enfin brisé. Je n'ose même pas y croire. Tout se goupille à merveille... Bientôt Noël, et c'est ma dernière nuit dehors. Comme l'an dernier, le réveillon arrive à grands pas et la bienveillance des passants atteint invariablement son pic annuel. Avec le vent glacial et le ciel blanchi pleuvent les sourires, les poignées de main et les bons vœux. Bref, la ribambelle de B.A. enrobées de papier de soie. Des regards indulgents, émus, des paroles de réconfort : comme si on n'en avait pas besoin quand il fait chaud ! La naïveté des gens me sidère. Il reste néanmoins quelques fâcheux réfractaires à l'esprit de Noël, qui, sortant en riant d'une belle petite boutique de cadeaux, nous piétinent sans dire pardon et viennent nous rappeler que nous gênons. Mais cette fois, leur indifférence et leur mépris glissent sur moi. Les crèches dans les vitrines, les guirlandes lumineuses et clignotantes, la fausse neige, la fausse joie sur commande : même le décorum sirupeux et coloré des fêtes de fin d'année n'arrive plus à me faire mal au cœur. Mes doigts s'engourdissent malgré les gants ; avec le gel, je meurs d'envie d'aller aux toilettes toutes les cinq minutes, mais ce n'est pas grave. Je m'en fiche. La rue, c'est bientôt fini... Demain, Samy sera à l'hôpital, moi chez Valérie. Je serai sauvée. Plus jamais froid, plus jamais peur. Le soir arrive, et bientôt la nuit ; les passants, peu à peu, disparaissent, chacun chez soi. Le silence envahit la place des Vosges, cotonneux, la température a découragé les gars de la rue d'y venir faire le souk. La nuit est tranquille. C'est la dernière, ma dernière nuit dehors. Que ça finisse, pitié, que ça finisse rapidement...

Je vois Samy dormir à poings fermés. Sa respiration forme un petit nuage au-dessus de ses lèvres, et moi je m'assoupis en grelottant et en suppliant que le jour revienne. Vite. Je n'en peux plus.

20 décembre 2004.

Samy s'en va à l'hôpital, pour une semaine de sevrage et de suivi psychologique. Je suis dévastée. Sans lui, j'ai l'impression qu'une partie de moi manque. Je ne peux plus m'appuyer sur lui, ni lui parler, ni le sentir. Je suis amputée, et tellement seule... En suppliant les médecins, j'obtiens une petite demi-heure de visite par jour, et encore, c'est un passe-droit. Je me sens isolée comme jamais dans ma vie. Le jour de son hospitalisation, j'emmène Zoé et Mila au refuge... C'est l'horreur. J'ai le sentiment qu'elles me regardent avec un air de reproche. Je suis obligée de porter la plus jeune jusqu'à la voiture, elle se débat en hurlant à la mort. Je les vois s'éloigner et je m'écroule en sanglots. J'ai l'impression de les abandonner. En fait, c'est moi qui me sens abandonnée. C'est comme si on m'enlevait, pièce après pièce, l'armure qui me protégeait. Ma mise à nu ne fait que commencer...

Le jour arrive où Samy sort de l'hôpital pour partir en cure de désintoxication. La vraie, en province, pour cinq semaines au moins. Je l'accompagne à la gare en me forçant à sourire. Nous marchons dans le hall et je laisse mes yeux glisser sur la charpente de métal... Le cœur n'y est pas. Il me serre dans ses bras, fume une dernière cigarette, caresse mes cheveux. Il faudrait que je sois contente qu'il aille au bout de son projet, et je suis triste à mourir de le voir partir. Un dernier bisou, il monte dans le wagon, redescend, prend ma main...

— Allez, vas-y, c'est l'heure.

Je l'encourage à aller s'installer sur son siège et je pense exactement le contraire. Reste, s'il te plaît, reste avec moi, ne me laisse pas toute seule. Je ne dis pas un mot, mais il entend quand même :

— Ne t'inquiète pas, je reviens bientôt, ça va passer vite, on va s'appeler souvent.

Il grimpe dans le wagon, me fait un dernier signe de la main... C'est fini.

J'ai les yeux d'un lapin russe, mais je ravale mon stock de larmes jusqu'à ce que le train parte. Sifflet, les portes se ferment, ça y est, je n'ai plus personne. Ni Samy ni les chiennes. Je m'écroule en pleurs, adossée à un pylône sur le quai de la gare. Tous mes remparts contre la rue ont disparu.

J'ai un toit au-dessus de ma tête et, malgré cela, je me sens plus vulnérable que jamais.

Mon nouveau chez-moi, c'est chez Valérie. Rien à lui reprocher, au contraire ! C'est une quadra charmante, douce, attentionnée, qui m'ouvre grand sa porte et son cœur. Dans son petit studio soigné et rutilant comme une bonbonnière, elle s'arrange pour que je me sente chez moi... Elle m'a fait un joli lit sur le canapé, et son petit frigo est plein à craquer de bonnes choses. De la mousse au chocolat et des fruits, des œufs, du rôti, des nouilles chinoises... Rien que pour moi.

Manger, dormir, dormir, manger, me reposer et pleurer : voilà mon programme, décidé bien malgré moi. Je suis exténuée. Pour un rien, je craque, j'ai l'impression que mes vannes lâchent d'un coup, et malgré tous les efforts de Valérie, j'ai des coups de blues à répétition. Je ne suis pas belle à voir : les yeux dans le vague et les mots cloués au fond de ma gorge. Alors elle s'assoit à mes côtés, me prend doucement la main et me chuchote à l'oreille :

— Prie, Brigitte, prie, ça ira mieux.

Je ne sais pas comment lui dire que ce médicament-là fait peu d'effet sur moi... Il ne suffit pas à gommer ma déprime. Valérie distribue depuis des années des repas aux sans-abri du centre évangélique. Malgré cela, elle a du mal à me comprendre. J'ai un toit, un projet, un amoureux qui me veut du bien... Bref, tout est censé aller bien mieux. Et pourtant je patauge dans une déprime noire.

— Brigitte, il ne faut pas te renfermer sur toi-même, il faut bouger, aller de l'avant.

Valérie me pousse vers la vie normale, et l'on dirait qu'elle ne saisit pas très bien la difficulté de ce qu'elle me demande. Elle ne sait pas, elle, que la rue me poursuit, même entre quatre murs et au chaud. Elle ne sait pas qu'on ne se défait pas comme ça de mois de galère dans le froid. Jadis, je me suis bâti dans la tête un beau mur pour oublier les coups. Pour survivre dehors, j'y ai ajouté une muraille contre les agressions, le mépris, les insultes... Méfiance, silence, discrétion : ce trio m'a protégée. Alors, aller vers les autres ? Mais je ne sais plus comment faire, et je n'en ai pas le courage. Tout m'effraie. Valérie ne sait pas que je suis tout en bas d'une montagne qui me paraît totalement infranchissable. Écrasée sous mon beau projet de sortir de la rue. Trouver un boulot, un appartement : en suis-je encore capable ? J'en doute et ce doute-là me cloue sur place. Travailler, manger à une table, vivre entre quatre murs, la fenêtre fermée : je n'ai pas fait ça depuis longtemps... Un an, un siècle. C'est simple : j'ai l'impression de ne plus savoir rien faire. Alors que pendant des décennies j'ai été comptable, tout de même... Aujourd'hui, je me sens fragile, abrutie, et pourtant j'ai l'air tout à fait normale. À me voir assise dans le salon à siroter un thé brûlant, personne ne peut se douter que j'ai l'ego en mille morceaux, l'estime de moi à la ramasse. Je suis encore SDF à l'intérieur, qui peut comprendre ça ?

Laurent et Christophe, des Captifs, le peuvent.

Ils connaissent ça par cœur. Toute la journée, ils travaillent avec des sans-abri. Alors ils lisent dans ma tête ce qui s'y passe. Ils devinent mon cœur qui flanche et la dépression qui squatte. Le sentiment de ne pas être à ma place, de ne pas mériter, de ne pas être capable. Les nerfs qui lâchent, la colère qui cache mes larmes... Ils savent, eux. Ils m'écoutent et leurs regards me requinquent un peu. C'est leur bienveillance qui me guérit. C'est elle mon vrai médicament.

Je passe les voir et leur café, leur sourire me réchauffent. Un jour, Laurent profite de ma visite pour me glisser une petite idée, l'air de rien :

— Dis donc, Brigitte, tu reçois toujours ton courrier à Chemin Vert ? Si tu te domiciliais plutôt chez nous, ce serait plus pratique pour toi, non ?

Peut-être... Va pour le changement d'adresse !

De ce jour, les Captifs deviennent ma deuxième maison. À chaque permanence, je suis là. Je bois un café, puis deux, puis trois. Je discute. Les jours où j'ai le moral qui flanche, les matins où Samy me manque à crier, Laurent ou Christophe trouvent des mots simples pour me requinquer. Quel bonheur d'avoir une conversation normale avec des gens normaux, d'égal à égal ! Ces jeunes gars s'intéressent à moi sincèrement. À leurs yeux, je ne suis pas une SDF, je suis Brigitte. Ils m'estiment même capable de faire des choses. Je le sens. La preuve ? Ils me confient le courrier de Samy à réexpédier. Je leur ai demandé, et ils me laissent faire.

Je trie son courrier, le range dans une enveloppe, vais à la poste, je pèse le paquet, le timbre et l'expédie. Régulièrement. Samy reçoit ses lettres, il me remercie, il est content, et moi aussi de lui avoir rendu ce service. Laurent, Christophe et Pierre-Yves m'en félicitent. C'est une mission minuscule, un acte riquiqui, mais je le fais correctement et j'en suis fière.

Ça commence par de petits riens, le retour à la normale...

Doucement, je reprends pied. Dans le quartier de Valérie, j'entends parler d'une petite dame dont les chiens ont besoin d'être sortis durant la journée, lorsqu'elle est au bureau... Je me porte volontaire ! Ce n'est pas grand-chose, une grande balade avec deux caniches, chaque après-midi. Mais pour moi, c'est beaucoup. La dame me rémunère cinq euros par jour. Cinq euros, un petit billet dans ma poche, précieusement rangé, cinq euros que j'ai gagnés grâce à mon travail. De nouveau, je bosse ! Je le vois dans les yeux de la dame aux chiens-chiens, je sers enfin à quelque chose. Utile ! Et ce sentiment-là me donne envie de sourire... Il est temps de me mettre à chercher un vrai job.

Pierre-Yves, qui s'occupe de la recherche d'emploi aux Captifs, me conseille de venir régulièrement le voir, si vraiment je veux m'y mettre. Je le veux ! Toutes les semaines, j'y passe. Mais pas question qu'il m'aide trop, je ne veux pas lui être redevable... Et puis je sais me débrouiller toute seule, quand même, je ne suis pas tombée si bas ! J'ai encore un peu honte de demander du secours. Alors, Pierre-Yves se contente au départ de me déchirer les pages « emploi » des journaux et, pour le reste, je me débrouille toute seule. C'est très dur. Je relève les annonces qui m'intéressent, mais après, comment téléphoner ? Dans la rue, entre le bruit et les gens qui passent, c'est mission impossible... Alors, au bout d'un moment, je change un peu d'optique :

— Pierre-Yves, j'aurais besoin de téléphoner pour les annonces. Tu penses que c'est possible ?

Il a la gentillesse de ne pas me faire remarquer qu'il me l'avait déjà proposé la semaine d'avant, et que j'avais refusé...

— OK, pas de problème, tu viens quand tu veux. Si tu veux, je te donne des rendez-vous en dehors des permanences, comme ça on aura plus de temps. Et si on commençait par réactualiser ton CV ?

Va pour le CV, et puis la lettre de motivation... J'écris, j'écris, il m'aide, tape sur l'ordinateur...

Mes journées passent comme ça, bien réglées : les Captifs le matin, la promenade avec les petits chiens l'après-midi. Et le soir, ma dose de Samy, par téléphone.

Tous les jours, sans faute, je l'appelle. Il me manque chaque heure un peu plus, alors, dix minutes de conversation, c'est toujours ça de pris. Je veux savoir ce qu'il fait, où il est allé. Sa voix est douce, chantante. Là-bas, il a l'air heureux... Il me raconte rapidement ses journées :

— On est allés skier, tu te rends compte ? Et je n'ai pas bu depuis huit jours... Et toi, ça va ? Ne reste pas place des Vosges, fais attention. Tu passes dire bonjour aux copains si tu veux, mais tu repars vite, je ne veux pas qu'il t'arrive quelque chose. S'il se passe quoi que ce soit, tu me le dis, je reviens...

Il est attentionné, ça me fait du bien. Je l'embrasse avant de raccrocher. Je suis pressée qu'il rentre, que l'on recommence à vivre.

Noël arrive et je suis seule devant mon assiette de pâtes et la télé. Valérie est partie chez ses parents passer le réveillon. Devant les variétés, je zappe, mon moral fluctue, mais je tiens le coup. Je fais comme si c'était un jour parmi d'autres. Les Noëls ratés, les souvenirs crasseux, ma famille et la rue, je les mets dans un coin de ma tête, dans une petite case verrouillée à double tour. Mon seul objectif : tenir. Chercher un travail. Encore un mois, plus qu'un gros mois à tenir et Samy va rentrer, je compte les jours jusqu'au 8 février. À ce moment-là, je vais retrouver mon mec, mes chiennes, on aura un appartement thérapeutique, exprès pour les gens qui sortent de cure. On sera bien, tous les quatre. J'éteins la télé, je m'allonge sur le canapé. Il fait chaud, même si la fenêtre reste entrouverte. J'ai de quoi manger, une couette douce et légère qui s'aplatit sur mes jambes. La rue est derrière moi, je vais m'en sortir... Ce n'est qu'une question de temps, et d'énergie. Juste besoin de me reposer et ça ira mieux.

Valérie revient le 30 décembre, avec une pêche d'enfer. Pour elle et moi, elle a prévu mille réjouissances spécial nouvel an : un concert de gospel, et puis une soirée chez ses amis, du champagne, on dansera, ça sera très sympa, n'est-ce pas, Brigitte ? Mais moi, je n'ai pas envie de voir du monde, d'entendre du bruit, de rencontrer de nouvelles têtes. J'ai besoin de calme. Je ne peux plus faire d'efforts, je suis fatiguée. Dans son studio, je suis bien, je recharge mes batteries. Mon refus la chagrine un peu.

— D'accord, je comprends. Mais quand même, il ne faut pas que tu te renfermes, Brigitte. Rester seule, comme ça, c'est mauvais...

Mais moi, j'aime être seule ! Voilà des mois que je ne l'ai pas été ! Toujours dehors, toujours dans le froid, sous les yeux des gens, à devoir supporter les uns et les autres, les bourrés, les bavards, les passants curieux, les flics qui nous délogent... J'ai eu ma dose ! Voilà des mois que je n'ai pas pu aller aux toilettes sans qu'une autre dame, pressée, vienne toquer à la porte ; cela fait des lustres que je n'ai pas pu flemmarder sous la douche, ni dormir dans un lit ! Alors là, je suis enfin tranquille, et j'en profite. Valérie se fait une raison et décide de passer la soirée avec moi.

Nous fêtons donc le réveillon en tête à tête, autour d'un bon repas. Sans bruit.

2005 sera une année neuve, j'en suis sûre. J'y crois.

Le 8 février arrive et je suis une pile électrique. Samy va rentrer, il m'a tellement manqué... J'ai envie de sauter du lit dès 5 heures du matin, incapable de fermer l'œil. Mais Valérie dort, elle, alors pas question de bouger ni de mettre l'appartement sens dessus dessous. Je compte les moutons, les lames du store, les rayures du papier peint, je compte tout ce que je peux compter sans m'assoupir une seule seconde et, dès que le jour se lève, je me jette dans la salle de bains pour un décrassage total. Douche, maquillage, brushing... J'enfile le plus joli pull que j'aie en stock, un pantalon correct, je prépare mon manteau bien à plat sur une chaise et j'attends. La matinée passe. Je tourne, je vire, je vole dans l'appartement, vérifiant cent fois que mon portable est bien chargé. Il l'est. Mais où est donc Samy ? Et qu'est-ce qu'il attend, nom d'un chien ? Pourquoi il ne m'appelle pas ? Je ne sais pas à quelle heure il a pris le train, et je bouillonne. Après deux siècles de patience, le téléphone finit enfin par sonner :

— Coucou, ma puce, c'est Samy, je suis place de la Bastille, je t'attends.

J'embarque mon sac à main et je pars comme une folle le rejoindre. La porte claquée, je cours jusqu'à la station et dans les couloirs du métro, je cours dans la rue, jusqu'au bistrot. Et je le vois, assis à l'intérieur, à une petite table ronde en marbre, le paquet de cigarettes posé devant sa tasse de café.

Il a changé.

Il est plus gros qu'avant, remplumé, bien rasé, avec une mèche de cheveux en bataille sur le front. Et bronzé, en plus. Joli comme un cœur. Il me voit, ça y est, je suis dans ses bras, il m'écrabouille et m'embrasse les cheveux avant de glisser dans ma poche un petit paquet-cadeau. Du parfum, pour moi, parce qu'il tient à moi, parce qu'il est content de me retrouver. On rigole bêtement comme deux gamins ; comme deux amoureux qui se retrouvent après les grandes vacances, on se raconte tout, en vitesse, en souriant.

Moi et ma vie chez Valérie, les chiens que je promène chaque jour, la recherche d'emploi... Et lui, intarissable sur sa cure. Il a fait du ski, marché dans la montagne, il s'est éclaté. Il ne boit plus. Abstinent ! Pas un verre de bière, pas un gramme de shit, rien du tout pendant cinq semaines, sinon il aurait été viré dans la seconde. À toutes les prises de sang, il a pu brandir le bilan parfait : zéro drogue, zéro alcool. Il a été bon élève. Sa cure, il l'a faite sérieusement, et il en est fier. Moi aussi. Fière de lui, fière de nous, tous les deux sur le bon chemin...

Nous repartons du café main dans la main, direction le local des Captifs où Christophe nous attend pour nous annoncer une bonne et mauvaise nouvelle à la fois. L'appartement thérapeutique n'est pas encore prêt, dommage, alors nous allons devoir patienter à l'hôtel, huit jours. Mais qu'est-ce que huit jours puisque nous sommes tous les deux ? Rien du tout ! Nous sommes ensemble, Samy et moi, heureux. Christophe est ravi de voir que la cure s'est bien déroulée. Notre nouvelle vie commence là, dans ce local, entre une plante verte et une affiche du 115, devant un millième café, à trinquer, le sourire aux lèvres. Nous repartons à l'hôtel et commencent cinq jours de bonheur absolu.

Cinq jours à refaire le monde, à faire défiler sans se lasser la longue liste de projets : un travail bientôt, bientôt un toit au-dessus de notre tête, peut-être une voiture, qui sait? Ces mots-là roulent dans notre bouche, bonbons doux et succulents... Cinq jours à faire l'amour, à se caresser les cheveux, à rire d'un rien. Bataille d'oreillers, regarder un film, prendre une douche, se masser l'un l'autre, boire du thé bien chaud, refaire l'amour, fumer une cigarette, jouer aux fantômes avec les draps... Nous récupérons les chiennes, folles de joie de nous revoir. Elles sautent dans tous les sens, s'ébrouent sur le lit! Même la nuit, elles dorment collées contre nous, sans vouloir nous lâcher. La journée, Samy a des papiers à faire, il doit aller à l'hôpital régulièrement. Moi, je reste avec les chiennes, je passe aux Captifs, j'imprime un CV ou deux, j'envoie des lettres, je lis les petites annonces. J'attends mon homme. J'attends la suite, confiante. Heureuse. Ravie.

Naïve.

Nous sommes le 13 février quand le ciel s'écroule sur ma tête. Voilà quatre heures que Samy devrait être rentré. Il est 15 heures, et à ce niveau-là ce n'est même plus du retard, il a dû se passer quelque chose. Je trépigne dans la chambre, j'étouffe, je m'assois, me relève, vérifie qu'il n'y ait pas de message sur mon portable. Je ne sais plus quoi faire. Dans le couloir, je m'adosse au mur et croise la jeune femme de chambre. Elle est vive, fine, et charge son chariot de draps sales d'un geste sûr en me jetant un petit sourire.

— Ça va, madame?

— Oui, oui, très bien, merci.

Ça ne va pas du tout. Je sens l'avenir se fendiller et tomber doucement, en morceaux coupants, déchirants.

À l'intérieur, le froid revient. Samy aura sans doute une bonne explication... Il a dû croiser un copain, aller faire une course. Mais laquelle? Je rentre dans la chambre et allume la télévision. Une demi-heure après, je sens quelqu'un gratter à la porte. C'est Samy qui cherche la poignée. Il a bu, c'est sûr, je le sais. Je le sens. Il s'assoit sur le lit, une bière à la main.

— Ce n'est pas une canette qui va me faire du mal...

Je suis effondrée. Je vois mon amour avec la clé de l'enfer bien serrée entre ses doigts. Il ne veut pas la lâcher, il ne peut pas. Il me casse le moral.

— Non, t'inquiète pas, c'est juste une, je te le jure, j'en suis convaincu, je n'en boirai pas d'autres.

Ses promesses me déchirent le cœur. Plus il me jure ses grands dieux, moins je le crois. Je ne suis plus capable de lui parler, ni de le regarder. En lui tout m'agresse désormais. Tout me peine, son haleine, son allure, ses certitudes toutes fragiles, assenées pour se convaincre lui-même... Je m'enferme dans la salle de douche et j'y reste une heure, assise sur le carrelage tout habillée.

C'est foutu. En dix secondes, le temps de décapsuler une bière et d'y poser ses lèvres, il a détruit tous nos projets, avalés d'une traite, en une gorgée oubliés.

Le soir arrive et Samy ressort, prétextant une course à faire. Je ne prends même pas la peine de l'en empêcher, je n'ai pas le courage de le mettre face à son mensonge. Pour quoi faire? Je le sais, il va voir ses copains. Je le sais, il repart là où il ne faut plus aller, place des Vosges. Il replonge tête la première dans la galère. Il emmène une des chiennes avec lui et la porte se referme sur mes lendemains qui essaient de chanter.

Et s'il revenait sobre ? Et s'il avait vraiment une course à faire, quelqu'un à voir ? Et s'il ne m'avait pas menti ? L'espoir fait plus mal que le désespoir, il s'accroche, il me griffe à l'intérieur...

Samy rentre vers 2 heures du matin et je l'attends, là, sur le lit. Il ne me regarde pas. Il pue l'alcool à deux mètres. Échevelé, fébrile. Comme avant. Juste un peu plus gros, un peu moins pâle qu'hier. Il s'est déçu, sans doute, et j'espère qu'il a honte. Honte de ce qu'il s'inflige, honte de ce qu'il me fait, à moi. Il se met à la fenêtre, une cigarette au bec, et chaque épisode de sa soirée, chaque phrase de son récit est un coup de poignard dans mon dos. Place des Vosges, il a revu des copains, évidemment. Il s'est disputé avec un mec agressif, dit-il. Il s'est bagarré, bien sûr. La police l'a embarqué, et alors là...

Je ne l'écoute plus. Je dévale la pente vitesse grand V. Je pense à Yoyo, à Jérôme. Eux aussi n'ont pas su sortir de la rue à temps. Ils s'en sont tirés entre quatre planches. Samy raconte, raconte, et puis s'écroule sur le lit. Il s'endort, bienheureux mort en sursis, et moi je le regarde : est-ce cela qui l'attend, le cimetière ? Je n'en sais rien, mais une chose est sûre : à cet instant, c'est ma vie qui dégringole en petits morceaux.

J'y ai cru, encore, et je me suis encore trompée. Tout s'écroule d'un seul coup. Ce n'est plus possible. Ça va être comme ça à chaque fois ? À chaque fois espérer avant de se réveiller, gueule de bois, et devoir repartir à zéro ? Je ne vais pas le supporter. Je me revois, dans le duvet, sur le béton, place des Vosges. Les courants d'air, les bagarres, je ne veux plus. Les douches à Saint-Antoine, les vêtements dégueulasses, je ne peux plus. Crever dehors, comme Yoyo, comme Jérôme, je ne veux pas. Moi, je vais m'en sortir, Samy ne m'entraînera pas avec lui. Nos projets, ce sont eux qui m'ont fait tenir. Eux qui m'ont aidée à supporter les dernières semaines de rue. Il me lâche, tant pis pour lui, moi, je vais continuer. Toute seule.

Samy est à peine levé qu'il veut aller place des Vosges, retrouver ses copains. Il ne tient déjà plus en place dans la chambre d'hôtel. Déjà, nous sommes passés à autre chose. Les câlins et les jeux, le thé chaud, c'est du passé. Lui comme moi savons que c'est fini. La rue a gagné. C'est le trottoir qui appelle Samy, et la bouteille aussi... Après la douche, nous sortons de la chambre et partons à pied dans Paris. Les rues défilent, je ne parle pas, lui non plus. Bientôt, je vois la place des Vosges au loin, notre place, je reconnais le chemin. Au loin les belles arcades et les vieilles pierres, au milieu les arbres plantés régulièrement dans le parc. Le duvet de Rachid, devant les enfants qui jouent et les bancs de fonte aux reflets verts où s'assoient les promeneurs, un livre à la main. Il s'approche de moi, ce décor que je connais trop bien ; il va bientôt m'avaler et je refuse qu'il m'engloutisse. Ma place, par terre sur le trottoir, je la laisse à qui veut. Pour moi, c'est terminé.

— Je ne peux plus, Samy. Toi, tu as fait ton choix entre moi et l'alcool. Moi, j'arrête là.

Je l'entends baragouiner quelque chose :

— Il faut que je réfléchisse, attends, ce n'est pas grave...

Mais j'ai déjà fait demi-tour. J'ai fait demi-tour et je l'ai laissé là, mon homme, mon mec, mon amoureux malheureux. Je l'ai senti partir droit dans le mur, droit contre le beau mur en pierre de la place des Vosges. Il s'est éloigné, tout beau, bronzé, désespérément seul avec sa bière. Ce n'était pas le moment pour lui – trop dur de s'en tirer, trop difficile d'échapper à soi-même... S'en sortir, c'est trahir un peu, laisser tomber ceux qui restent, penser à soi d'abord. Pour lui, c'était trop tôt sans doute. Mais moi, je n'avais plus le temps d'attendre. Yoyo, Jérôme, Jean : ils m'avaient tous les trois montré la route à prendre. Pendant ces dernières semaines, j'avais retrouvé forme humaine. J'avais eu chaud, je n'avais pas eu faim. Chouchoutée, écoutée, soutenue, j'avais récupéré des forces. Je méritais de m'en sortir. Alors, je ne me suis pas retournée. J'ai laissé derrière moi le square et la place, sans un regard en arrière. J'ai abandonné mon Samy, la place des Vosges et un an de ma vie.

Je suis allée m'écrouler sur l'épaule de Christophe, dans le local des Captifs.

— J'ai besoin d'aide, Christophe, je n'en peux plus, je veux vraiment m'en sortir, il faut que tu me sauves.

Pour la première fois, j'ai osé appeler au secours. J'ai osé pleurer longtemps et crier fort, devant tout le monde. Sur une chaise, affalée, laminée, baignant dans mes larmes, j'ai demandé de l'aide, bien haut, bien clairement. Sans honte, sans scrupules et sans gêne. L'instinct de survie, sans doute...

Je ne savais pas que le plus dur était à venir.

12

Retour dans la vraie vie

La rue, c'est l'horreur.

La réinsertion, c'est pire.

Surtout quand on est seule, et moi je le suis, comme jamais. Samy, mes deux chiennes : mes trois piliers se sont écroulés sous mes pieds. Assise sur une chaise, à l'association des Captifs, je me sens mourir de chagrin.

Christophe passe une heure au téléphone ; il appelle, un par un, tous les centres d'hébergement de Paris et finit par me décrocher une place, pour lundi. Nous sommes samedi. En attendant, Janet, une autre bénévole de l'Église évangélique, m'héberge et je passe sous son toit deux jours et deux nuits à pleurer. Psychologiquement et physiquement, je suis à bout, tout simplement. Le lundi, cette petite dame me prend par le bras et m'accompagne jusqu'à la cité Saint-Martin. Pour quelques semaines, ce sera là, mon nouveau chez-moi, un grand CHRS. C'est comme cela qu'on appelle les « centres d'hébergement et de réinsertion sociale ».

— Si tu ne te plais pas ici, tu reviens directement chez moi, d'accord, Brigitte ?

Voilà ce que me dit Janet quand je franchis la porte. Mais dans ma tête, je connais déjà la réponse : je ne retournerai jamais dans son appartement. Cette fois-ci, pour moi, c'est la bonne. Il faut que je reste là, dans ce foyer, il faut que je m'accroche, c'est la seule solution pour m'en sortir.

J'arrive là-bas complètement paumée. Dans l'entrée s'entassent quelques poussettes, les locaux sont immenses. J'apprends vite qu'ici, il y a de tout : des hommes, des femmes, des familles... Une centaine de résidents, peut-être. Pour moi, c'est trop. J'ai peur de tout et de tout le monde. Et je suis seule. Plus de groupe, plus de Samy, plus de chiens pour me défendre, et une montagne à escalader : retrouver un toit, plus du boulot. Faire mes preuves. Revenir dans la vraie vie. Avec un gros trou dans le CV, une fatigue qui ne veut pas me lâcher et des migraines qui me déchirent le cerveau. Je souffre trop, alors je me résigne à consulter le médecin qui officie à la cité Saint-Martin.

Dans son cabinet, le voilà qui commence à m'interroger. Pas question que je lui raconte ma vie ! Je l'ai trop fait déjà. Je ne veux pas qu'on m'analyse ni qu'on me plaigne. Je souhaite seulement qu'on me soigne, un point c'est tout.

— Écoutez, je suis venue vous voir parce que j'ai mal à la tête, je n'ai besoin de rien d'autre. Alors donnez-moi des cachets, de l'Efferalgan, n'importe quoi et on n'en parle plus, d'accord ?

— Non. On peut discuter tout de même ! C'est aussi mon métier.

C'est parti pour un check-up complet : analyses de sang, auscultation du sol au plafond, palpation... C'est un miracle, je n'ai rien de grave. Après quatorze mois à nager dans la mouise, je ne suis même pas anémiée. En revanche, je suis épuisée.

— Exténuée, précise le docteur.

J'ai la tension dans les chaussettes et l'unique remède est de dormir le plus possible... Encore faudrait-il le pouvoir.

La première nuit que je passe à la cité Saint-Martin, je ne ferme pas l'œil. Nous sommes cinq femmes dans la chambre, et je n'arrive pas à me calmer. Lits superposés, fenêtre fermée, impossible de lâcher mon sac. Je dors avec, alors que j'ai un placard qui ferme à clé. Incapable de respirer, le chauffage est trop fort, je manque d'air... Je m'assoupis, avant de me réveiller en plein cauchemar. Je vois Samy penché sur moi qui essaye de m'étrangler, je suis coincée dans une grande roue de cirque, comme un hamster, à courir et courir encore sans pouvoir m'échapper... Mon inconscient fait des siennes, alors je préfère rester assise et éveillée, dans la salle commune, à fumer cigarette sur cigarette, plutôt que de m'allonger dans cette chambre qui m'oppresse. C'est la rue qui me poursuit : là-bas, tu as trop d'air, ici, pas assez... Alors, je ne serai jamais bien nulle part ? J'ai le moral à zéro.

Mais j'aurais pu tomber plus mal. Le foyer est très correct : on n'y est pas enfermé, je peux entrer et sortir quand bon me semble... La seule contrainte, ce sont les repas. Servis à midi pile, puis à 18 h 45, avec quatre-vingts personnes dans la salle. C'est physique, je ne peux pas y aller. Trop de monde, trop de bruit. Je suis effrayée. Agoraphobe, sans doute... Manger sous le regard des gens, j'ai déjà donné quand j'étais à la rue, je ne le supporte plus. Et puis je suis sur mes gardes...

Dans le foyer, je suis inquiète, je ne connais personne. Hors du foyer, c'est pire encore, je n'ai qu'une crainte : tomber sur Samy. Deux fois par semaine, le téléphone sonne et c'est lui au bout du fil.

Il veut que je revienne, c'est hors de question. Je le lui dis, alors il devient fou furieux, hurlant dans le combiné. Il souffre que je sois partie. Et ce qu'il n'accepte pas, c'est surtout que je continue sans lui. Tout doucement, je grimpe la pente, seule... Lui a échoué, je continue. Il ne le supporte pas. Quand il a bu, les insultes s'ajoutent à la colère :

— Si je te croise dans la rue, je vais te niquer, je vais t'exploser, grosse pute.

Ça me fait du mal, de l'entendre me parler de cette façon. Je ne l'ai jamais vu comme ça. Et ça me terrifie. J'aimerais en parler, me confier, lâcher un peu ce que j'ai sur le cœur. Mais au foyer, je ne parle à personne. La seule chose que j'accepte de bonne grâce, c'est de donner des cigarettes et de payer des cafés, quand on me le demande gentiment. C'est normal, entre galériens, il faut s'entraider.

La première cigarette que j'offre, c'est un matin tôt, près des bureaux, à une jeune fille aux yeux tristes. Elle aimerait bien un café aussi, elle n'a pas un centime sur elle. OK, va pour un café... La demoiselle a pris le pli. Tous les matins, je lui paye son petit déjeuner... Je donne, je donne. Une clope par-ci, un euro par-là. D'autres résidents s'y mettent. Pendant dix jours, c'est le défilé... Moi, je veux rendre service, et puis je m'en fous des sous, ce n'est pas grand-chose.

Un matin où je bois un chocolat près de la machine à café, après ma tournée générale, un gars plutôt trapu vient vers moi.

— Tu n'en as pas marre d'être conne ?

Il ne me laisse pas le temps de répliquer.

— Je te vois, tous les matins, tu donnes des cigarettes, tu paies des cafés. Combien de personnes t'en ont offert, à toi, depuis que tu es arrivée ici ?

— Aucune, mais je m'en fous.

— Arrête tout de suite, parce qu'ici tu vas te retrouver ruinée !

Il a raison. Au bout de quinze jours, j'achète déjà deux paquets de cigarettes chaque matin, j'en fume la moitié d'un, et le reste, je le donne. Du jour au lendemain, j'arrête d'être gentille.

L'homme au bon conseil se nomme Nicolas. Notre relation part plutôt mal, mais en fait c'est un brave gars. Au fil des semaines, je sympathise vraiment avec lui. Nous avons mille points communs, dont un qui me tient plus particulièrement à cœur...

— Moi, j'ai fait beaucoup de choses dans ma vie, me raconte-t-il un jour. J'ai fait plein de métiers, dont SDF.

Je suis surprise. Quand on croise Nicolas, il n'y a aucun moyen de deviner qu'il a dormi plusieurs années sous un pont. Il est propre, bien mis, calme, plus tout jeune... J'aurais pu me douter, moi-même je n'ai pas franchement la tête de l'emploi. Mais les préjugés ont la vie dure ! Quand je rencontre Nicolas, il travaille dans la rénovation de maisons anciennes, il taille les pierres... Je ne sais pas ce qui l'a fait plonger sur le trottoir, mais il veut s'en sortir. Inscrit depuis des lustres sur les listes d'attente des HLM, il prend son mal en patience...

À la cité Saint-Martin, il est loin d'être le seul à bosser. C'est fou le nombre de gens qui travaillent et qui ne trouvent pas à se loger ! Bernard, par exemple, est serveur dans un palace parisien. Michèle, elle, travaille dans une école, elle sert les repas à la cantine. Mariam fait des ménages... Dans le lot, il y a des divorcés, des femmes battues qui sont parties de chez elles, des expulsés, des gens qui boivent trop, des dépressifs... C'est sûr, ils ont des soucis, mais ils bossent tout de même ! Malgré cela, certains ont connu la rue, la vraie, comme moi. D'autres se baladent, depuis des années parfois, entre les centres d'hébergement, les foyers, les squats, les hôtels... Ils sont logés par l'État, par des amis, par des associations, sans jamais réussir à passer par la case « appartement » ! Trop noirs, trop pauvres, trop précaires : ici, je croise tous les recalés du logement. Je m'attendais à voir des fous, des toxicos. Il y en a. Il y a aussi plein de gens comme moi. Normaux. J'hallucine.

Le jour où je tombe vraiment de ma chaise, c'est quand je croise Fatou.

Je suis à la cité Saint-Martin depuis quelques jours, et cette dame malienne n'arrête pas de me fixer du coin de l'œil. Qu'est-ce qu'elle me veut, celle-là ? Ma tête ne lui revient pas ou quoi ? Elle a l'air gentil, pourtant... Mais je me méfie. Elle me dit bonjour, je ne lui réponds pas. Alors, elle se lève et vient vers moi, décidée.

— Toi, je te connais.

— Non, je ne pense pas.

— Si, si, je te connais. Tu venais à l'hôtel de la porte de Montreuil, avec tes chiens et un grand gars maigre.

Je la regarde, sans dire un mot. Qui est cette femme ?

— Tu ne te souviens pas de moi ? Tu me demandais des draps pour ton lit, et l'aspirateur pour faire le ménage...

Fatou est femme de chambre à l'hôtel où j'allais de temps en temps avec Samy. À temps partiel et au SMIC, elle ne gagne pas assez pour trouver un logement avec ses deux adorables gamines, Binta, 18 mois, et Malene, 4 ans. Elle me raconte qu'elle a quitté le père, avant d'être hébergée chez des cousins éloignés qui ont fini par la mettre dehors, elle et ses deux petites. Elle est jolie, travailleuse, employée en CDI, mère de famille... et sans domicile. Il faut le voir pour le croire.

Le soir, en fumant ma cigarette dans la salle commune, je pense à elle, et j'ai la rage.

Dire qu'il y a des milliers d'appartements vides à Paris ! Et que nos ministres se pavanent dans leurs appartements de fonction ! Je revois ce socialiste de la place des Vosges, dans son bel immeuble, et puis Fatou, obligée de vivre dans une petite chambre avec ses deux enfants... Je fulmine : nos élus feraient bien de sortir de leurs bureaux et d'aller faire un tour dans les centres d'hébergement ! Je suis sûre que si on en interrogeait un ou deux, si on leur demandait comment fonctionne un foyer d'urgence, ils seraient bien incapables de répondre. Un petit stage d'observation, ça les motiverait peut-être davantage pour créer des logements...

— Ça ne leur ferait pas de mal !

J'en viens à marmonner tout haut. Nicolas, assis dans un fauteuil face à moi, acquiesce. Il sait à peine de quoi je parle, mais il me regarde avec bonté. C'est l'un des seuls qui me comprenne vraiment. Les coups de blues et les crises de colère, il connaît, il a les mêmes. Lui aussi sait ce que c'est que la galère. Comme moi, il a les nerfs à fleur de peau sur certains sujets... Devant les infos à la télévision, lui et moi nous mettons en rogne au même moment. Il y a de quoi faire... Depuis quelques mois, des tentes ont fleuri aux quatre coins de Paris. C'est l'ONG Médecins du Monde qui les a distribuées aux sans-abri et, du jour au lendemain, nous sommes devenus visibles ! Trop visibles. Ça dérange certains passants. Sur l'écran, de bonnes dames à caniche prennent un air pincé pour condamner l'initiative :

— Ce n'est quand même pas très propre, toutes ces tentes, et puis ils font du bruit le soir...

Si je pouvais exploser le poste de télé, je le ferais. À côté de moi, Nicolas est blême de rage :

— Pauvre conne, vas-y, dors dehors sous une toile de tente, tu verras ce que c'est.

Il est révolté d'entendre ça, et moi aussi. Révoltée... Ces mois à la rue m'ont endurcie, et fragilisée à la fois. Je suis devenue teigneuse à force d'avoir été piétinée. Cassante dehors, brisée dedans. Rebelle et résignée, tout à la fois. Et susceptible, avec ça ! Au moindre mot, je me fâche, je m'isole. M'aider n'est pas facile, je le conçois... Mais j'ai trop morflé, maintenant je mords.

La rue m'a transformée en animal sauvage.

Odile, ma nouvelle assistante sociale, l'apprend à ses dépens. Il est 15 heures, un jour de mars, dans son bureau. Nous faisons le point sur mes objectifs : d'abord, remettre mes papiers en règle. Il n'y a pas grand-chose à faire, juste redemander la couverture maladie universelle. Odile se penche vers moi et me parle d'un ton doucereux :

— On va faire ça ensemble, hein, je vais vous aider...

— Mais je n'ai pas besoin de vous ! J'ai juste besoin d'un toit. Vous me l'avez offert, je vous en remercie. Pour le reste, je me débrouille toute seule.

— Mais tout le monde a besoin d'aide à un moment ou à un autre...

— Peut-être vous, mais pas moi.

Elle m'a vexée, avec son air compatissant. Ce n'est pas parce que j'ai été à la rue que je suis une demeurée, une clocharde tellement à la ramasse qu'elle a besoin qu'on lui tienne la main ! C'est vrai, il y a des personnes sans-abri qui ne parlent pas français, qui ne savent pas où s'adresser, qui boivent, qui se droguent, qui sont sans papiers... Elles ont besoin d'aide. Mais moi, je ne suis pas comme ça, je ne suis pas comme elles ! Je ne comprends pas qu'Odile ne fasse pas la différence. Sa gentillesse m'infantilise. Pour faire une demande de CMU, je n'ai besoin de personne, je ne suis pas illettrée, tout de même ! Je pars de l'entretien fâchée. Trois jours après, c'est Odile qui revient vers moi.

— Brigitte, ce que je vous ai dit l'autre jour, ça ne vous a pas plu. Mais, vous savez, tout le monde peut se tromper. Moi, je suis travailleuse sociale, mais ce n'est pas pour cela que je connais vos besoins réels dans le détail...

Odile a tout compris. Elle a compris que ma colère et ma susceptibilité cachaient quelque chose. Et ce quelque chose-là est simple : je me sens rabaissée par tout et par tout le monde. Même avec un toit au-dessus de ma tête, j'ai l'impression d'être encore dehors, sous les yeux des passants. Je vois du mépris derrière chaque mot, du dédain planqué sous chaque phrase... Je sens toujours qu'on me rabaisse. Parano totale. Odile le devine et s'excuse pour que je n'aie pas à le faire moi-même. Elle m'offre notre réconciliation sur un plateau, pour que je puisse continuer d'avancer. C'est une femme intelligente.

De ce jour-là, je lui accorde toute ma confiance. Je lui raconte tout. Auprès d'elle, je vide mon sac. Il était temps, ça commençait à s'accumuler...

Samy...

Mon ex-amoureux ne me lâche pas. Tous les trois jours, j'ai droit à un appel furieux, des cris, des insultes. Il hurle son dépit et son dégoût de moi sur la messagerie, avant de rappeler, triste, déprimé, réclamant de me voir... J'imagine la scène : lui et moi dans un café. Je songe à ce que je pourrais lui dire... Je lui expliquerais alors pourquoi je l'ai quitté, je lui redirais que ce n'était pas contre lui, mais qu'il fallait que je m'en sorte. Que je me tire de la rue avant qu'il ne soit trop tard... Mon rêve devient un jour réalité, et c'est un cauchemar.

Je croise Samy une après-midi, dans la rue, en allant aux Captifs. De l'autre côté du trottoir, il me voit, et devient fou de rage. Je tente de lui dire quelques mots, mais sa haine de moi est trop forte : il postillonne sa colère et sa déception. Je l'ai abandonné, je l'ai laissé crever dehors, je ne suis qu'une salope... Je lui ordonne de se taire, de se la boucler, de faire comme si je n'existais plus. Il lève la main sur moi... Je pars en courant avant qu'il ne me gifle.

J'ai déposé une main courante au commissariat, mais Samy a continué ses coups de fil d'insultes. Ses menaces de mort. Il est même venu, une fois, jusqu'à la cité Saint-Martin, hurler devant la porte, mais personne ne lui a ouvert et la police a fini par l'embarquer. Comment a-t-il su que j'habitais là ? Mystère. Les nouvelles vont vite, dans la rue...

Alors j'évite de sortir. Quand j'y suis obligée, je regarde derrière moi, toujours accompagnée de trois ou quatre personnes. La plupart du temps, je reste enfermée au foyer. Heureusement, les enfants me changent les idées.

Des familles, il y en a une ribambelle à la cité. Les enfants courent partout, ils s'amusent, se cachent derrière les tables, ils jouent aux petites voitures dans les couloirs. Ça fait du bruit, mais c'est gai ! Ça me fait du bien de les voir rire et chanter à tue-tête. Ils sont mignons comme des cœurs, surtout les deux petites de Fatou, Malene et Binta. Celles-là, ce sont mes préférées. Le matin, je descends vers 6 heures prendre mon café. À cette heure-là, c'est à peu près calme... Je vois Fatou, déjà installée devant son bol avec ses deux terreurs. Enfin, « installée » est un bien grand mot. Un œil sur la petite, un autre sur la grande, elle doit faire manger l'une, rhabiller l'autre, surveiller la fratrie, tout en engloutissant son thé et en regardant passer les minutes, vitesse grand V. Pour elle, c'est l'horreur. Elle doit se dépêcher, elle est déjà en retard pour aller bosser... Mais les gosses sont en pleine forme, elles ! Elles font de la musique avec les cuillères, rigolent et dévalent les escaliers en courant et en glissant. Bref, c'est le bazar, et les deux mignonnes font tout, sauf ce pour quoi elles sont là : petit-déjeuner. Un beau matin, je prends les choses en main :

— Mais ce n'est pas bien, ce que vous faites, les filles. Venez vous asseoir à côté de moi, vous allez déjeuner.

Avec moi – une dame inconnue –, les fillettes font moins les fières. Elles marchent droit, je beurre leurs tartines, tandis que Fatou peut tranquillement avaler son déjeuner, avant de filer travailler. L'habitude est vite prise : tous les matins, les deux minettes viennent s'asseoir à mes côtés, je m'occupe d'elles... et elles de moi ! J'ai de nouveau l'impression d'être utile à quelque chose, et leur affection me requinque. Le soir, quand elles rentrent, elles se jettent dans mes bras, me prennent par le cou en me faisant des gros bisous. C'est bon...

Quand je suis partie de la cité Saint-Martin, Malene m'a fait un dessin, que j'ai gardé. Une maison avec un arbre devant et un petit chemin qui sinue jusqu'au seuil. Je l'ai gardé précieusement. Un appartement, un studio, n'importe quoi : ce sera pour bientôt, j'espère.

Mais mon heure n'est pas encore venue.

Début avril, Odile me convoque dans son bureau. On m'a trouvé un nouveau centre, encore un ! mais beaucoup mieux adapté à mon cas. Je pourrai y rester six mois, voire un an, le temps de me reconstruire et de trouver un boulot. Pour moi, Odile me le jure, c'est plus que parfait. D'ailleurs, elle a déjà fait une demande d'hébergement et la direction de ce nouveau centre veut me rencontrer... Moi ? Mais quand ? Comment ? Pourquoi ? Que vais-je devoir dire ? À qui ?

C'est la panique totale.

Je commence à peine à reprendre des repères, à m'ouvrir aux autres, à Fatou, à Nicolas, et hop ! il faut re-déménager... Repartir de zéro ! C'est un arrachement, mais je n'ai pas le choix. Va pour le rendez-vous. Je m'y sens plus que mal, pire que pendant un entretien d'embauche. C'est un jeune homme, grand et mince, qui me reçoit : M. Rouge, comme la couleur. Il parle, il parle, m'explique le fonctionnement du centre, la participation des résidentes aux frais d'hébergement, à la préparation des repas, au ménage des chambres. Il détaille le règlement, les entretiens que l'on aura régulièrement pour voir où j'en suis, les différentes activités qui sont proposées : théâtre, calligraphie, informatique, cuisine...

— C'est obligatoire ?

Je n'ai pas pu m'empêcher de lui poser la question. J'angoisse de devoir me retrouver au milieu d'inconnues... Je ne rêve que d'une chose, rester seule, tranquille. Réponse : non, ce n'est pas obligatoire. Je respire. À mon tour de parler. M. Rouge me demande ce que j'envisage pour l'avenir. Ma réponse est claire : trouver du travail, pour pouvoir partir de son foyer le plus vite possible. C'est la vérité, mais je regrette mes paroles aussitôt. Pourquoi ai-je dit ça, moi ? Il ne va jamais retenir ma candidature. Ça y est, je suis fichue ! Avec mon air renfrogné, je n'ai pas dû lui plaire... Je suis nulle, mais nulle ! Je rentre à la cité Saint-Martin totalement décomposée, certaine que mon dossier sera débouté... J'ai tort.

Un miracle se produit : mon dossier est accepté. Je fonds en larmes dans le bureau d'Odile, éberluée, qui m'assure que c'est le début de la fin de la galère, que je vais pouvoir me poser... Moi, je m'imagine déjà perdue dans un lieu nouveau, entourée d'inconnues hostiles. Je finis par poser mes valises dans ce bel immeuble discret, près de la place de la Nation, la mort dans l'âme.

Unique bonne nouvelle : j'ai une chambre à moi toute seule et ça, c'est formidable. Seule, enfin ! Entre quatre murs. Ce n'est pas grand, mais ça ira bien. Franchement, en matière de centre d'hébergement, c'est le grand luxe. Une salle informatique, une bibliothèque avec une télévision, des livres, une laverie... Tout est neuf. Rien à voir avec certains foyers que l'on trouve dans Paris, tout miteux avec des rats qui se baladent... Non, là, ça vient juste d'être rénové. Le bâtiment appartient à la Société philanthropique, une association fondée au XVIIIe siècle. Ce n'est pas comme les Restos du Cœur ou Emmaüs. Eux, personne ne les connaît. Mais ils gèrent une belle brochette de centres d'hébergement dans Paris : ils en ont sept, plus des centaines de logements sociaux, tout ça pour les gens en difficulté. Mon foyer à moi s'appelle la Fondation Mérice, et c'est nickel.

Mais les résidentes, c'est autre chose...

Imaginez quarante-trois femmes d'âges et de nationalités différents, des gamines sans éducation, des plus âgées, des normales, des hystériques, des calmes, des violentes... Tout ça ensemble, sans hommes, à part quelques membres du personnel. Certaines des hébergées, peu nombreuses, ont connu la rue. D'autres ont quitté leurs parents qui voulaient les marier de force.

Quelques-unes ont été battues, d'autres jetées dehors, d'autres se sont droguées... Le résultat de cet agrégat de misères n'est pas brillant : c'est la collectivité dans ce qu'elle a de pire. Prises de bec et conflits mesquins à tous les étages...

Fin avril, j'assiste à ma première réunion. Toutes les résidentes sont regroupées dans une salle pour un débriefing. Moi, je suis arrivée depuis quinze jours, et je tombe des nues. J'entends des plaintes ininterrompues au sujet de détails sans aucun intérêt :

— Elle, elle veut pas manger à côté de moi, se plaint l'une des femmes en montrant une de ses voisines du doigt.

Je suis abasourdie. N'y a-t-il pas des problèmes plus urgents à régler? J'ai l'impression d'être en colonie de vacances... À un moment, une des filles prend la parole :

— Moi, je suis rentrée hier soir un peu tard, mon repas avait disparu et du coup je n'ai pas mangé...

Le directeur du centre, le genre brun ténébreux, prend la parole et explique : c'est normal, quand une résidente est en retard, on ne peut pas garder son repas, question de réglementation, d'hygiène, de normes, etc.

Ici, ils jettent les repas.

Ici, ils prennent la nourriture et elle passe à la poubelle, tout ça parce qu'une norme stupide l'a édicté.

Je pense à Tom, à Samy. À mes nuits passées sans rien dans l'estomac. À cette habitude qu'on prend, à la rue, de ne pas manger le matin ni le midi, pour économiser. Je me souviens du ventre qui gargouille, des vertiges... Et puis de la faim qui s'installe jusqu'à ce que l'on ne la ressente même plus. Pour moi, c'était hier. Alors ici, ils jettent les repas ? Cette pensée déclenche en moi une colère incroyable. J'explose :

— Mais c'est dégueulasse. Pourquoi vous jetez les repas comme ça ?

— Brigitte, ça ne fait pas longtemps que vous êtes là, mais sachez que si vous êtes en retard, il faut prévenir, et si vous ne nous tenez pas au courant, votre repas finit à la poubelle.

C'est le directeur qui parle. Je ne l'écoute même pas.

— Vous osez jeter de la nourriture alors qu'il y en a plein qui sont dans la rue et qui n'ont rien à manger ? Vous trouvez ça normal ?

Il ne me répond pas, et ça m'énerve encore plus, alors je continue :

— Vous savez très bien d'où je viens, et ce sont des choses que je n'accepte pas, et que jamais je n'accepterai.

Je me lève et je sors, en furie. Ça y est, j'ai fait mon *coming out.* Sans le préméditer, j'ai balancé mon passé à la figure de toutes ces minettes et de leur directeur...

J'ai lâché mon gros morceau : la rue. Chantal, une dame de 59 ans arrivée deux jours après moi à la Fondation, vient me rejoindre dans la cour. Elle me tend une cigarette, sans un mot. On reste côte à côte pendant un bon quart d'heure. Et puis elle me regarde, et d'une voix basse me murmure :

— Je viens du même endroit que toi.

Chantal... Ce soir-là, c'est la première fois qu'elle me parle et ses paroles me réconfortent. Au moins une qui me comprend ici, qui ne me prend pas pour une folle ! Chantal a dormi pendant des mois dans sa voiture. De ce jour, nous devenons très proches, elle et moi. C'est quelqu'un de gentil, de curieux, qui bouillonne à l'intérieur. À fleur de peau, comme moi. Je l'apprécie beaucoup. Plus tard, nous irons ensemble, discrètement, piquer les restes des plats et les porter à un vieux monsieur qui dort sous un porche, à deux pas de l'entrée de la Fondation. Il pleuvait ce soir-là des cordes sur la place de la Nation, des flaques sur le sol, de gros nuages gris et bas, et ce petit vieux, tout recroquevillé sur le trottoir, mal abrité du vent...

Chantal et moi, même combat ! Toutes les deux sommes obsédées par deux choses : manger, dormir... Dormir surtout, mais ce n'est pas une mince affaire.

J'arrive à la Fondation Mérice totalement épuisée, démolie. Bien pire qu'à la rue. Entre Samy qui me harcèle, la fatigue accumulée et mes recherches d'emploi, je suis à moitié morte. Et impossible de récupérer. C'est un supplice. La nuit commence toujours de la même façon : j'arrive à m'endormir, tranquillement, sur les coups de 23 heures, minuit. Cinq minutes ou une heure passe, je n'en sais rien, quand un bruit épouvantable me réveille en sursaut. Quelqu'un, quelqu'une a dû lâcher un meuble par terre, en tout cas c'est le vacarme. Parfois, c'est l'une des gamines d'à côté qui rigole fort. À d'autres moments, c'est une folle qui décide de passer l'aspirateur ou de mettre la musique à fond ! Je me rendors, et c'est la porte des toilettes qui claque dans mes tympans. Une fois, deux fois, dix fois... J'ai la tête qui va exploser, des bourdonnements dans les oreilles. Et j'ai envie de tuer. Cette conne d'à côté, je lui enfoncerais bien la tête dans le mur pour lui apprendre à respecter le sommeil des autres... Mais elle a un petit grain, tout le monde le sait, il n'y a rien à faire. Alors calme-toi, Brigitte, reste tranquille. Je respire lentement, je me détends... et c'est reparti ! Qu'est-ce qu'elle fait, la voisine ? Je rêve, elle chante à tue-tête ! Mais il est 2 heures du matin ! Alors je me lève, j'entrouvre ma porte et je lance bien fort :

— Fiona, s'il te plaît, c'est l'heure de dormir.

Elle déboule dans le couloir en hurlant :

— On n'est pas en prison ici, on fait ce qu'on veut, bordel !

Le jour, ce n'est pas brillant non plus. Une après-midi, je manque me battre avec l'une des résidentes. Celle-ci, c'est une coriace, une petite teigneuse. Non seulement elle est vulgaire et mal éduquée, mais en plus elle passe sa vie au téléphone. On l'entend à vingt mètres... Elle arrive dans la salle d'informatique, met le souk, parle fort, dérange tout le monde, repart en claquant la porte. Une fois, deux fois, trois fois, quatre fois, je n'en peux plus, alors je hurle :

— La porte !

Je la vois revenir, l'air mauvais.

— Qu'est-ce que tu as, toi ?

C'est à moi qu'elle parle. Je lui réponds aussi calmement que possible :

— La porte, tu n'es pas obligée de la claquer, tu peux la fermer normalement.

— Je te nique ta mère.

Elle referme la porte derrière elle et s'en va. Quand elle repasse, l'air d'une princesse, je l'attrape par le col et la coince dans un coin, non sans avoir vérifié qu'aucun travailleur social n'était dans le périmètre. À 44 ans, j'ai passé l'âge de me laisser agresser par une gamine, alors je l'attrape au cou, je la serre bien fort, et je lui chuchote à l'oreille :

— Toi, tu ne me niques rien du tout, ni ma mère ni quoi que ce soit d'autre. Si tu as un problème, on va le régler tout de suite.

Elle n'en mène pas large, elle étouffe un peu. Bien fait pour elle.

— Si tu me touches, articule-t-elle, je vais aller voir M. Nakache...

Le M. Nakache en question, c'est le directeur, le brun de la dernière fois. Ses menaces ne me font ni chaud ni froid.

— T'inquiète, je t'y emmène tout de suite, je t'y traîne même par les cheveux si tu veux, mais tu ne me parles plus jamais sur ce ton.

Je crois que mon petit speech l'a bien calmée. Avec elle, en tout cas, je n'ai plus jamais eu de problème. Je lui ai fait un peu peur, et ça lui a suffi. Heureusement, personne ne nous a vues, et je n'ai pas été obligée de lui mettre des claques. Dans le foyer, officiellement, à la moindre agression verbale ou physique, tu dégages tout de suite. Fiona, notamment, a envoyé un jour une gifle à mon amie Chantal.

— Sale clocharde !

L'insulte est partie, et la gifle après, accompagnée d'un crachat. Fiona a dû débarrasser le plancher. Virée du foyer. Mais les agressions verbales, c'est fréquent et personne ne se fait vraiment éjecter pour cela.

Les filles ont des problèmes par-dessus la tête : chômage, pas d'argent, des parents qui les ont virées, des mecs qui les ont frappées, des enfants placés, aussi... À force de tirer le diable par la queue, la DASS finit toujours par s'en mêler... Alors les soucis s'accumulent et les tensions aussi. Au foyer, c'est le conflit des générations XXL. À mon étage, manque de chance, il y a quatre filles franchement insupportables. Trois jeunes, plus une trentenaire. Elles ont la bougeotte, elles mettent la radio à fond jusqu'à 1 heure du matin. Ou alors elles se pomponnent avant d'aller en boîte, et c'est le va-et-vient d'une chambre à l'autre pour les échanges de rimmel et les essayages de minijupes ! Les murs ne sont pas bien épais mais, quand on leur demande de baisser le son, elles ont l'impression de revoir leurs parents, alors on se prend une vanne ou une insulte :

— T'en as pas marre de te plaindre ? Je t'emmerde, j'ai le droit d'écouter la musique.

Les mois passent et j'ai de plus en plus de mal à supporter la vie en collectivité. Chaque nuit ou presque, j'appelle l'auxiliaire de service, pour qu'il vienne régler le problème. Il fait son petit laïus, rappelle qu'il y a un règlement, montre les affiches dans le couloir : « Vous êtes priées de ne pas faire de bruit de jour comme de nuit. » Ça ne sert à rien, et la corrida recommence le soir suivant, alors j'en prends mon parti. Quand j'en ai assez d'attendre les yeux grands ouverts sur mon lit, je descends doucement l'escalier qui mène dans la cour. Je prends mon paquet de cigarettes et un livre, et j'attends que ça se passe. Ou alors je me glisse dans la chambre de Chantal et l'on joue au Scrabble toute la nuit, ou au rami, pour tuer le temps. Les cartes, ce n'est pas mal, parce que bouquiner, j'ai de plus en plus de mal. Après des nuits comme ça, je me lève le matin comme un zombie. Je m'enflamme pour n'importe quoi, je me mets en colère pour un rien. Il suffit qu'un travailleur social me demande comment je vais pour que j'explose :

— Vous avez vu ma tête ? Vous trouvez que j'ai l'air en forme ? Encore une nuit blanche ! Ça va s'arrêter quand ?

Ce n'est pas comme la rue, mais ce n'est pas mieux. Car là, je n'en peux plus. Presque deux ans sans dormir, ça commence à faire beaucoup... Théoriquement, les centres de réinsertion sociale sont des endroits où se « restructurer », comme disent les travailleurs sociaux. Moi, j'ai l'impression que ça me détruit encore plus. Je suis épuisée, mon seul rêve, c'est une bonne nuit complète.

J'attends dix mois avant qu'on me change d'étage.

Les Captifs sont mes béquilles. Souvent, je me réfugie chez eux, et je vide mon sac. Laurent, Christophe, Pierre-Yves... Qu'est-ce qu'ils m'entendent me plaindre, les pauvres ! Je les soûle avec mes histoires du foyer. J'ai le moral dans les chaussettes, alors je râle. Ça ne sert à rien, mais ça me soulage beaucoup.

— Je ne peux pas rester là-bas, il faut que je me casse, elles sont toutes cinglées, je ne vois pas ce que je fais avec elles !

Je suis déprimée, en colère, parfois les deux en même temps, et eux, les Captifs, m'écoutent attentivement, avant de me remettre sur les rails :

— OK !

Et c'est parti pour une après-midi le nez dans les CV...

— Ce serait bien que tu fasses des tests d'évaluation.

C'est Laurent qui lâche ça, un jour, l'air de rien...

Mais qu'est-ce que c'est que ce truc, encore? Pourquoi il veut me prendre la tête avec ses paperasses? Évaluer quoi, d'abord? Je ne sais plus rien faire...

— Mais si, tu sais faire plein de choses. Allez, on va voir où tu en es, et ce que tu veux faire plus tard...

Laurent, Pierre-Yves et Christophe méritent une médaille pour leur patience. Dès qu'ils me proposent quelque chose, je refuse. C'est un réflexe. Pourquoi tenter quelque chose, puisque de toute façon je vais échouer? D'un côté je le veux, ce boulot, et de l'autre je suis fataliste, défaitiste. Sur moi, je ne parierais pas un centime. Je radote :

— De toute manière, une fille à la rue, jamais on ne lui donnera du travail...

— Écoute, Brigitte, ce n'est pas écrit sur ton front que tu es sans domicile, alors tu n'es pas obligée de le dire, et personne ne s'en rendra compte.

Son bla-bla entre par une oreille et sort par l'autre. Rien n'y fait : j'ai l'impression que j'ai la poisse et que rien ne va marcher. Alors, je refuse d'abord, et je réfléchis après... Et je finis par prendre le chemin qu'ils me conseillent. Oui au CV, à l'évaluation, à la recherche d'emploi... J'envoie cent lettres et autant de CV. Au début, je ratisse large : vendeuse, caissière, n'importe quoi de rémunéré fera l'affaire. Écrire des courriers, j'y arrive sans problème, mais, dès qu'il faut décrocher le téléphone, je suis tétanisée.

Il est là, le combiné, posé sur la table. Il n'attend plus que moi. Je sais qu'il faut que je le prenne dans ma main, que je compose le numéro, que je me présente. J'ai le mode d'emploi bien en tête, mais je suis bloquée sur ma chaise. Incapable de lever le petit doigt. À mon âge, j'ai l'impression d'être redevenue stagiaire, et j'ai honte de ma peur.

— Non, je ne peux pas appeler, je suis sûre qu'ils vont me dire non, je vais me faire refouler et c'est tout.

Je suis très profondément convaincue que je n'y arriverai pas. Je n'ai plus un gramme de confiance en stock. Pierre-Yves et Laurent pensent exactement le contraire :

— Tu n'es pas une imbécile, tu as fait plein de choses dans ta vie, un petit truc comme ça, tu y arriveras. Vas-y, appelle.

— Non, tout à l'heure...

— C'est maintenant qu'il le faut. Ça coûte quoi ? Une communication ? S'ils te disent non, ce sera non, et tu en appelleras d'autres.

— Mais qu'est-ce que je vais lui dire, au patron ?

— Tu cherches du travail, oui ou non ? Alors dis-le-lui. Dis-lui que tu as besoin de bosser.

Téléphoner me paraît insurmontable. Ça prend des proportions terribles, j'en rêve la nuit. Quand j'arrive tout de même à décrocher le combiné, quand j'envoie des courriers, l'effort est immense... et je m'attends donc à une réponse rapide, à la hauteur de mon investissement. Quelle naïve je suis ! Évidemment, rien ne marche. J'ai 44 ans, un trou dans mon CV ; les DRH ne se précipitent pas sur moi, c'est le moins que l'on puisse dire. Et moi, j'attends, fébrile, devant la boîte aux lettres des Captifs et devant mon téléphone portable, une réponse, un signe, quelque chose... Rien ne vient, j'enrage, mes nerfs lâchent !

— Ils ne prennent même pas la peine d'envoyer une lettre, ils me méprisent carrément, je ne trouverai jamais, je ne suis plus bonne à rien. Pierre-Yves, tu m'écoutes ?

— Dis-moi, Brigitte, avant que tu sois à la rue, quand tu cherchais du travail, c'était facile ou c'était dur aussi ?

— C'était dur aussi...

— Bon ben voilà, c'est pareil, il faut s'armer de patience.

Le problème, c'est que de la patience, je n'en ai plus. À la rue, tout est immédiat, il n'y a pas de prévision, on vit dans l'instant. De retour dans la vie normale, je garde le pli. Je veux un boulot et un studio, tout, tout de suite ! Les entreprises ne répondent pas à mes courriers, ça me rend malade. Les réponses qui ne viennent pas, je les prends comme autant d'attaques personnelles. Je crois que les DRH m'ignorent, qu'ils le font exprès pour m'humilier. Et quand ils m'écrivent, ça n'est pas mieux : non, non et re-non ! Les lettres de refus, je les garde, je les entasse dans une pochette élastique et j'observe cette méchante pile s'allonger de jour en jour... Pour moi, si une recherche d'emploi ne marche pas tout de suite, elle ne marchera jamais. J'ai tort, mais je ne le sais pas encore.

Au fil des semaines, je dois réapprendre la patience. L'espoir aussi. C'est dur.

À la Fondation, je prends peu à peu mes marques. On me propose de rejoindre l'atelier calligraphie... Bof ! J'ai l'impression de perdre mon temps à dessiner sur des morceaux de journaux. Je n'assiste pas à toutes les séances et, quand j'y vais, je m'installe tout au fond, seule. Doucement, on passe aux choses sérieuses, les esquisses sur du papier de soie. Ça, ça me plaît. C'est minutieux, et il faut faire marcher son imagination... Sous mes doigts, je vois le dessin prendre forme. La patience est requise et, bizarrement, j'y arrive de mieux en mieux. Je tire la langue, je ne pense à rien, concentrée... Et quand je relève la tête pour voir le résultat, j'en suis assez satisfaite. Au bout de plusieurs mois, Yann, le responsable de l'atelier, décide de faire une expo. Une expo, rien que ça ! Seront invités le ban et l'arrière-ban de la Fondation Mérice, des assistantes sociales, des partenaires de la Fondation, des gens du quartier. Je me propose d'écrire les cartes d'invitation, avec un petit motif calligraphié sur chacune. Après tout, je ne suis pas si mauvaise... Le grand jour arrive et Yann a besoin de moi et de Chantal pour préparer la salle. Dès le matin, je me charge de beurrer les toasts, je mets la table. Laurent, le cuisinier, est sur la brèche pour préparer des cakes, des tartes, des pizzas... Nous l'aidons, Chantal et moi, et nous rions beaucoup à jouer les petits marmitons dans la cuisine.

À 18 heures, nous sommes sur le pied de guerre pour recevoir les invités. Maquillée, habillée... Je discute avec les uns et les autres. Les gens s'intéressent à ce que j'ai fait. Nous restons jusqu'à 22 heures à bavarder, à regarder les dessins affichés au mur. C'est une journée très réussie.

Et c'est un peu grâce à moi.

Au fil des jours, à la Fondation Mérice, je m'essaye à tout. Mosaïque, dessin, informatique... Et même journalisme, pour la feuille de chou de la résidence !

Ce n'est pas un grand quotidien, mais j'y ai écrit quelques papiers franchement pas mal.

Je suis plutôt contente de moi.

C'est nouveau.

Un article, un cadre en mosaïque, un gâteau dans l'atelier cuisine : toutes ces modestes babioles sorties de mes mains me prouvent que je sais faire. Que j'arrive à quelque chose. Que je ne suis pas une incapable. Doucement, je redeviens quelqu'un. Quelqu'un de doué. Quelqu'un de bien. À mes propres yeux, je reprends du galon.

Sur le front de l'emploi, à vrai dire, ce n'est toujours pas la joie. Les lettres de refus s'empilent, et ma motivation en prend un coup. Nous sommes en septembre 2005 et mon avenir est bouché. C'est la déprime totale. Chantal tente de me secouer, elle ne me quitte pas d'une semelle. Un jour, elle me demande de l'accompagner dans une maison de quartier qui propose du soutien scolaire à des enfants défavorisés. L'association cherche des bénévoles et Chantal a envie de s'y mettre. Fort bien. Je la suis et m'installe sur une chaise, tandis que Chantal remplit son dossier de candidature. Il y a pas mal de monde dans cette maison de quartier, des gamins qui rigolent, plein de petits bols remplis de perles, de gommettes, des affiches au mur... C'est coloré, joyeux, je m'y sens bien. Alors, je m'entends demander à la dame de l'accueil :

— Un dossier pour moi aussi, s'il vous plaît.

Du bénévolat, pourquoi pas ? Ce sera une façon de sortir de la Fondation au moins deux soirs par semaine. C'est le mercredi suivant que je commence ma carrière d'institutrice ! Dans ma classe, deux fillettes et deux garçons, entre 5 et 8 ans. Je m'amuse comme une folle avec ces quatre-là. Goûter, révision des devoirs, atelier de perles... Quand je les quitte le soir, j'ai rempli mon stock d'amour à ras bord ! Non seulement ils me font des câlins à n'en plus finir, mais leurs notes grimpent, doucement et sûrement. Les gosses me posent des questions sur tel ou tel point du programme, je me sens utile, savante... Mais l'une des mômes me donne du souci. C'est Mounia, une fillette secrète, silencieuse, avec de beaux yeux sombres...

À 7 ans, elle ne connaît pratiquement pas son alphabet. On lui montre le A, elle dit O. Alors, je l'encourage à essayer encore et elle se recroqueville sur elle-même comme si j'allais la gifler. Cette façon de se terrer dans un coin, cet air apeuré, je les connais.

Cette gamine, c'est moi à son âge.

Alors, je la chouchoute de tout mon cœur. Assise à ses côtés, je lui fais réviser son calcul et son alphabet. Je la prends dans mes bras, je la félicite au moindre progrès. Trois lettres d'affilée reconnues dans l'alphabet ?

— C'est bien, ma puce, bravo, tu es forte !

Je rentre à la Fondation le moral dans les chaussettes, obsédée par le regard de cette gamine. Lors d'une réunion dans leur école, nous, les « profs » du soutien scolaire, sommes conviés. La maîtresse de Mounia se précipite vers moi et me mitraille de questions :

— Comment se conduit-elle avec vous ? Il n'y a rien qui vous choque ?

J'ai du mal à trouver les mots. J'hésite, je me lance... Les coups, peut-être ? Je dis l'angoisse, le sentiment d'être nulle, inutile. Je parle de Mounia et c'est mon enfance que je raconte... J'ai tapé dans le mille : les enseignants pensent également qu'il y a un problème, et les doutes s'accumulent sur le père, soupçonné d'être violent...

Mounia, ma petite protégée... Je l'ai aidée, peut-être, un peu, en lisant dans ses yeux cette peur que je connais trop bien. Les soirées passées avec elle sur mes genoux, les heures à coller des gommettes et à tresser des colliers... Tout cela, peu à peu, me fait réfléchir. Mounia, petite fille fragile aux yeux sombres, m'a aidée à comprendre une chose : c'est auprès des gamins que je veux travailler. Avec eux, j'aurai une mission : faire en sorte que leur enfance soit plus jolie que la mienne. Veiller à ce que rien ne les blesse, à ce que nul ne les casse. Les aider, leur redonner le sourire. Au diable la comptabilité, la vente et tout le reste ! Nounou, voilà ce que je veux vraiment devenir. Une maman *bis*, ferme mais câline... Une nounou comme la mienne quand j'étais petite.

Ma boucle est bouclée.

Nous sommes en février 2006, j'ai désormais un but dans ma vie, un vrai, et je ne vois pas venir la déprime qui s'abat sur Chantal. Mon amie des mauvais jours s'évanouit dans la nature, du jour au lendemain. Elle quitte la Fondation en laissant toutes ses affaires. Elle a craqué, et je n'ai rien pu faire pour l'en empêcher. Je n'aurai plus jamais de nouvelles d'elle. Trop de nuits sans sommeil, trop peur de s'en sortir, peut-être... Trop dur de remonter la pente. Peut-être est-elle partie dormir à l'hôtel. Peut-être est-elle retournée dans sa voiture, qui sait ? De nouveau le froid, la peur, le manque de tout... Je pleure pendant des jours et des jours. Sa disparition est un coup dur, un coup de pouce aussi. Il ne faut surtout pas que je finisse comme elle. Moi, je ne vais pas craquer, je ne le peux pas. Je vais me mettre un bon coup de pied aux fesses, et trouver un travail, un vrai, auprès de gamins ! C'est une question de vie ou de mort...

Quelques jours après la disparition de Chantal, les Captifs me voient débarquer dans leur local plus motivée que jamais. Apeurée, mais montée sur ressorts. Va pour la recherche d'emploi sur cinq mille volts ! J'écume les commerces à la recherche d'annonces de baby-sitting et les sites Internet consacrés aux enfants. Mails, courriers, et même coups de fil : on ne m'arrête plus ! Je passe à la vitesse supérieure, et ça me réussit.

Pour mon premier entretien d'embauche, j'ai rendez-vous chez une mère de famille dans le quartier chic du Marais, à Paris. Son annonce est claire : « recherche femme sérieuse pour garder petit garçon ». Je suis stressée comme jamais dans ma vie. Je passe une bonne heure dans la salle de bains à me pomponner, et à faire et refaire le film dans ma tête. Je révise. Ce que je vais dire (le soutien scolaire, mon expérience de baby-sitting à Marseille). Ce que je ne vais pas dire (ma galère, mon adresse au foyer). J'apprends quasiment par cœur mon discours... Vas-y, Brigitte, tu vas y arriver ! La méthode Coué fonctionne moyennement bien, mais c'est tout ce que j'ai en stock. Fin prête mais tremblotante, j'arrive en bas de l'immeuble avec trois quarts d'heure d'avance. Cinq minutes avant l'heure fatidique, je sonne à la porte. Une dame complètement échevelée vient m'ouvrir. Elle est vraiment désolée, mais elle m'a complètement oubliée. Et voilà, le poste est déjà pourvu. Je reviens à la Fondation dépitée.

À la Fondation, Stéphanie et Naïma me ramassent à la petite cuillère. Elles, ce sont mes deux alliées : la première est ma travailleuse sociale favorite. La seconde est devenue mon amie. Quinze ans de moins que moi et l'on s'entend pourtant à merveille. Elle est partie de chez ses parents avec qui le contact ne passait plus du tout. Elle s'est retrouvée en galère, quasiment à la rue. Si jeune... On s'épaule. Avec Naïma comme avec Stéphanie, les conversations commencées se terminent deux heures plus tard. Jusqu'au milieu de la nuit, dans la cour de la Fondation, on refait le monde. Auprès d'elles, je vide mon sac, elles me soutiennent. Mieux : elles m'estiment.

— Il faut s'armer de patience, positiver, ne pas se décourager.

Elles me bombardent de bonnes ondes. Il faut que je m'accroche, répètent-elles sur tous les tons. Je n'ai pas le choix.

Il faut attendre encore quelques mois avant qu'une autre maman me convoque pour un entretien. Nous sommes en mai, le soleil pointe son nez. C'est un bon jour pour trouver un job, je le sens. Petite étoile, petite étoile, reste avec moi ! Me voici partie en banlieue parisienne, dans un quartier pavillonnaire où de vastes maisons s'alignent sagement. Il y a des chats dans les jardins, des rideaux pastel aux fenêtres, de belles voitures puissantes dans les garages. Je ne suis pas n'importe où... La dame qui me reçoit est une quadra dynamique et mince, cadre très supérieur dans la fonction publique. Elle me demande mes références. Je lui raconte tout dans le détail, le soutien scolaire bénévole, le baby-sitting... L'air très détaché, je lui dis que j'habite un tout petit studio à Paris. Ce qui est la vérité, juste un peu déformée... Elle me recontacte deux jours après pour un second entretien et pour me présenter les enfants.

J'ai à peine franchi le portail du jardin que, derrière la porte, j'entends la plus âgée :

— Maman, arrive, ça doit être Brigitte.

On discute devant un café, salaire, horaires, tout y passe. La petite me pose plein de questions :

« Que âge as-tu ? Et tu vas venir souvent nous garder ? Et t'es gentille, d'abord ? »

« Si tu es gentille avec moi, je serai gentille avec toi. »

Je marque un point. Avec la gamine, et avec la mère aussi. Au bout d'une heure, la dame se lève et me raccompagne à la porte.

— Pour moi, c'est bon, dit-elle.

Pour elle, c'est bon. Je suis abasourdie. Je prends le RER pour rentrer place de la Nation et je vois à peine les immeubles défiler. Je vais avoir un emploi ! Un vrai ! En CDI ! Je commence à travailler le 15 juin 2006. Vingt-sept heures de boulot par semaine, sans compter les heures supplémentaires. Je fais mon mois d'essai la peur au ventre. Les deux minettes sont gentilles, mais quel caractère ! Deux adorables petites, pestes un jour, câlines comme tout le lendemain... Leurs deux parents travaillent énormément, alors le boulot ne manque pas pour moi. Accompagner les petites à l'école, emmener l'une à la musique, l'autre au sport ou chez le médecin, faire réviser les devoirs, donner le bain, lire des histoires, un dernier bisou et au lit ! J'embauche aux aurores, je quitte le pavillon à point d'heure, mais je m'éclate ! Les semaines passent et j'arrive devant le joli pavillon de moins en moins tendue. Le 6 juillet, avant que toute la petite famille ne parte en vacances, la mère décide qu'il est temps de « faire le point » avec moi. L'angoisse monte en une seconde, comme un coup de fouet.

— Le travail vous plaît ? Ce n'est pas trop dur ? Les horaires vous conviennent ?

— Oui, oui, bien sûr, c'est parfait.

Je ne sais pas quoi dire... Que je suis heureuse comme jamais de travailler ? Que je cours, le matin, jusqu'au RER, le sourire aux lèvres ? Que voir un chèque, le premier salaire de ma nouvelle vie, m'a fait monter les larmes aux yeux ? Que je suis fière de moi ? Que j'ai fêté au champagne mon beau contrat tout neuf ? Elle me prendrait pour une cinglée... Alors, il y a un blanc et au bout d'un moment j'ose lui demander ce qu'elle pense de mon travail.

— Pour moi, c'est très bien, je vois que mes enfants sont heureux et c'est le principal.

Ça me fait un bien fou d'entendre ça. Alors, je suis vraiment capable d'assumer ce boulot ! Je suis aux anges. Les filles partent en vacances et je m'ennuie à mourir en les attendant. Il faut patienter deux mois. Deux mois à rêver de la suite... Un appartement. À la mi-juillet, je remplis avec soin un dossier de candidature pour accéder à l'un des studios que possède la

Société philanthropique. Ce système-là est formidable, beaucoup plus pratique pour moi que de passer par un bailleur privé qui voudra voir mon CV, douze fiches de paye et trois mois de loyer de caution... De plus, les loyers sont beaucoup plus modiques que ceux pratiqués sur le marché. Bref, en attendant un HLM, ce sera tout simplement le paradis. Chaque soir, j'y pense. C'est bien simple : je suis obsédée par cette idée. Habiter entre quatre murs, dans un vrai logement. Je prie pour que mon dossier soit retenu.

En septembre, je suis convoquée dans le bureau des travailleurs sociaux, et ce que j'y entends me chamboule de plaisir :

— Nous avons quatre appartements disponibles, nous voulions vous en proposer un.

C'est trop beau. J'attends ça depuis trop longtemps. Alors, c'est bel et bien fini, la rue, la collectivité ! Je pleure sans discontinuer pendant cinq minutes. De grosses larmes de gamine, de la joie liquide, à seaux ! C'est irréel, incroyable. La quatrième dimension. Et encore, je n'ai rien vu...

Le jour où je visite l'appartement... Je m'en souviendrai toute ma vie. Dès le matin, je joue la scène mille fois dans ma tête. On m'a dit que le studio se trouvait en banlieue, alors j'imagine un immeuble pourri, sale et vétuste. Je m'en fiche, j'ai quand même une envie folle de le voir. Nous arrivons, Sandra la travailleuse sociale et moi, devant un bâtiment tout à fait correct, dans un quartier populaire mais vivant. Nous entrons, le hall est entièrement carrelé, tout propre. Un petit escalier mène au studio, situé au premier étage. Sandra met la clé dans la serrure et mon cœur s'arrête de battre. Elle ouvre la porte...

Je suis assommée tellement c'est beau. Tout blanc. Petit, mais moderne, douillet, bien agencé, avec un canapé-lit et même la télévision. Le miroir de la salle de bains, la vasque, ultra-design : j'admire tout, tout me plaît. Je marche dans la salle principale, dans la salle de bains, je visite le mini-coin cuisine et, pas après pas, monte en moi un sentiment étrange, un de ceux que je n'ai pas ressentis depuis bien longtemps.

Je me sens chez moi.

Instantanément. Je sais qu'ici, dans ces dix-huit mètres carrés-là, je serai protégée. Au calme. Il n'y aura ni bruit, ni bagarres, ni angoisse, ni réveil en sursaut. Je n'aurai plus peur. Je n'aurai plus mal, plus froid. Ça sent la peinture. Personne n'y a jamais habité avant moi. Personne. Cet appartement, il n'existe que pour moi. Entre lui et moi, c'est une histoire qui commence. La mienne. Une nouvelle vie bien propre, bien nette, bien rangée...

L'heure tourne, il faut m'en aller travailler. Les gamines vont m'attendre, c'est bientôt l'heure de la sortie des classes...

Pendant les leçons des fillettes, pendant leurs jeux et leur bain, je suis un peu ailleurs. Je suis à quelques kilomètres de là, au premier étage d'un bâtiment de banlieue. Dans mon studio. Ma maison. Il n'y a pas d'arbre devant, ni de chemin en terre qui y mène, contrairement au dessin que m'a offert la petite Malene. Mais c'est chez moi.

Dans la salle de bains, il manque un placard.

Il faudra acheter des chaises.

C'est chez moi. J'y emménagerai dans quelques semaines, le temps de faire mes paquets et mes adieux.

Je pourrai y rester de longs mois, peut-être même quelques années, le temps d'avoir un HLM.

En rentrant à la Fondation, le soir après le travail, j'ai senti quelque chose de dur dans ma poche. Deux petits bouts de métal pointus m'ont griffé les doigts. Il faisait doux, la nuit tombait. Quelques étoiles scintillaient au-dessus de ma tête. La mienne, sans doute, n'était pas bien loin... J'ai serré dans ma main les clés de mon appartement et j'ai cru m'évanouir de bonheur.

13

Aujourd'hui

Presque trois ans de galère... Voilà ce que j'ai vécu. À coups de baffes dans la figure, je me suis retrouvée dans le caniveau. Pour réussir à m'y pousser, la vie s'est acharnée, c'est sûr. Avant la rue, j'ai pu compter les années noires. Mais c'est en quelques minutes seulement que je suis passée de l'appartement à la rue.

La chute est rapide.

Remonter est un long cauchemar.

Il a fallu que je tombe assez bas pour prendre conscience que je méritais de sortir de l'enfer. Mais sans personne pour m'aider, rien n'aurait été possible. On dit qu'il faut tout un village pour élever un enfant. Pour aider un sans-domicile à s'extraire de la galère, c'est pareil. Laurent, Christophe, Pierre-Yves, des Captifs. Mme Tao. Dany le pasteur de l'Église évangélique, Marie-Michèle, Janet et Valérie, les bénévoles. Annie Carron et Thierry, de l'hôpital Saint-Antoine. Odile et Stéphanie, les travailleuses sociales de choc... Sans elles, sans eux, sans leurs paroles, leur soutien, leurs sourires, je serais encore sur le carreau. C'est aussi leur bonté qui m'a sauvée.

Ce qui manque véritablement aux exclus, au-delà même de la nourriture, d'un toit, de l'argent, c'est la reconnaissance. Un regard d'égal à égal, une main tendue. Des hommes et des femmes m'ont donné tout cela bénévolement. Je ne me doutais pas que le monde recèle de tels trésors : des gens désintéressés, ouverts, généreux, capables d'ouvrir leur porte à une SDF, de lui donner de l'affection au quotidien, sans attendre de remerciements ni de médaille. Maintenant, je sais que cela existe. Cette découverte, c'est l'unique cadeau que m'a fait la galère. D'autres personnes, celles pour qui l'entraide est un métier, n'ont compté ni leurs heures ni leur énergie pour me remettre le pied à l'étrier. Que nos ministres de tous bords y songent, avant de faire des économies de bouts de chandelle sur le social. Qu'ils sachent qu'un poste de travailleur social supprimé, c'est dix sans-abri qui restent à crever dans la rue. Des hommes, mais aussi des femmes comme moi, et des enfants aussi. Je le sais, j'en ai croisé.

Aujourd'hui, ma vie est plutôt belle. J'ai un boulot, quelques amis. Guillaume m'a appelée récemment, j'hésite à le revoir... J'ai un merveilleux studio, même si une partie du loyer est encore payée par une association. Je ne suis pas encore tout à fait tirée d'affaire, j'en ai conscience. Je ne serai totalement fière de moi que le jour où je dirai au revoir à jamais aux travailleurs sociaux... Cette heure-là n'est pas encore venue.

J'ai même eu du mal à retrouver mes marques entre quatre murs. La rue ne lâche pas ses proies si facilement. Pendant plusieurs semaines, malgré moi, j'ai fait de la résistance. Mon cher et tendre studio d'abord : je m'y suis sentie tout de suite chez moi. Mais le premier jour de mon emménagement, j'ai mis deux heures à comprendre comment fonctionnait le bouchon de mon évier, trop moderne, plus deux heures encore pour réussir à déplier mon canapé-lit flambant neuf ! Rien que la première semaine, j'ai cassé un store ; je me suis assommée contre la porte de la salle de bains, en me levant la nuit. Un soir, mon frigidaire était vide à pleurer, alors j'ai couru à l'épicerie du coin faire le plein. Ces premières courses, je les ai oubliées dans le magasin. J'y suis retournée et, à peine sortie de la boutique, voilà que le sac en papier plein de provisions se déchire : tous mes achats par terre ! Le lendemain, j'ai pris le RER dans le mauvais sens pour aller au boulot. J'ai oublié du lait dans le frigo, je l'ai bu périmé et j'ai vomi une nuit durant. Bref, je suis entrée dans ma nouvelle vie à reculons... Cela fait quelques mois que je suis dans mes murs, et je commence tout juste à en prendre possession. Le temps de retrouver l'habitude d'habiter...

Aujourd'hui, avant d'aller travailler, je prends le temps de vivre. Du thé brûlant, qui infuse pendant une heure... Je passe vingt minutes sous la douche, en admiration devant le pommeau ! Personne ne me dérange, c'est nouveau. Pendant des semaines, mon appartement est resté vide. Désert. Pas une chaise, mes affaires dans des cartons. Je n'arrivais pas à meubler. Mes voisines, dont Naïma, ont ratissé les rayons des supermarchés pour acheter Tupperware et service à thé. Moi, non. Je viens tout juste de ranger mes livres sur les étagères. Chaque dimanche ou presque, je m'offre une petite virée au marché de mon quartier. C'est joli, tous ces stands colorés pleins de couettes, de draps, de casseroles, de sous-vêtements ! La caverne d'Ali Baba... Les trois premières fois, je n'ai rien acheté. Pas question de dépenser. Et puis, doucement, je me suis faite à cette idée : je gagne ma vie de nouveau. Alors, j'ai investi dans un beau panier en rotin. C'est inutile, mais ça me plaît. Un petit cadeau de moi à moi...

C'est que je me soigne, maintenant, et de plus en plus. Quand je suis tombée malade, j'ai filé chez le docteur sans me poser de questions. Un samedi matin, mon reflet dans le miroir de la salle de bains m'a fait peur. Au secours, c'est quoi cette tête ? Direction le coiffeur, de toute urgence ! Une petite coupe féminine, une couleur auburn... J'ai racheté du maquillage, et plus question de sortir sans mascara ni rouge à lèvres. Je suis plus jolie. Je me retrouve, doucement mais sûrement.

Pour l'instant encore, mes jours sont plus beaux que mes nuits. Mon lit est un champ de bataille, mon sommeil abîmé par les cauchemars. En songe, je retourne place des Vosges, sous les arcades glacées. Je n'oublie rien.

Je ne le peux pas.

Je ne le veux pas.

Je ne peux pas oublier, parce que je ne serai plus jamais comme avant. La rue m'a transformée. Pour ne pas me faire bouffer, je me suis fait violence. Mon caractère s'est endurci. Je suis aussi rebelle aujourd'hui que j'étais timide hier. La moindre injustice me met les nerfs en pelote. L'autre jour, dans le

RER, un gamin arabe s'est fait contrôler sous mes yeux, pour rien. Il avait le bout de la chaussure à peine posé sur la banquette et lisait tranquillement son journal. À l'arrivée des policiers, il a retiré son pied et s'est excusé platement. Il s'est fait tutoyer, bousculer, entraîner sur le quai et a dû présenter ses papiers. J'ai hurlé au délit de sale gueule jusqu'à ce que les Rambo laissent ce gamin tranquille.

Hier, j'aurais laissé filer. Aujourd'hui, je ne le peux plus.

Je ne peux pas oublier la rue, car j'ai encore trop de questions sans réponse. Pourquoi m'a-t-on laissée quatre semaines dehors avant de me donner un rendez-vous avec une assistante sociale spécialisée ? Est-ce normal, est-ce juste de rejeter une femme sur le trottoir sans explications ni orientation ? Et pourquoi quatre semaines ? Pourquoi ce service de la Mairie de Paris, spécialisé dans le public SDF, ne m'a-t-il jamais fourni la moindre liste de centres d'hébergement ? J'ai été cognée et, plutôt que de mourir sous les poings de mon homme, j'ai préféré me jeter dehors. J'y suis restée. Je n'ai jamais vu l'ombre d'un hôtel social, d'une résidence pour femmes victimes de violences. Nul ne m'a aidée à mettre un toit au-dessus de ma tête. On fait grand cas, dans les journaux, au gouvernement, du problème des femmes battues. Moi, j'en ai été une, et j'aimerais que l'on me prouve que toutes ces belles paroles ne sont pas que du vent. Pourquoi suis-je passée entre les mailles du filet ? Pourquoi le 115 est-il toujours occupé ? Au tout début de ma galère, j'ai vu un certain nombre d'assistantes sociales, qui n'ont strictement rien fait pour moi.

Pourquoi ? N'ont-elles pas des outils à leur disposition, des procédures à appliquer, des réseaux à mettre en branle ? Pourquoi Annie Carron m'a-t-elle déniché une place d'hébergement en moins d'une heure alors que d'autres collègues, dans d'autres structures, en ont été incapables ? Pourquoi certaines d'entre elles n'ont-elles même pas essayé ? Les professionnels du social ne se sont-ils pas résignés à ce que les femmes aussi crèvent dans la rue ? Sont-ils blasés ou débordés à ce point ? Peut-être, mais alors la France va vraiment mal... Ou bien c'est le système qui est pourri, et j'aimerais que l'on m'explique pourquoi.

Je ne peux pas oublier la rue, car elle est gravée en moi, dans le moindre de mes gestes. Je suis incapable, encore aujourd'hui, de dormir la fenêtre fermée. Je sursaute toujours au moindre bruit. Dans le silence, je guette. Lorsque j'ai racheté des vêtements, histoire de me concocter une garde-robe correcte pour aller travailler, j'ai gardé mes critères de rue, sans même m'en apercevoir. J'ai pioché dans les rayons les chemisiers infroissables et les pantalons sombres, où les taches se voient moins. Comme quand j'étais place des Vosges, je passe des heures à récurer. Ma phobie de la saleté est restée. Je passe mon temps libre à ranger. Que tout soit nickel, sinon je me sens mal.

La rue est toujours là. Et, quelque part, c'est tant mieux.

Je ne veux pas oublier ce chapitre de ma vie. Il y a encore trop de gens dehors. J'en ai aidé certains. Le coup de la petite étoile, je l'ai conseillé à quelques-unes des filles que j'ai croisées dans les foyers. J'en ai emmené certaines voir mes anges gardiens,

Mme Carron par exemple. J'essaye de leur remonter le moral, de les écouter quand elles flanchent. Quant à celles et ceux qui me disent qu'ils sont bien dans la rue, j'ai arrêté de les croire sur parole. Dans la rue, on crève. C'est la mort à petit feu. Certains, c'est sûr, y ont passé trop de temps pour revenir à la surface. Trop d'alcool, trop de dépression. Plus possible de retourner dans la vraie vie, avec ses normes et ses obligations. Mais beaucoup de sans-abri pourraient être sauvés. Pour cela, il faudrait du temps, des professionnels et des moyens. Mais aux manettes du pays, qui s'intéresse vraiment aux sans-abri ? La plupart d'entre eux n'ont plus de carte d'électeur. Alors, on ferme les squats, on vire les tentes des sans-domicile, on laisse brûler les hôtels sociaux... Les SDF ne sont rien, ni personne.

Moi, je suis redevenue quelqu'un. Mais dans un coin de ma tête, je reste toujours assise par terre place des Vosges. Je suis restée comme eux.

L'autre jour, en me baladant, j'ai vu une jeune fille sur le trottoir. Assise sur le sol, avec un gros chien blanc à ses côtés. Je me suis arrêtée pour discuter avec elle. Elle avait 19 ans. Ça m'a fait peur. À 19 ans, se retrouver à la rue, en plus sur un coup de tête ! Elle a claqué la porte de chez ses parents pour je ne sais quelle raison obscure...

— Tu sais, des fois, il vaut mieux galérer chez soi que de galérer à la rue.

C'est ce que je lui ai dit. Je lui ai raconté ce bout-là de ma vie... Je n'en ai pas honte, surtout si c'est pour mettre les jeunes en garde. Il y en a tellement, dehors ! Récemment, place de la Nation, devant la banque, un garçon de 20 ans à peine était assis. Moi, j'allais gaiement retrouver une copine, avant de partir pique-niquer. Il faisait beau, c'était le week-end... Je suis passée devant ce gamin tout échevelé, et je lui ai dit bonjour. Et puis, quelques mètres plus loin, je me suis arrêtée avant de revenir sur mes pas.

— Tu as faim ? J'ai une salade de crudités, si tu veux.

Et je la lui ai donnée. Il m'a regardée avant de me remercier :

— T'es bizarre, toi. D'habitude, les gens passent, ils donnent parfois une pièce, une cigarette, mais ils ne me parlent pas. Toi, à chaque fois, tu dis bonjour. C'est gentil.

Je lui ai dit que ce qu'il vivait là, je l'avais vécu avant lui. Il ne m'a pas crue :

— Ce n'est pas possible, tu es une femme bien.

Il n'y a pas que des cons dans la rue, il y a beaucoup de gens bien, à qui le ciel est tombé sur la tête.

Devant un sans-abri, je m'arrête toujours, même si je ne peux rien lui donner. Je ne le rejette pas. Je ne me renie pas. Dire bonjour, serrer la main, ne pas hésiter à le regarder dans les yeux : c'est une forme de respect, je le sais trop bien. Certains SDF me rappellent Samy, et ça me fait mal. Un chien qui traîne ? Je repense à Yoyo, je me dis que lui aussi se promenait comme ça, avec Tao dans ses jambes... Il suffit d'un coup de vent, d'un sujet de conversation pour que je retourne, en pensée, place des Vosges, auprès de Tom et des autres. Quelque part, ils font désormais partie de ma famille. Ils sont invisibles pour beaucoup de gens, mais pour moi, ils existent encore. Les effacer, ce serait les rejeter. J'ai trop souffert à la rue de n'exister pour personne. Je ne veux pas leur faire subir ça à mon tour... Bientôt, j'espère, j'aurai le courage de retourner vers eux. Pour l'instant, c'est trop frais. Je suis trop fragile, encore. J'ai peur de ce qu'ils pourraient me dire... Qu'est-ce que j'ai pu entendre, à la rue, sur les gens qui s'en sont sortis !

— Celui-là, il nous snobe maintenant. Et puis l'autre, là, elle vient pour nous narguer...

Quand je passe en bus dans le 11e arrondissement, je les vois. Parfois, j'aimerais descendre les rejoindre, pour leur parler. J'ai déjà tenté le coup, il y a quelques semaines. J'ai retrouvé ce quartier que j'aime. Ce vieux Paris, la rue ne m'en a pas dégoûtée ! Je me suis arrêtée place des Vosges, je suis allée jusqu'au jardin. Sous les arbres, au beau milieu du parc, derrière ce banc de fonte où je me suis si souvent assise pour lire, j'ai stoppé net. J'ai entendu les oiseaux chanter, j'ai vu les touristes allongés sur l'herbe, et, de l'autre côté, Samy et Rachid allongés sur leurs duvets. Je n'ai pas pu surmonter ma peur, et je suis ressortie du jardin, discrètement, de l'autre côté de la place. D'abord, me reconstruire totalement. Après, on verra...

La rue me fait trop souffrir, encore. Elle est trop présente pour que je l'affronte en chair et en os. J'espère seulement qu'elle finira par me faire moins mal. J'attends avec impatience ce moment où mes cauchemars cesseront. Mais je ne veux pas totalement oublier la rue. Le froid, la crasse, le mépris : ces mauvais souvenirs, ce seront mes warnings à moi. Ils me permettront à l'avenir de rester sur mes gardes. Ils m'empêcheront, je l'espère pour toujours, de faire de mauvais choix. Car je sais que ça peut encore m'arriver. Je sais d'expérience que l'on peut avoir des papiers en règle, un travail, des amis, une famille et se retrouver à dormir dehors.

Je ne suis pas à l'abri.

Vous non plus.

Cet ouvrage a été composé et imprimé par

FIRMIN DIDOT

GROUPE CPI

Mesnil-sur-l'Estrée

en janvier 2007

Imprimé en France
Dépôt légal : janvier 2007
N° d'édition : 288/01 – N° d'impression : 83034